九州大学
人文学叢書
8

辛島正雄

御津の浜松一言抄

『浜松中納言物語』を最終巻から読み解く

九州大学出版会

目次

御津の浜松一言抄

——『浜松中納言物語』を最終巻から読み解く

序言

本書は、副題に示したように、〈平安後期三大物語〉のひとつである『浜松中納言物語』について、最終巻の読解を深めることから、全体的な作品理解に及ぼしてゆこうとしたものである。

鎌倉初期に書かれた物語評論の書として有名な『無名草子』を読むと、『源氏物語』を至高のものとしつつも、それ以降の二〇〇年になんなんとする期間に作り出された二〇余の物語（多くは散逸して、現存するのは七作品のみであるが）にも言及していて、厖大な読書体験に裏打ちされた批評行為であることが窺われる。そのようななか、批評の順番を見ると、委細を尽くした『源氏物語』評のあと、「『源氏』に次ぎては世覚えはべれ。」（二二〇頁）として取り上げられたのが『狭衣物語』であり、ついで、『夜の寝覚』の評となり、さらに、「『御津《みつ》の浜松』こそ、『寝覚』『狭衣』ばかりの世の覚えはなかめれど」（二三五頁）として、『浜松中納言物語』の評がつづく。これら三つの物語については、「むげにこのごろ出で来たるもの（＝物語）、あまた」（二五六頁）について言及がなされたさいにも、

> なかなか古きものよりは、言葉遣ひ、ありさまなど、いみじげなるもはべるめれど、なほ『寝覚』『狭衣』『浜松』ばかりなるこそ、え見はべらね。（二五六頁）

として、格別の扱いを受けているのであり、冒頭に〈平安後期三大物語〉などと称したのには、そのような背景が

あったのである。

本書には、『御津の浜松一言抄《いちごんしょう》』という、なにやら古めかしい題名を与えたのだが、そこには、この物語のよりよい理解のためには、最終巻を正確に読み解くことがなにより重要であると考えるに到ったことから、そのような最終巻読解にあたっての指針となることへの願いを込めて、「浜松中納言物語（の）最終巻（についての）注釈」の意で命名したものである。

「御津の浜松」とは、『無名草子』にも見えたように、『浜松中納言物語』の原題である。題号は、それじたいが作品の理解に深くかかわってくるものなので、現存諸伝本の外題や内題にも多く見られ、広く通用している「浜松中納言」の称は、後世に与えられた物語名として、本書では採らない。同じような理由で、現存する『とりかへばや物語』についても、本書中では、『今とりかへばや』としか呼ばなかった。

また、「抄」は、注釈の意。『源氏物語』ならば、「紫明抄」「河海抄」「細流抄」「湖月抄」の類である。「一言」とは、最終巻を読み解くなかで、キーワードのひとつであると考えるようになったことば、「ひとこと」にちなんでいる。その事情については、本書第八章において、詳しく述べるとおりである。

さらに、「最終巻」という呼称であるが、現存伝本は、すべて首巻を闕《か》くものであるため、本来の巻番号がわからない。暫定的に、現存の巻序で、巻一から巻五と呼ぶのが慣例であるところを、物語の閉じめとしての特別な巻であることを意識して、私に、そのように呼ぶこととした。この物語の研究を領導し、昭和五年（一九三〇）に、失われて久しい最終巻を、はじめて発見した松尾聰氏は、「佚亡首巻《しゅかん》」に対する「末巻」という呼称を、一貫して用いている。しかし、「末巻」の登場が、この物語の読解を劇的に変える決定的な事件であったことを重視したい筆者としては、例えば、連続ドラマであれば「最終回」というように、この巻をあえて「最終巻」と呼びたいのである。

本書は、ひたすら、『御津の浜松』最終巻、さらには物語全体の正確な読み解きを目指して、書かれた。そして、それを実践するためには、先覚が心血を注いで完成した各種の注釈書の存在が、なにより頼みの綱であった。なぜなら、この物語は、漫然と読んでいては、その内容がすぐには頭に入ってこない、なかなかの難物だと思うからである。少なくとも筆者にとっては、永らく、そのような作品でありつづけた。その魅力を感じることができるようになったのも、ごく最近のことであり、しかも、最終巻に辿り着いて、それを読みすすめるなかでの、ようやくにしての開眼であった。もしも最終巻でなにかを感じることがなければ、『御津の浜松』は、依然として遠いものでありつづけたことであろう。そのような個人的な体験が、本書の成り立ちとも、大きくかかわっている。思いがけず、最終巻のおもしろさに目覚めたことで、そこから遡って、巻四以前の巻々や、ひいては散逸首巻についても、深く理解したいという欲求が、高まったのである。

『御津の浜松』を読み解くにあたって、本文の定めかたや解釈をめぐって幾多の問題があることは、本書の各章において、具体的に検討する。そして、そのような作業を可能ならしめたのは、右にもふれたとおり、ひとえに、先覚による注釈書が備わっていたお蔭である。以下に、それら注釈書を年代順に列挙するとともに、それぞれの特徴についても簡単にふれ、各章において用いた略称を、↓の次に掲げておく。

A 宮下清計校註『新註国文学叢書 浜松中納言物語』（一九五一年、講談社。神野藤昭夫監修『物語文学研究叢書 第8巻』［一九九九年、クレス出版］に覆刻）↓『新註』

終戦後の物資難の時期に刊行された、最終巻を含む、本邦初の注釈書。最終巻の底本は尾上《おのえ》家蔵本（以下、本書では尾上本と略称）。かなり詳細な頭注が施され、文意が示されるほか、本文の誤脱についての言及も少なくない。覆刻されるまでは、稀覯本として知られた。私的な思い出ながら、九州大学文学部国語学・国文学研究室の書庫にある昭和二十六年版は、紙焼けがひどく、造本も堅牢ではないため、古本を入手するまで、複写も遠慮して、その扱いには気を遣った。

B　遠藤嘉基・松尾聰校注『日本古典文学大系77 篁物語・平中物語・浜松中納言物語』（一九六四年、岩波書店。『御津の浜松』の校注は、松尾氏）→『大系』

尾上本の発見者であり、『御津の浜松』研究の第一人者による、決定版ともいうべき注釈書。最終巻の底本は広島市立中央図書館蔵浅野家旧蔵本（以下、本書では浅野本と略称）。本文校訂は厳密であり、頭注のほかに厖大な補注によって、解釈上のあらゆる問題が検討されている。この本によって、『御津の浜松』の注釈の水準は飛躍的に向上したのだが、周到・詳密な注釈が、余人の追随を許さぬものであったせいか、後続の注釈の出現を遅らせる方向に作用したように見える。

C　久下晴康編『浜松中納言物語』（一九八八年、桜楓社）→『桜楓』

若き日の久下裕利氏による、教科書版の校注書。最終巻の底本は浅野本。頭注は簡略ながら要点を押さえ、新見も少なくない。章段に小見出しが付されているのが、通読するうえでありがたかった。

D　池田利夫校注・訳『新編日本古典文学全集27 浜松中納言物語』（二〇〇一年、小学館）→『全集』

松尾氏につぐ『御津の浜松』研究の先導者による、待望久しかった注釈書。最終巻の底本は浅野本。旧版以来、古典好きにはなじみ深い、三段組みのレイアウトとなった『御津の浜松』は、整定本文と現代語訳とが相俟って、きわめて読みやすく、頭注にも永年の研究成果が盛り込まれ、充実している。現在では、この本が、『大系』に代わる標準的なテキストとして、広く用いられている。

E　中西健治著『浜松中納言物語全注釈 上巻・下巻』（二〇〇五年、和泉書院）→『全注釈』

これも、永年にわたり『御津の浜松』の基礎的研究を地道に積み上げてきた篤実な研究者による、二冊、一四〇〇頁になんなんとする、重厚・浩瀚なる注釈書である。最終巻の底本は浅野本。先行の注釈書を丁寧に吟味し、穏当な結論を導きだす手続きは、すこぶる信頼感が高い。『全集』と並んで、今後の読解の指標となるものである。

F　須田哲夫・佐々木新太郎著『校訂 浜松中納言物語』（二〇〇五年、勉誠出版）→『校訂』

『御津の浜松』の伝本研究に永年取り組んできた須田氏らによる、校訂本。最終巻の底本は浅野本。脚注には、本文校訂を中心とした説明が、簡潔になされている。

この一覧を見て、これだけの注釈書があるというべきか、これだけしかないというべきか、『源氏物語』の繁盛ぶりと較べるのも野暮であるが、やはり、寂しい現状だというべきであろう。本書がきっかけとなり、『御津の浜松』の読解には多くの課題が残されているのだとして、本文や解釈を見直す機運が高まるようなことでもあれば、筆者としては、望外の喜びである。

なお、本書のなかで引用する種々の作品の本文は、基本的に『新編 日本古典文学全集』（全八十八巻、一九九四～二〇〇二年、小学館）所収のものにより、所出ページを明記したが、和歌に関しては、『新編 国歌大観』（全十巻、一九八三～一九九二年、角川書店）所収のものを優先し、歌番号を付しておいた。それらに入っていない作品の引用にさいしては、なにによるものであるかを、そのつどことわっておいた。引用した本文は、私に表記を整えたり、句読点を見直したりすることがあるが、それが解釈にまでかかわる場合は、適宜注を付して説明を施すなどした。また、論文等も含め、引用文に付した圏点や傍線は、とくにことわらないかぎり、筆者によるものである。

本書では、『御津の浜松』のより正確な読解を追究するために、先覚の諸注釈書に対しても、細かな点にまで、遠慮のない批判を加えている。いうまでもないことだが、批判は目的ではなく、問題解決への道を探る手段である。諸先覚への批判を通じて得られた本書の結論に対しては、それこそ、忌憚のない批判を賜りたいと、切望するものである。なお、批判にあたっては、公正であることに極力努めたつもりであるが、なお、十分ではないかもしれない。内容の誤解や引用のしかたの不備など、行き届かぬ点があれば、非礼をお詫びしたい。

本書は、学術書として、妥協のない姿勢で執筆に臨んだことはもちろんであるが、いっぽうで、広く古典を愛好する人々に、この目立たない物語への関心を喚起したい、との思いも、頭から離れなかった。そのためには、『御津の浜松』になじみの薄い読者にも、本書で問題とするところを明確にしておく必要があると考え、付録に、「大摑み『御津の浜松』」と題して、物語のあらすじや人物関係の留意点等を解説し、系図も作成しておいた。必要に応じて、参照されたい。

『全注釈』が出版される直前に刊行された、田中登・山本登郎編『平安文学研究ハンドブック』（二〇〇四年、和泉書院）を見ると、「浜松中納言物語」の項を片岡利博氏が執筆していて、「ややもすると観念的な作品論に走りがちな研究の現状の中で」、「今後の課題」について、次のように述べている。

この物語の研究においてもっとも急がれるべきは詳細な注釈である。古写本の出現が期待薄であるだけに、現存本文の丁寧な読解が新たな研究をきりひらく唯一の鍵となるであろう。（一八三頁）

これを読んだ当時、よもや本書のようなものを書くことになろうとは、思いも寄らぬことであったが、いま顧みれば、片岡氏の提言への共感が、筆者をして、やがて本書執筆へと向かわせる遠因であったか、とも思われ、うたた感慨を禁じ得ないのである。

第一章 「むねいたきおもひ」考
——最終巻読解のためのキーワードを見定める——

一 はじめに——最終巻発見の意義

かつて『御津の浜松』には、今日の文学史的評価からすると、過褒とも思われる賛辞がおくられたことがあった。それは、『無名草子』における扱いである。すなわち、『源氏』『狭衣』『寝覚』に続いて四番目に取り上げられると、まず、

『みつの浜松』こそ、『寝覚』『狭衣』ばかりの世の覚えはなかめれど、言葉遣ひ、ありさまをはじめ、何事もめづらしく、あはれにもいみじくも、すべて物語を作るとならば、かくこそ思ひ寄るべけれ、とおぼゆるものにてはべれ。（二三五頁）

との総評があり、その具体的な内容について、登場する女性に即して言及がなされる。そして、最後に欠点を論《あげつら》う段となっても、

げに何事も思ふやうにてめでたき物語にてはべるを、それにつけても、そのことなからましかば、とおぼゆるふしぶしこそはべれ。（中略）はじめよりよからぬものは、いかなることも耳にも立たず、いみじきにつけて、はかなきことともかくこそおぼえけれ。（二三八～二三九頁）

とあるように、すぐれた作品であることを強調したうえで、瑕僅を指摘するといった底《てい》のものなのであった。これを、同じ『無名草子』での『狭衣』評と見較べるとき、そこには、〈『浜松』びいき〉（三角洋一著『王朝物語の展開』[二〇〇〇年、若草書房] 18「『無名草子』と物語文学史」二八〇頁に見える用語）とでも呼びたくなる特異な好尚が現れているように思われるのであるが、その多くは、「中納言の心用ゐ、ありさまなどあらまほしく、この、薫大将のたぐひになりぬべく、めでたくこそあれ」（二三五頁）、あるいは、「中納言、まめやかにもてをさめたるほど、いみじ」（二三九頁）とする、主人公の造型への共感がもたらしたものであるらしい。

ところが、『御津の浜松』へのこのような高い評価は、この物語がその後辿った数奇な運命により、容易には納得しがたいものとなった。近世後期にこの物語は、他の多くのマイナーな物語がそうであったのと同様、国学者たちの間にも知られ、研究の気運も萌してきたようではある（中西健治著『浜松中納言物語論考』[二〇〇六年、和泉書院] 第三章「浜松中納言物語研究史」を参照）。しかし、そのときの物語の体裁が、すでに通行の巻一から巻四までの、首尾を闕いたものであったため、物語の全貌を知ることは不可能となっていた。首巻そのものは、残念ながら、今日に到るも失われたまま、詳細を知るすべもないのであるが、最終巻については、昭和に入ってから、奇跡的に二本の存在が相次いで明らかとなり、そこには、最終巻にふさわしい、濃密な内容の盛られていることが明らかになった。この発見がなければ、『御津の浜松』の読解は、いつまでも隔靴搔痒の状態を脱することが困難であったと想像されるが、こうして日の目を見た最終巻を読み解きながら、ここに到るまでの物語の展開相を丁寧に検証・

明になってくるように思われる。

再確認してゆけば、散逸した首巻をも含めて、物語の目指そうとした世界がいかなるものであったかは、かなり鮮明になってくるように思われる。

そうなると期待されるのが、注釈書の整備ということになるのだが、最終巻まで備えたものとなると、叙上のような理由から、まことに寥々たるものなのである。もちろん、肝腎なのはその質であり、多ければよいというわけではない。だが、じっさいには、現行の諸注釈書を比較しても、いまだ解釈の定まらない、あるいは意見の分かれるところも少なくない。最終巻の読み解きかたいかんが、作品全体を理解するための最大のポイントだと考えるだけに、そこに不安要素を放置しておくことは、研究の質を危うくすることでもあろう。

『御津の浜松』の注釈・研究は、松尾聰氏による『大系』が一九六四年に刊行されて以来、もっぱらこれに依拠する状態が続いてきた。松尾氏以前にも、宮下清計氏による『新註』（一九五一年）がすでに出版されてはいた。しかし、ほどなく稀覯本となり、一般には普及しなかったことに加え、その後に出た『大系』が、厳正にして揺るぎない態度で、委細を尽くした的確な注釈の施された、きわめて信頼度の高いものだったからである。それでも近年、池田利夫氏による『全集』（二〇〇一年）と、中西健治氏による『全注釈』（二〇〇五年）とが相次いで刊行されたことで、『大系』頼みであった『浜松』の注釈史に、ようやく新風が吹き込まれることとなった。とはいえ、新しい注釈書の参入をもってしても、解釈上の問題点は、なお少なからず積み残されているように思われる。

本章では、『御津の浜松』最終巻が、物語世界をトータルに把握するうえで特別な意味をもつとの見通しのもと、曖昧なまま解釈が定まっていないように見える箇所を具体的に取り上げることで、今後に資するべく、再検討を試みることにしたい。

二　問題の所在

現行『御津の浜松』巻四は、七月二十一日の夜、方違えのため中納言が京に戻った留守中に、清水寺に籠っている吉野姫君を尾け狙《つ》う式部卿宮が、姫君を盗み出そうとして、

暮るるままには、式部卿の宮、例の、いとあながちなるさまにかまへて、「今宵かならず率て隠してむ」とおぼして、おはしましぬめり。いかならむ、とぞ。（三七七頁）

というところで、いったん打ち切られる。「いかならむ」との語り手の思わせぶりなことばでもって終わるこの巻末からは、その後の展開の詳細を知ることのできなかったかっての読者たちの、切歯扼腕する姿が髣髴してくる。ともあれ、これを承けた最終巻では、姫君失踪の報せが中納言にもたらされるところから、物語が再開する。

以下、この巻を読みすすむなかで気づかされる顕著な特徴に、中納言の心中思惟が、繰り返し、次から次へと現れることが挙げられる。突然の姫君失踪という事態を承け、それを案ずる中納言の心中に密着した叙述が多くなるのは、当然といえば当然のことであるだろう。ところが、その執拗なまでの心理描写の積み重ねが次第に熱を帯びてくると、それ以前の巻々とは異なった迫力をもって、読む者を物語世界に引き込んでゆくのである。

そして、姫君の行方を摑めぬまま、むなしく時間だけが経過したある月明の夜（八月十五夜であろうか）、中納言の夢に唐后が現れ、天上世界から中納言のいる日本に、女の身で転生する、と告げる。そして、日本への転生のために、「かうおぼしなげくめる人の御腹になむやどりぬるなり」（三九八頁）と、行方不明の吉野姫君の腹に宿ったというのである。

唐后に関しては、巻四において、同じ年の三月十六日の夜、その天上世界への転生が、天の声によって中納言に知らされるという事件があったばかりだが、そこから一転、今度は、「われ（＝唐后）も人（＝中納言）も浅からぬあいなき思ひにひかれ」（三九八頁）た結果、唐后の日本への再度の転生となったわけである。中納言は、唐后がこの人間世界からたしかに去ったことを確認するいっぽう、自分が唐后のもとへの転生を願うのは当然としても、唐后のほうからこちらへ転生してくるとは思いも寄らないことであったと、衝撃をもって受け止め、いまだ信じがたい思いであるのか、「明けぬれば、ところどころに誦経せさせ、つねよりもおこなひ祈りつつも、「またはこの世にいつかは（唐后と逢えようか、逢えはしまい）」と思ひつづくる」（三九八頁）のであった。そして、そのようなかれの思いは、おのずから、失踪した吉野姫君へと向かう。そのあたりの本文を、池田利夫編『浜松中納言物語〈五〉広島市立浅野図書館蔵』（一九七二年、笠間書院）の影印によって翻字すれば、次のようである。(2)

……「この心我こゝろみだし給人も、ことざまの契りのをはしけるよ」と、方〴〵むねいたうくちおしう、「よそに思ひなさんとは思はざりしを」と、「いかなる人のもとにおはすらむ。我よりほかにしる人もなき御みなれば、きゝいでゝ尋しらん。我御心はさらなり、たゞ、見ん人も、もてはなれず、うとかるまじきさまにいひなしてこそは、むつびよりて、むねいたきおもひはたえずとも、せめてこそ思あつかひ聞えめ」。すべてこと〴〵おぼえず、たゞ、ありつる夢より

のちは、いとゞ心にかゝりて、とざまかうざまに思ひ明し
暮すよりほかの事なきに、……（二六〜二七頁。私に句読点・濁点等を付した）

一読しただけでは、なにをいいたいのかただちには理解しがたい文章であるのだが、そのわかりにくさを実感すべく、まず、『大系』で松尾氏が施した注釈を確認することから始めよう。厳密を期するため、また、松尾氏の真摯な注釈態度への畏敬の念をも込め、煩を厭わず、校訂本文と、そこに施された頭注と補注とを、すべて掲げる。あわせて、最終巻の注釈の嚆矢である宮下氏の『新註』の頭注を、【 】内に適宜補記した。

三　「むねいたきおもひ」は誰の思いか

……「二四この心二五我《わが》こゝろみだし給《たまふ》人も、異様《ことざま》の契りのを《お》はしけるよ」と、二六方《かた》〳〵胸《むね》いたう、「くちお《を》しうよ二七そに思ひなさんとは思はざりしを」二八と「二九いかなる人のもとにおはすらむ。我よりほかに知《し》る人もなき御身《み》なれば、三〇きゝいでゝ尋《たづね》しらん、三一我《わが》御心はさらなり、たゞ、みん人も、もてはなれず、うとかるまじきさまにいひなしてこそは、むつびよりて、胸《むね》いたきおもひは絶《た》えずとも、せめてこそ思《おもひ》あつかひ聞えめ」三二すべて三三異事《ことごと》おぼえず、たゞ三四ありつる夢よりのちは、いとゞ心にかゝりて、とざまかうざまに思ひ明し暮すよりほかの事なきに、……

（四〇三頁）

二四　「この心」は不審。「このごろ」の誤りか。→補注八五二。【此の心即ち我が心。】

八五二　宮下氏は「此の心即ち我が心」と解かれるが、そのように並べる必要があったか、疑わしい。強いて考えれば、むしろ「この心」とだけあった本文に傍注として後人が「我心」と付けたのが本文に竄入したとでも見るべきか。あるいは、「このころ」が、下の「我こゝろ」にまどわされて「このこゝろ」と誤写されたというようなことも考えられるが、ここに「この頃」が必要なことばとも考えられないから、可能性はかなりとぼしい。その他、「この心」を「唐后の心」と解いて、唐后が異父妹のことに心を乱していたと考えることも、ある程度可能性はあろうか。

二五　私の心を乱しなさる人（吉野姫）も、（私とは結ばれないで）ちがった人の妻となる前世の約束がおありになったんだなあ。【我が心を乱し給ふ吉野姫も自分とは格別の深い因縁がおありだつたよ。】

二六　あれやこれやと。【何やかやと。】

二七　吉野姫を他人のものと強いても思うようになろうとは思っていなかったのに。【残念にも姫を他人のものと思はねばならぬやうにならうとは思ひもよらなかつたのに。】

二八　→補注八五三。【「と」は或は誤入か。】

八五三　会話又は心中語を「と」で承けたものが、いくつか並んで、最後の「と」につづく用言にそれぞれかかってゆく語法はあるが、ここでは次の「心中語」につづく地の文が不備なので、ただちにそうした語法とみるわけにもいかない。「と」はあるいは「今」の草体の漢字の誤写か。

二九　姫は今頃どんな人のところにいらっしゃるのだろう。私以外には（姫を）知る人もない姫の御身なのだから。→補注八五四。【自分以外には吉野姫を知つてゐる人はないから。】

八五四　「我よりほかに云々」は、前に「此の人よりほかのしる人やは我が身にある、とひたぶるに身をまかせて」とあるのを参照すると、「私を知っている以外に、他人で知っている人もない姫の御身だから」の意とも解けよう。（ただしその場合は「知り給ふ人」とある方が穏当ではある。）

三〇　「尋ねしらん」の下に相当長い（少くとも一行分ぐらいの）脱文があるか。→補注八五五。【聞き出して尋ね知らうとしても。この下に「とても見つけ出すことは難しいであらう云々」といふやうな意味の脱文があるのではあるま

いか。】

八五五　「きゝいでゝ尋ねしらん」（姫のことを聞き出して、詮索して知ろうとする）の次に、底本も尾上本も「に」があって、見せけちにしている。あるいは、「尋ねしらんに（脱文）」又は「尋ねしらん（脱文）に」の形であったものを、後人がさかしらに削ったのか。「尋ねしらん」又は「尋ねしらんに」の次には、「方策がないはずだのに、どうしてさがし出したのだろう。姫を迎え入れたその男の邸では、姫は従順な人だから、その男にあまりつれなくもしないで」といったような叙述でもあったか。

三一　→補注八五六。【姫御自身は云ふまでもなく、相手の男も親しく疎遠でない様子にうまく云ひつくろひ、睦び寄つて、良心の苛責は絶えず受けても、強ひて大切にもてなし申し上げてゐることであらう。】

八五六（いちおうの）通解――「姫御自身のお心は（男の心に従うことは）いうまでもない、（姫を）見るであろう人（相手の男）も、（元来、姫とは縁つづきだとか、親しい家のつきあい関係だとか）かけ離れた関係ではなくて、当然疎遠であるはずがないようなふうに、ひたすらこしらえて言っては、親しみ近よって、―（姫が完全に心を許すわけではないので）胸がいたむ思いは絶えないとしても―強いて（姫を）大切にお世話し申し上げることであろう」。以上「我が御心はさらなり」を「男の心に従うことについては」の意としたが、姫の心をそう割り切るのには疑問がある。「さらなり」の次に、脱文を想像すべきかとも思われるが、「我が御心はさらなり」は「みん人も」と並んでいるようであるから、やはりそのまま下に続けて解くべきなのであろう。「もてはなれず云々」についても、もちろん別様の解もあり得よう。「胸いたきおもひは絶えずとも」を宮下氏は「良心の苛責は絶えず受けても」と解かれる。「良心の苛責」を「胸いたきおもひ」という詞で表現するかどうかはしばらく措くとしても、こうした場合すき者が良心の苛責を覚えるかどうかが問題であろう。

三二　次に「と」脱か。

三三　他の事は感じられないで。【他のこと。】

三四　先ほどの夢以後は、（姫のことが）いっそう心にかかって、あれやこれやと考えて夜を明かし日を暮らすより外のことはないのに。

二〇〇字ほどの、『大系』本文で七行という短文に、頭注が一一箇所、補注がさらに五箇所施されていて、ここに費やされた注釈の量の多さにも、この一節の晦渋であることを窺い知ることができよう。また、『新註』と並べると、『大系』が、宮下氏による簡潔ながら的確な頭注をじゅうぶんに踏まえて、さらに解釈の厳密を期したものであることが理解できる。これを承けて、はじめて全文の現代語訳を提供した池田氏の『全集』が、同じくだりについてどのように対処したか、こちらも確認しておこう。校訂本文・現代語訳・頭注の順に掲げる。

……[三]このころ、わが心乱し給ふ人も、ことざまの契りのおはしけるよと、かたがた胸いたう、口惜しう、よそに思ひなさむとは思はざりしをと、いかなる人のもとにおはすらむ、われよりほかに知る人もなき御身なれば、聞き出でて[四]たづね知らむ。わが御心はさらなり、ただ、見む人も、もて離れず、[五]うとかるまじきさまに言ひなしてこそは、むつび寄りて、胸いたき思ひは絶えずとも、せめてこそ思ひあつかひ聞こえめ。すべてことごとおぼえず、ただありつる夢よりのちは、いとど心にかかりて、とざまかうざまに思ひ明かし暮らすよりほかのことなきに、……（三九八～三九九頁）

……近頃自分の心をお乱しになる姫君も、ほかの人と結ばれる因縁がおありになったのだよと、あれやこれやと胸が痛く、悔しいことに、姫君を他人のものと見る羽目になろうとは思わなかったのにと、一体どんな人の所に今おいでか、自分よりほかに知る人もいない御身の上なので、自分こそが聞き出し、探し出して居所を知ろうよ。姫君御自身のお心は言うまでもなく、現に一緒にいる男も、姫君を粗略には扱わず、親身になってうまく言いくるめ、馴れ馴れしく寄り添って、気がとがめる思いは絶えないとしても、つとめてお世話申し上げているであろう。一切ほかのことは思い浮ばないで、ただもう先日夢を見てより以後は、姫君のことがますます気になって、ああでもあろうかこうでもあろうかと考えて夜を明かし日を暮らすよりほかのことはないでいると、……

三　底本、尾上本とも「この心」。下の「わが心」に続けて「この心（すなわち）わが心」と強調した表現と強いて受け取れないこともないが、仮名表記「このころ」の誤写かと改めた。

四　底本、尾上本とも「尋しらんに」とあり、「に」を見せ消ち抹消している。下文とのつながりが不自然なので、ここに、「探し出したいが、方策のないまま過ぎるうちにも、姫君が他の男といるのがいまいましい」とでもいう内容の脱文が想定されるか。

五　「うとかるまじきさま」を、「見む人」（現に姫君を世話している男）の親身な応接の意としたが、二人が親しくなっていい血縁・地縁など、あることないことを持ち出していると想像しているのかもしれない。『源氏』総角、薫「（私にはあなたと同じく父親もなく）さすがにたづきなくおぼゆるに、（大君を）うとかるまじく頼み聞こゆる」。

両者を見較べると、『全集』は、おおむね『大系』の読みを踏襲したものであることがわかるが、「胸いたき思ひは絶えずとも」を「気がとがめる思いは絶えないとしても」と訳している点については、『大系』補注が疑問を呈した、『新註』の説に従ったもののようである。また、不審をひとつ指摘すれば、『大系』と『全集』がともに、「きゝいてゝ尋しらん」とある底本について、尾上本同様「尋しらんに」とあり、「に」を見せ消ちにしている、と注記していることが挙げられる。ここは、影印を見るかぎり、そのようになってはいない（小松茂美著『校本 浜松中納言物語』［一九六四年、二玄社］七一一頁をも参照）。それはそれとして、この前後の文章が解釈に窮するものであることは、『大系』『全集』（遡って『新註』も）が揃って指摘するところであり、ともに脱文を予想するのも、文章のながれがあまりに汲み取りにくいからである。

ところで、『大系』『全集』（遡って『新註』も）での解釈には大差がないものの、じつは、どうにも釈然としない箇所がある。「むねいたきおもひはたえずとも、せめてこそ思あつかひ聞えめ」とあるところである。とくに後半の「せめてこそ思あつかひ聞えめ」について、「強いて（姫を）大切にお世話し申し上げることであろう」（『大系』）、あるいは「つとめてお世話申し上げているであろう」（『全集』）と、いずれも主語を「見ん人」とするのであるが、これはいかがであろうか（中西氏の『全注釈』でも、「見つけた者も……ひたすらお世話申し上げているのだろう」［一一五二頁］と口語訳する）。『全集』のような訳になるには、本文を、「せめてこそ思ひあつかひ聞こゆらめ」とでも改訂しなければなるまいし、そもそも「せめてこそ思あつかひ聞えめ」の語勢からは、素直に読めば、推量ではなく意志と取るのが自然であろう。「こそ」と「聞ゆ」を省けば、「せめて思あつかはむ」である。だとすれば、主語は「見ん人」ではなく、心中思惟の主体たる中納言であろう。

ならば、中納言は、なにを「思あつかひ聞え」ようと考えているのか。あらためて、そこに到る表現を確認すると、「（吉野姫君は）我（＝中納言）よりほかにしる人もなき御みなれば、きゝいでゝ尋しらん。我（＝姫君の）御心はさらなり、たゞ、見ん人（＝姫君を盗み出した男）も、もてはなれず、うとかるまじきさまにいひなしてこそは、むつびよりて、むねいたきおもひはたえずとも、（わたし＝中納言は）せめてこそ思あつかひ聞えめ」となっている。[3]

この時点で中納言がもっとも恐れているのは、吉野姫君を永遠に手もとから失うことである。姫君が何者かに盗み出され、すでにその男と男女の契りを結んだであろうことは、中納言も認めている。それでもなお、ほかの男の掌中にあることを承知しつつも、中納言は姫君を失いたくないのだ。そのためには、どのようにすればよいか。中納言が今後も世話を焼くことに、姫君が難色を示すことはないだろう。「我よりほかにしる人もなき御み」だからである。だとすれば問題は、「見ん人」との関係いかんということになる。「見ん人」が誰であるかがわかっても、かれが姫君を匿ったまま中納言に会わせることを拒否すれば、姫君が中納言のもとに戻ってくることはない。そこで中納言が考えついたのが、「たゞ、見ん人も、もてはなれず、うとかるまじきさまにいひなしてこそは、むつびよ」

ること、なのであった。中納言と姫君が「もてはなれ」ない関係にあることはいうまでもないが、「見ん人も」また自分と疎遠ではない関係であるように言い做して、中納言との間に親交が成立すれば、ふたりへの奉仕というかたちで、姫君は中納言のもとに戻ってくる。ただし、それは、「せめて」する奉仕であり、「むねいたきおもひ」の絶えないものとなるはずだが、そのような思いをしてでも中納言は、姫君を取り戻したいのである。「むねいたし」の語は、気づけば、問題とした一文のはじめにも「方〴〵むねいたうくちおしう」と見え、これが中納言の思いであることに、疑問の余地はなかった。

四　「むねいたきおもひ」の意味するもの

こうした中納言の思惟は、いかにも異様なものに映る。だが、『御津の浜松』最終巻においては、ほぼ同様の中納言の思いが、繰り返し描かれている。まず、吉野姫君の失踪を知った直後、中納言は早速、こんなことを考えている。

たれにても、この人（＝吉野姫君）をうち見る人の、よろしう思ふべき（姫君の）人ざまならねば、御身口惜しうてはおはせじ。われこそ（姫君と）契りなきことに思ひわび、涙の淵に浮き沈みつつも、（中略）（姫君とともにいることで）こよなうなぐさみて世を過ごしつれ。女は、いみじけれど、（男との）まことの契りに心寄り果てて思ふことなれば、われそぞろなりし人と思ひ棄てて、（下略）（三八四頁）

誘拐された姫君は、よもや男から粗略に扱われることはあるまいから、男との愛欲に溺れるようになれば、契りを交わすことのなかった自分のことなど、思い出そうともしないだろう、と想像しているのである。吉野聖の警告に従い、姫君とは禁欲的に接してきた中納言にとって、今回の事件は、いかばかりの痛恨事であったか。そのことに同情できるか否かは、読む者の中納言への共感や思い入れの深浅にかかっていよう（さすがの『無名草子』も、こうした中納言の態度に、いささか辟易の気味が感じられるが……）。

こうした思いを、中納言の妄想と一笑に付すことはたやすい。しかし、かれは真剣である。姫君を誘拐した男への妬ましさを募らせながらも、「人聞きはものぐるはしきやうなれど、いかでかたづね出でて、取り返してしがな」（三八七頁）と焦慮する。

その後も中納言は、吉野姫君が残した手習を見ながら、「「これをよそ人のものに思ひなしてむよ」と思ふに、胸苦しう、口惜しきことかぎりなし」（三九六頁）と、堪えがたい思いを噛み締める。そして、今宵、月を愛でたりすることもなく、男と「すきまなくてこそ寝給ひぬらめ」と想像し、「心やましきことかぎりな」（三九七頁）い精神状態でまどろんだ夢に現れたのが、唐后であった。問題にした一節は、それにつづくものである。

ここまで、読者は、まさに中納言の独り相撲につき合わされている感がある。巻四巻末には、式部卿宮が吉野姫君を、「今宵かならず率て隠してむ」と画策していることが明示してあり、読者にとって、姫君を盗み出したのが宮であることを疑う余地など、どこにもない。にもかかわらず中納言は、「関白殿の君達」（三八四頁）や「大い殿の三位の中将」（三八六頁）といった別人に、疑いの目を向ける。もちろん、式部卿宮も犯人候補に挙がってはいるのだが、けっきょくのところ、巻四において、宮への警戒をあれほど姫君に促していたにもかかわらず、最終巻での中納言は、なぜか宮を除外したまま、姫君誘拐の犯人探しをしているのである。

そうした不可解な物語の展開は、しばらくふれられることのなかった式部卿宮の動静へと話題が転じられたことで、ようやくにして空転から脱し、吉野姫君の扱いをめぐる緊迫した局面を迎えることとなる。姫君は、中納言のあらぬ想像とは裏腹に、宮のもとに隠し置かれたのちも、けっして宮に心開くことなく、衰弱の一途を辿った。心配しつつもなすすべのない宮は、姫君が息の下に、最期に会いたい人として「中納言に告げさせ給へ」(四一〇頁)というのを聞いて、中納言に非常を知らせる文を遣わした。その使者が到着する直前、姫君と過ごした乳母の家で物思いに耽る中納言は、次のように思いをめぐらしている。

「(吉野姫君が)世におはせぬやうあらじ。聞きつけては、また(姫君が)いかなる人のもとにおはすとも、——もとより離れぬゆかり、われのみこそ。知るべき人などたづね寄らむも、吉野山の聖よりほかは、この人(=姫君)の御ゆくへ知る人なければ、疑ひおきて思ふ人、たれかはあらむ。——なほ迎へ取りて、いかなるさまなりとも、われ思ひあつかひてこそ、なほ朝夕おぼつかなからず見るに、心もなぐさまめ」と思ひつづくるに、なぐさむを、「われはかく思ふとも、さすがなる心の鬼添ひ、まことのけ近き契りのかたに心寄り果てて、(中納言は)あらぬそぞろなる人ぞ」など教へたてられむこそ、いみじく口惜しう心憂かるべけれ。(姫君は)心うつくしう、らうたげなりし人なりしかば、さも思はずやあらむ。かく誘ひ*かくしたらむ**人も、(姫君とは)いとえうちとけずやあらむ」など、ただことごとなう、明け暮れ過ぐる日数にも、起き臥し思ふよりほかのことなくて、(下略)(四一三〜四一四頁)

*尾上本は「かく誘ひかくしたらむ人も、いとえうちとけずやあらむ」の本文を欠く。目移りによる脱落であろう。

**「かくしたらむ」を『全集』本文では「かへしたらむ」とする(『大系』『全注釈』も同様)が、影印では「かくしたらん」と判読でき(四九頁三行目)、それに従う。前掲『校本 浜松中納言物語』でも、「かくしたらん」と翻字する(七二一頁)。

吉野姫君はどこかに無事でいるはずだから、誰が盗み出したにしろ、なんとかその居場所を突き止めて、迎え取りたい。姫君には、自分しか頼る人はいないのだから。姫君がどのような状態にあろうと、迎え取ることができれば、毎日その世話を焼きながら、姫君のことで気を揉むこともなくなるだろう。もっとも、姫君が、盗み出した男との契りに満ち足りて、自分のことなど歯牙にもかけなくなっているようだと情けないが、姫君の素直で可憐な人柄からして、相手の男も、いまだ契りも交わせずにいるかもしれない――こんなことばかりを中納言が考えていると、……。

一見して、さきに問題とした一節と、非常に近似した内容であることが知られよう。さきには、「たゞ、見ん人も、もてはなれず、うとかるまじきさまにいひなしてこそは、むつびよりて、むねいたきおもひはたえずとも、せめてこそ思あつかひ聞えめ」とあったが、ここでは、「聞きつけては、またいかなる人のもとにおはすとも、……なほ迎へ取りて、いかなるさまなりとも、われ思ひあつかひてこそ、なほ朝夕おぼつかなからず見るに、心もなぐさまめ」とある。男と一緒であってもかまわない、どんなかたちでもよい、なんとしてでも吉野姫君を取り戻し、みずから「思ひあつかひ」たい――中納言の思いは一貫していて、まったくぶれるところがないのである。

その後、中納言は、式部卿宮の呼び出しに応じて、参内、衰弱しきった吉野姫君と再会すると、その場で采配を揮い、宮の承諾も待たず、姫君を乳母の家へと引き取った。まずは、中納言の望んだとおりにことは推移したのである。ただし、中納言の「むねいたきおもひ」なるものも、ここまでは、かれの想像としてあるにすぎなかった。むしろこれからが、仮借ない現実と向き合いながら、「むねいたきおもひ」を味わい尽くす本番なのであり、そこにこそ主人公たる中納言の真骨頂が見出されるはずである。

注

（1）『狭衣』への総評は、

『狭衣』こそ、『源氏』に次ぎては世覚えはべれ。「少年の春は」とうちはじめたるより、言葉遣ひ、何となく艶にいみじく、上衆めかしくなどあれど、さして、そのふしと取り立てて、心に染むばかりのところなどはいと見えず。また、さらでもありなむとおぼゆることもいと多かり。（二二〇頁）

というものであり、「さらでもありぬべきことども」（二二三頁）を列挙するさいも、「何の至りなき女のしわざと言ひながら、むげに心劣りこそしはべれ。（中略）物語といふもの、いづれもまことしからずと言ふなるに、これは殊の外なることどもにこそあんめれ。」（二二四頁）と容赦ない。

（2）「またはこの世にいつかは」の解釈について、野口元大「浜松中納言論――女性遍歴と憧憬の間――」（同氏著『王朝仮名文学論攷』［二〇〇二年、風間書房］所収）では、「これは、この日本でもう一度逢えるのか、いつの日に、待ち遠しいことだ、の意であると解さなければなるまい。」（三五三頁）と説くが、「いつかは」を反語と解する『新註』以来の通説に従った。

（3）大槻修編『平安後期物語選』（一九八三年、和泉書院）所収「浜松中納言物語」（三角洋一校注）には、「我よりほかにしる人もなき御みなれば」以下について、次のような頭注を施している。

大意、中納言をしか知らない姫君が、男から今までのことを聞き出され、中納言のもてあつかいをあげつらわれたら、どう思い驚くだろう、男は口上手に言いなびかせたことだろう、姫君とのいきさつを知った男の口封じのためにも、姫君を大切にお世話しよう。（三一～三二頁）

「男の口封じ」云々の解釈がよくわからないが、「姫君を大切にお世話しよう」というのが「せめてこそ思あつかひ聞えめ」の訳に当たるものであれば、私見とほぼ同じだということができる。

第二章　「むねいたきおもひ」の果て
――キーワードから最終巻を読み解く――

一　はじめに――中納言の「むねいたきおもひ」

本書第一章において筆者は、『無名草子』に見られる「〈『浜松』びいき〉とでも呼びたくなる特異な好尚」の多くは、「主人公の造型への共感がもたらしたものであるらしい」（一〇頁）としたうえで、『御津の浜松』をトータルに理解するにあたっては、「最終巻を読み解きながら、ここに到るまでの物語の展開相を丁寧に検証・再確認してゆけば、散逸した首巻をも含めて、物語の目指そうとした世界がいかなるものであったかは、かなり鮮明になってくるように思われる」（一〇～一一頁）との立場から、最終巻において、「曖昧なまま解釈が定まっていないように見える箇所を具体的に取り上げることで、今後に資するべく、再検討を試み」（一一頁）た。すなわち、夢に現れた唐后から、日本へ転生するにあたり、失踪した吉野姫君の腹に宿ったことを告げられた中納言が、衝撃を受けつつも、いまだ行方のわからぬ姫君へと思いを馳せるくだりについて、

「このごろわが心乱し給ふ人も、ことざまの契りのおはしけるよ」と、かたがた胸いたう、口惜しう、「よそに思ひなさむとは思はざりしを」と、「いかなる人のもとにおはすらむ。われよりほかに知る人もなき御身なれば、聞き出でてたづね知らむ。わが御心はさらなり、ただ、見む人も、もて離れず、うとかるまじきさまに言ひなしてこそは、むつび寄りて、胸いたき思ひは絶えずとも、せめてこそ思ひあつかひ聞こえめ」。すべてことごとおぼえず、ただありつる夢よりのちは、いとど心にかかりて、とざまかうざまに思ひ明かし暮らすよりほかのことなきに、（下略）（三九八〜三九九頁）

とある「胸いたき思ひ」を抱く者とは、現行の諸注釈書にいう「見む人（＝姫君を盗み出した男）」ではなく、中納言と解すべきであり、つづく「せめてこそ思ひあつかひ聞こえめ」も、「見む人」による姫君の扱いを推量したものではなく、今後姫君と相手の男をどのように遇するつもりなのか、中納言じしんの意志を表したものであることを明らかにした。

ここと同様の思いは、後文の、式部卿宮からの使者が到着する直前の中納言の心中思惟でも繰り返されていて（第一章・二二頁を参照）、第一章では、両者の内容を確認したうえで、「男と一緒であってもかまわない、どんなかたちでもよい、なんとしてでも吉野姫君を取り戻し、みずから「思ひあつかひ」たい――中納言の思いは一貫していて、まったくぶれるところがないのである。」（二三頁）と結論づけたのであったが、あわせて、「中納言の「むねいたきおもひ」なるものも、ここまでは、かれの想像としてあるにすぎなかった。むしろこれからが、仮借ない現実と向き合いながら、「むねいたきおもひ」を味わい尽くす本番なのであり、そこにこそ主人公たる中納言の真骨頂が見出されるはずである。」（同）との見通しを示しておいた。これを承けて、本章では、中納言の「むねいたきおもひ」の行く先を、詳しく跡づけてみることにしたい。

二　「かけてもおぼし寄らざりけるはづかしさ」――式部卿宮と中納言、それぞれの思い

中納言の「むねいたきおもひ」は、宮中での式部卿宮との対面によって、その現実が突きつけられることとなった。宮からのたっての来訪の求めに、「わざとかくたづね給へるは、なにばかりのことかあらむ」（四一五頁）と、訝しく思いながらも参内すると、宮は、「この月ごろ、たれとも知らず、夢のやうにて見る人のある」（四一五頁）ことを語り始める。話を聞き終えた中納言は、「いみじく忍ばむと思ひたれど、え堪へ給はず、涙を流し給ふ御けしき、世のつねの御こころざしと見え」（四一七頁）ぬ宮の様子を前にして、今のこの事態にどのように対処すべきか、思いを巡らす。

「この月ごろは、（式部卿宮について）「苦*しき御心なほりて、内裏《うち》住みにおはします」と聞きつれば、（宮が吉野姫君を盗み出そうとは）思ひ寄らず、三位の中将をのみこそ思ひ疑ひつれ」。（宮の話を）うち聞きつけたるも、うつつともおぼえぬに、さばかり思ひ沈むらむ（姫君の）心にも、われ（＝中納言）に知られむと思ひけるほどのかなしさに、（中納言は）とばかりためらひやり給はず。「この人（＝姫君）の本体をば、この宮もえ知り給はじ。とこの浦たづね給へりし折に、わ（＝中納言）が思ひ寄りしままに、おぼし寄り、盗み給へるにこそはあらめ。それに、心得ぬすぢ（＝姫君が処女であったこと）は、「いかなることぞ」とおぼさるるやうもあらむ。女（＝姫君）は、われ（＝中納言）を離れじと思へばこそは、（宮に）さは（＝「中納言に告げよ」と）聞こえ給ひつらめ。さりながら（＝中納言と姫君との間に男女の関係がなかったことを知られたとはいえ）、この人（＝姫君）を、（宮に）いささかもうとく見え知られたてまつるべきならず」（下略）（四一七頁）

＊はた迷惑な漁色家ぶりも鎮静して、ほどの意。「宮の苦しい御気分も回復され」（『全集』現代語訳）などとする諸注釈書の解釈には従わない。

中納言は、宮と結ばれたとはいえ、吉野姫君が今なお自分から離れたくないと思っていることに深い感銘を受けるとともに、すでに宮の思い人となっている現実は受け容れたうえで、自分と姫君とが男女の関係ではなかったことへの宮の疑惑を打ち消し、かつ、自分と姫君とが疎遠な間柄ではないと宮に思わせることができれば、姫君を失う最悪の事態は回避できる、と考えた。その結果導き出した答えが、姫君を、故父宮の隠し子、すなわち、中納言の異母妹だとすることであった。宮によってすでに奪われた恰好の姫君ではあるが、それを取り戻す方便として、中納言は姫君を肉親だと偽ったのである。

虚実を綯い交ぜにした中納言の説明を、式部卿宮はそのままに信じた。中納言が、清水寺に籠っても、瘧病《わらわやみ》がなかなか快方に向かわなかった姫君は、「思ひかけず（宮に）御覧ぜられて、「はづかし」と思」（四一九頁）っているうちに、すっかり衰弱してしまったのだろう。自分としては、「いますこし（姫君が）みやこびてこそ（宮に）御覧ぜさせばや」（四一九頁）と思っていた、というと、宮は、「「まことに、されば（＝兄妹の関係だから）こそ、かかるさましたる人を、ただには（＝契りも交さず）見あつかひけめ」と、つゆの疑ひなく聞き給ひて、うちつけの御心は、「うべこそ、いとにほひやかなるかたはかよひけれ」とおぼす」（四一九頁）のであったが、中納言の思惑どおりの事態の推移に、「……と（宮が）おぼすぞをかしきや」と、この物語にしてはめずらしく、皮肉をこめた語り手のことばが挿まれる。

その直後の、

かかる人を見つけ給ひて、かけてもおぼし寄らざりけるはづかしさも恨めしさも、よしや、ただいまはよろづ

おぼえずとて、出で入り給ふ。(四一九〜四二〇頁)

とある一節については、諸注釈書の解釈に疑義があるので、検討しておく。まず、『大系』の頭注には、次のようにある。

このような(美しい)人を(中納言が)お見つけになって、(それに対して自分—宮—が)全くお思いつきもなさらないでいたのだった(まぬけさについての)恥ずかしさも(中納言に対する)うらめしさも、ままよ、(この非常の折である)たった今は、万事意識しない(ことにしよう)といって、宮は、(あわただしげに姫のもとに)出たり入ったりしていらっしゃる。「思しよらざりける」が「思ひよらざりける」とあるなら、宮の、中納言に対する会話のことばとみられるが、「思し」とあるのだから、地の文とみておく。ただし「よしやたゞ今はよろづおぼえず」だけを会話語とみてもよい。(四一八頁)

また、『全集』の現代語訳にも、

これほどの人を中納言がお見つけになって、自分がかりそめにもお思いつきにならなかった恥ずかしさも、恨めしさも、どうでもいい、今になれば、一切お構いなしというようにして、宮は部屋を出たり入ったりなさる。(四一九〜四二〇頁)

とあるほか、『全注釈』の口語訳・注釈も同様である(『新註』は、「人」を宮と解し、「出で入り給ふ」の主語を中納言とするなど、誤りが多い。『桜楓』は注なし)。最大の疑問点は、「かけてもおぼし寄らざりける」の主語を、いずれもが式部卿宮と取っていることである。しかし、『大系』がいみじくも、「「思しよらざりける」が「思ひよらざりける」

とあるなら、宮の、中納言に対する会話のことばとみられる」と指摘するように、「かかる人を……おぼえず」は、全体が宮のことばであるらしい。ところが、このままでは、「おぼし寄らざりける」が宮の自敬表現となってしまい、不自然である。そこで、会話文の範囲を狭めたり、限定しないような操作を施すことになるのだが、ここをあくまで会話文として理解しようとすれば、答えはおのずと明らかであろう。すなわち、会話文中に「かけてもおぼし寄らざりける」と敬語で待遇された主語は、「見つけ給ひて」の主語がそうであるごとく、中納言でしかあり得ない。

この式部卿宮のことばは、直前に中納言が、「いますこしみやこびてこそ御覧ぜさせばや」といっていた（もちろん、中納言の本心ではない）のを承けて、じっさいには、中納言は姫君の存在を隠し、自分に教えようとしなかったではないか、と責めているのである。そうなった原因が、姫君を奉るに値しない男だと自分が思われていたのなら忸怩たる思いだし、いっぽうで、親友である自分にも姫君の存在を知らせなかった中納言の薄情さが恨めしい、というのだ。しかし、中納言に対して抱いていたわだかまりも解けたし、姫君の素姓についての不審も晴れたことだから、それ以上に、姫君の扱いに一刻の猶予もならない今、とやかくいうのは止《よ》しにしよう、というのが、宮の発言の意味するところである。

さらに、従来、「出で入り給ふ。」と読まれてきた箇所にも不審がある。浅野本・尾上本ともに「出入給」と表記されているのだが、これが、「宮は部屋を出たり入ったりなさる。」（『全集』現代語訳）の意だとすると、あまりにも間の抜けた文章だと評するほかない。おそらくここは、「いていり給」のような仮名表記であったものに、無造作に漢字を当てただけのことで、「いて」は「ゐて」であり、「率て入り給ふ」と読むべきところであろう。宮は中納言を連れて、姫君の部屋にお入りになる、の意である。

三　「今までこれにさぶらひける、不便にこそ」――中納言が吉野姫君退出を急いだ理由

以上のような式部卿宮との応酬を経て、中納言は吉野姫君のもとに通される。中納言が何度も呼びかけると、姫君は「息するけしきもし給はず」、「われか人かにもあらず、いみじう頼もしげなき」（四二〇頁）重篤な容態であるが、かすかに目を見合わせて、涙を流す様子である。

「いとかうは思ひ給へずこそありつれ。むげに言ふかひなくなり果て給ひにける人かな。人の世はいと知りがたくはべるわざを、今までこれにさぶらひける、不便《ふびん》にこそ。今宵率《ゐ》て出でさぶらひなむ」と申して、その用意聞こえ給ふ。（四二〇～四二一頁）

中納言は、早速、今夜にも姫君を退出させようと采配を揮う。それにしても、いつもは悠長に構えている感のある中納言にしてはめずらしい、迅速・果断な言動が目を惹くが、それだけ緊急を要する事態だというのである。だが、ここは、たんに、中納言が姫君の容態を案じて退出を急いでいる、と読み取るだけでは、物語世界の理解として不十分であろう。「今までこれにさぶらひける、不便にこそ」からは、こんな危篤状態になってまで姫君が宮中に留まっていたことの不都合さについての中納言の自覚が、はっきりと読み取れるからである。

いうまでもなく、宮中とは、穢れを厳重に忌む場所である。天皇を除いては、何人《なんぴと》たりとも、神聖なる宮中を、死の穢れでもって染めることは許されない。ところが、式部卿宮は、父帝から、立太子を控え、気ままな里住みを諫められ、御所住まいを強制されたため、拉致した吉野姫君を匿っておくのにも、「御宿直所《とのゐどころ》の梅壺」（四〇一頁）を使用するほかなかった。その後、衰弱する姫君を目の前にして、宮は、「この人いたづらになりなば、やがてわ

が身もあと絶えて、野山に行きまじるべきぞかし。国王の位も何にかはせむ」（四〇七頁）とまで焦慮するのであるが、いずれは天子たるべく運命づけられた人物らしくもなく、かれの脳裏からは、そうした禁忌への配慮は、すっぽりと抜け落ちてしまっているようである。かくて、宮中に降りかからんとした死の穢れは、中納言の冷静・迅速な対応により、かろうじて回避される。このあたりの緊迫した展開には、かの「桐壷」巻の、更衣退出をめぐる経緯を髣髴させるものがあろう。

それでも、「「あまりなる心のすさびにて、かかる目を見る」と思へば、わが身ひとつの罪、のがれやるかたなく」（四二一頁）と、ひたすらみずからの行いを悔やむばかりの宮に、中納言は、「よろづのこと、さるべきことにさぶらひければ、ともかくもおぼしめすべきにさぶらはず」（四二一頁）と慰めるいっぽう、女房の信濃に、ただちに牛車を用意して参上するよう命ずる。

車の到着を待つ間、中納言は、次のようなことを考える。

かく取り返し、また会ひ見せたてまつるまじきならねば*、この内裏にては、われひとりも知りあつかふべきかたなければ、祈りなども心やすきところにて。（四二一～四二二頁）

＊底本・尾上本「ならねは」。『全集』は「ならねど」と改訂するが、従わない。

吉野姫君を取り返すことはできた。式部卿宮には、こうなった以上、今後姫君と会わせないというわけにはいかない。宮中では、自分ひとりで姫君の世話ができるわけもないから、祈禱なども目の届くところで信頼できる者に行わせよう。――ひとまず、「男と一緒であってもかまわない、どんなかたちでもよい、なんとしてでも吉野姫君を取り戻し、みずから「思ひあつかひ」たい」との中納言の思いは、かなうかたちになった。しかし、一緒に出て行こうとする宮を押し留め、姫君を抱きかかえて車に乗り、もとの家に帰る道すがらも、「夢のやうに、聖の宿曜《すくえう》を思ひ出で給ふも、ゆゆしく恐ろしく、やがてゆくへ知らざりしよりも、「目の前にさることをや見む」と思ふも、かなし」（四二二頁）と、行方がわからず心配していたとき以上に、宮との契りが交わされたことにより、いずれ直面せざるを得ない事態（姫君の死）を予想すると、戦慄を禁じ得ないのである。

家に帰り着き、あらためて、「影のやうにあさましく痩せ細り、その人と見えぬまで弱う、いみじ」（四二二頁）き容態の吉野姫君に対して、中納言は、僧を召し出し、病気平癒の願を立てさせ、読経をさせる。中納言じしんも、「いかなる昔の契りにて、この（＝唐后の）御ゆかりにて、わが心をくだきまどふらむ」（四二三頁）と思い、仏を念じているところに、式部卿宮が、心配のあまり、お忍びでやって来た。

中納言、おどろきて、入れたてまつり給ふ。ことのよろしきにこそありけれ、かしこまりもえ置きあへず、（姫君の）枕に火を近うて、宮も中納言もひとつ涙を流して、まもりあつかはせ給ふ。（四二三頁）

姫君に見入るふたりの男――。宮は中納言に対して、思い人の兄とは義理の兄弟だとして、遠慮のない接しかたであるが、中納言はみずからの仕組んだ偽りの人間関係に縛られて、その振る舞いはどこかぎこちない。

その後、吉野聖が招かれ、祈禱をすると、聖の声と聞き分けてか、吉野姫君は、「こよなう、ものおぼえ出でにけるなんめり」（四二五頁）と見えたため、さらに祈禱が強化される。

四　「女君」とは誰か――通説＝式部卿宮の上、を疑う

その後も式部卿宮は、昼間は宮中で吉野姫君の身を案じながら過ごし、夜になるとお忍びで姫君のもとにやって来るという毎日で、以前に関係のあった女たちのことなどすっかり忘れ果てたかのように、「中納言にかく絶えこ

もり、なげきあつかひ、祈りまどひ給ふ」(四二六頁)様子が、すっかり世間にも知れ渡ってしまう。その評判は中納言の母上や継父左大将の耳にも入り、「心も得給はず、おぼつかなくおぼいて、問ひ聞こえ給ふ」(四二六頁)ので、中納言が、式部卿宮に語ったのと同じ作り話をしたところ、母上は、「宮(=故式部卿宮。中納言の実父)の(生前の自分に対する)御こころざし、かぎりなきながらも、いつとなくもまがふかたは多くものし給ひしかば、げにさも(=隠し子をもうけるようなことも)ありけむかし。(中納言は)あやしう、今まで知らせ給はざりけるかな」(四二六頁)と、なんの疑いももたず、その説明を信じた。

ところで、その直後の物語本文の解釈についても疑義があるので、検討してみたい。

「(上略)あやしう、今まで知らせ給はざりけるかな」と、(母上は)疑ひなくおぼして、女君にも、みな人の浅からず思ふ人と心得給ふめれば、「今おのづから聞きなほり給ひてむ」とのみ聞こえわたり給へるを、あながちに問ひたづね給ふべきことならねば、ただいささかも聞き入れ給ふやうなくて過ごし給ひつるを、この折にぞ、「さはさにこそありけめ」と聞きあらはして、この御心をいとほしう聞きなげかれ給ひける。(四二六～四二七頁)

問題は、「女君」とは誰のことか、という一点にかかっている。じつは、この点に関して、諸注釈書での理解は一致していて、とくに意見が割れているというわけでもない。最初に『新註』が「中君(宮の正妻)」(三七五頁)と解して以来、例外なくそれに従っていて、鈴木弘道編『平安末期物語人物事典』(一九八四年、和泉書院)所収の『浜松中納言物語』の人物解説にも、「式部卿宮の上」の項に、「式部卿宮が他の女性に心を奪われていることを知って嘆くが、どうすることもできず、知らぬふりでいる」(八八頁)とある。とはいえ、『全集』が、「下文から、大将の中の君で、尼姫君の妹、式部卿宮の御方と判断される。」(四二六頁)とわざわざことわっているように、上文からのながれでこの「女君」をただちに「式部卿の宮の上」（二五七頁・三四三頁）、あるいは「宮の御方」（三四三頁・三四六頁・四四二頁）だと理解するのには、かなり無理がある。諸注釈書では、式部卿宮が現在夢中になっている女が中納言の異母妹だということが判明したため、こうした事態の煽りを受けるのは誰か、ということから、「女君」とは誰かを比定したものである。(1)

しかし、そもそも『御津の浜松』において、いきなり「女君」と呼称されうる人物は、きわめて限られていた。ここでは、吉野姫君を指すものではあり得ないから、そうすると、答えはおのずと絞られてくるのであり、それは、尼姫君を措いてほかには考えられない。加えて、「女君にも」以下の内容に関しても、『大系』の補注に、「なおこのあたり、前後の文章の主語などについてもいろいろ疑わしいことがある。再考したい。」（五〇六頁）とあり、『全集』の頭注でも、「いずれにしても、このあたりに本文上の問題があるのか、かなりわかりづらい。」（四二七頁）との感想を漏らしているのだ。『全集』は、あくまで、「ただし、宮が吉野の姫君に熱中している事態を中納言より聞き知って、大将夫妻が中の君の立場を思い、憂慮して慰めている様子は知られる。」（四二七頁）と、従来の読みを支持するが、「女君」が誰かについて誤解があると考えられる以上、以下の解釈についても、全面的に考え直さねばならない。ただし、いちいちについての検討は煩雑になるので、ここでは、ことばを補い、文脈を明らかにしながら、さきの文章全体についての私解を示しておくことにする。

「あやしう、今まで知らせ給はざりけるかな」と、（母上は）疑ひなくおぼして、女君（＝尼姫君）にも、みな人の、「（吉野姫君は、中納言が）浅からず思ふ人」と心得給ふめれば、（中納言が尼姫君に）「（自分と吉野姫君との関係について は）今おのづから聞きなほり給ひてむ」とのみ聞こえわたり給へるを、（尼姫君としては）あながちに問ひたづね給ふべきことならねば、ただいささかも（中納言と吉野姫君との仲を疑うような周囲の雑音などは）聞き入れ給ふやうなくて過ごし給ひつるを、この（吉野姫君の素姓が明らかになった）折にぞ、「さは、（「今おのづから聞きなほり給ひてむ」と中納言がいっていたのは）さにこそありけめ」と（中納言と吉野姫君とが異母兄妹であることを）聞きあらはして、こ（＝中納言）の（吉野姫君と式部卿宮との間に立って、いっさいを取り仕切ろうとする）御心をいとほしう聞きなげかれ給ひける。

ちなみに、「みな人の、「浅からず思ふ人」と心得給ふめれば」というのは、直前の、「大将殿、母上など、（吉野姫君のことを、）「（中納言が）忍びて浅からずおぼしめいたる人」とのみ心得給へるに」（四二六頁）とあるのを承けているが、かつて、尼姫君付きの女房たちも、「この迎へ給へる人（＝吉野姫君）は、かぎりなく（中納言の）御心とまるべし」（巻四・三六四頁）と噂していた。

また、「「今おのづから聞きなほり給ひてむ」とのみ聞こえわたり給へるを」というのは、吉野姫君を京に迎えるにあたって、事前に尼姫君の諒解を得るために語った中納言のことばに、次のように見えていた。

女君（＝尼姫君）には、「（吉野姫君を迎えることを）例の、世のつねのさまに言ひなしはべらむずらむ。また、頼むかげもなかりける母君におくれて、心細く、さる奥山にひとり過ぐさむことをば、母のいみじう言ひ置きしかば、迎へて、「妹背」と思ひはべるなり。御前（＝尼姫君）にも、さやうにおぼせ」など語らひ聞こえさせ給ふ。「御門のさばかりおぼしたりしこと（＝中納言への皇女の降嫁）をだに、のがれはべりしかば、それよりほかのことは、「げに、さこそは」と推し量らせ給へ。心のほどをも、さりとも御覧じ知られぬらむかし」などのたまへば、（下略）（巻四・三二六頁）

最終巻から振り返ってみると、このときの、「迎へて、「妹背」と思ひはべるなり」との中納言の弁明が、のちに皮肉なかたちで現実化したことが確認されるのであるが、それはともかく、いずれにおいても中納言は、尼姫君を裏切るような結果にならないことは、いずれわかってもらえるはずだ、といっているのである。

さらに、「あながちに問ひたづね給ふべきことならねば、ただいささかも聞き入れ給ふやうなくて過ごし給ひつるを」とあるのは、中納言がみずからすすんで打ち明けないかぎりは、無闇に自分から秘密を詮索したりはしないという、世事から身を退《ひ》いた、尼姫君の素直で鷹揚な態度をいう。

五　「むねいたきおもひ」のゆくえ――自縄自縛となり、もがきつづける中納言

その後も式部卿宮は、夜ごと吉野姫君の見舞いに訪れ、中納言は、姫君が「思ひのほかなる塩焼くけぶり」（四三一頁）となった（＝思わぬかたちで宮の思い人になってしまった）ことで、「けぶりの性[2]（＝煙が思わぬ方向になびく性質をもつように、女が他の男になびいてしまうこと）のうれはしさかぎりな」（四三五頁）い思いながらも、姫君の兄として、宮への応対に万全を期するのであった。宮も無事立太子を果たし、新東宮の意向により、中納言は東宮大夫《とうぐうのだいぶ》兼務を命ぜられる。

新東宮のもとには、かねての予定どおり、裳着をすませた関白の姫君の入内が盛大に執り行われたが、「あまりさまあしう、ひとつ（＝吉野姫君ひとりだけ）にしみかへらせ給ひし御心のさかりに、うち解け御覧ぜらるるほどなくひき別れさせ給へる」（四三七頁）東宮にとって、そんなことで吉野姫君恋しさが紛れるよしもなかった。そんなおり、吉野姫君の懐妊が発覚。それを知らされた中納言は、「まことの契り遠かりける口惜しさは、胸ふたがれど、見し夢（＝唐后が、吉野姫君の腹に宿り、女の身で生まれる、と告げた夢）を思ひ合はするに、うれしくもかなしくも、まづ涙ぞとまらざりける」（四三九頁）と、悲喜交錯する複雑な心境であった。

いっぽう、吉野姫君の扱いについては、中納言の異母妹であることが明らかになり、東宮から格別の愛情が注がれていることも世間に知られ、そのような人をいつまでも乳母子の実家に置いておくのも不都合ということから、中納言の自邸に迎えることにする。そのあたりの事情については、次のように描かれている。

何となく（吉野姫君の存在を）世に忍びしほどこそありしか、清げなれど、立ちくだりたるほどの家居（＝乳母子の実家）はことならぬを、「いかがせむ」とならば、みなこ（＝吉野姫君）の御ことは、「故式部卿の宮の御むすめを中納言たづね出で給へるなりけり」と世に知られ果てたるに、かたじけなくもあれば、（中納言は、尼姫君と吉野姫君の双方に）ひまなく行きかよふやうにはあれど、いづくにも一二日の隔てあるもおぼつかなきを、「今は（吉野姫君の存在を）もてあらはいて、何ごともつつむことなく、心のままにこそはかしづかめ」とおぼいて、宮（＝中納言の自邸）に（吉野姫君を）渡したてまつり給ふ。（四三九〜四四〇頁）

中納言にとっては、尼姫君と吉野姫君との間を常に往き来しながらも、どうしてもどちらかが留守になってしまう現状に、ふたりが同じ邸内にいれば不安も解消されるからと、自分でも納得しての対処である。思えば、巻四において、中納言が尼姫君に吉野姫君引き取りのことを打ち明けたとき、いちはやく尼姫君から、「ただここに迎へ給へかし」（三二六頁）と、自邸に迎えてはどうかとの提案もあった。それが、曲折を経て、結果的にはそのようなかたちに落ち着いたわけであるが、そもそも中納言としては、かつての尼姫君に対しても、また今回の吉野姫君に対しても、このような後見役になることを望んだわけではなかった。かれの望みとは、例えば、巻四で、「あはれ、（尼姫君との関係が）世のつねの仲らひならましかば、（中略）すずろに山深くあくがれ過ごさましや」（三二三頁）と思っているように、世間ふつうに男と女として、仲睦まじく人生を歩んでゆくといった、しごく平凡なものだったはずである。ところが、その願いは、ふたつながら頓挫し、なおかつ、ふたりとの繋がりをも断ち切るまいとした結果、無理にみずからを、ふたりの世話役・後見役と位置づけることとなった。そして、ふたりに関係する人々からは、非の打ちどころのない扱いであるとして、賞賛・感謝されるような配慮を怠らないものの、そのじつ、「むねいたきおもひ」は絶えないのであった。ここに見える「今はもてあらはいて、……心のままにこそはかしづかめ」との中納言の心中思惟は、吉野姫君の後見者としての自覚から出た、かれの素直な思いの表明であるはずだが、そのことばの裏には、姫君をみずからの思い人として、「もてあらはいて、何ごともつつむことなく、心のままに」は「かしづ」き得なかった、中納言の苦い思いが、くっきりと透けて見える。誠心誠意を尽くしながらも、自縄自縛になってもがく中納言の独り相撲は、果てしなくつづく。

中納言邸に移された吉野姫君は、まず中納言の母上と対面し、「うとうとしくなどなおぼしめしそ」（四四二頁）とやさしく語りかけられ、その後は、「昼なども御対面ありて、かたみに残りなく見たてまつり、むつび給ふ」（四四三頁）ことになる。ついで、尼姫君とも対面があり、たがいに、「めでたういみじの人の御ありさまや。むべこそ中納言も（吉野姫君を）かぎりなく思ひ聞こえ給ひけれ」（四四三頁）、「かねて聞きたてまつりしにもまさりて、（尼姫君は）ありがたうもものし給ひけるかな。中納言殿、かかる御すがた（＝尼姿）ながら、ながき世のとまりとおぼされたるも、いみじきことわりなりや」（四四三〜四四四頁）と認め合い、「かたみにいみじう語らひたてまつりつつ、いづかたもいづれも、なやましさ、なぐさめまぎらはし給ふ御けしき」（四四四頁）である。こうした状況を承けて、ふたりの世話役・後見役を自認する中納言の様子が、次のように描かれる。

(a) ……まぎらはし給ふ御けしきを、見たてまつり給ふに、さしならび給へる（尼姫君と吉野姫君の）御ありさまども、いづかたの劣りまさるともなく、ただひとつものにかかやきあひたる心地して、あさましくめでたき御かたちどもを、「世になくうつくし」と思ひ聞こえさせ給ひても、「年ごろこよなう目馴れて、やつし果て給ひにし（尼姫君の）御ありさまの、さばかり、「いかにせむ」と磨きたてつくろひ給へる人（＝吉野姫君）に、なほ消《け》たれがたう、ありがたかりけるかな」と、今さら目ぞ驚かれ給ひぬる。（四四四頁）

(b)（吉野姫君を）つれづれと隠し据ゑ聞こえ給へりしほど*、心のひまなくおぼされしを、よろづみなひとつにおぼすさまになり給ひて、心やすくさしならべて（尼姫君と吉野姫君とを）見たてまつり給ふを、いみじううれしとおぼさる。（四四五頁）

*『全集』は「ほどは」とするが、底本・尾上本とも「は」なし。

さきの、「今はもてあらはいて、……心のままにこそはかしづかめ」との思惑どおりに事態は推移し、美しいふたりを前にして、満足げな中納言であるのだが、「いみじううれしとおぼさる」とある表現ほどに、中納言の心内が明るく弾むものであるとは、とうてい考えられない。じつは、(a)と(b)との間には、次のような一文が挿まれていた。

唐国の后は、またかかる御光にはあらず、似るものなく、きは離れていみじうめでたかりしぞ、思ひ出で聞こゆれば、よろづのことざましに、かなしき涙のもよほしなるや。（四四四～四四五頁）

ふたりを前にしながらも、中納言の思いははるか唐后へと飛翔し、その絶対性があらためて強調されることで、目の前のふたりの存在性は、おのずと相対化されないわけにいかない。ならば、中納言は、そのように絶対的存在である唐后が日本へと転生してくるのを、静かに待ち受けるつもりか、と思いきや、そこに到るまでに残されたわずかの間にも、目の前のふたり、なかんずく吉野姫君に対して、中納言の思いは激しく揺れ動く。(b)以下の展開を、適宜確認する。

一人っ子である中納言は、昔から妹がほしいと思っていたが、吉野姫君を念願の妹として「思ふさまにかしづき据ゑつつ」、なぜか「なほあかぬ心地する」（四四五頁）。そして、「よろづ、わが思ふさまにかなふ（姫君の）ありさまを、ことごとなく夜昼思ひあつかふ」ものの、それが「すずろに」（四四五頁）感じられもするのである。中納言は、「よろづをただ（中納言に）うちまかせ聞こえ給」ふ尼姫君に対しては、今では心穏やかに接することができるのだが、吉野姫君との関係は、「今は「わたくしもの」と浅からず思ひあつかひ聞こえ給ふものから、ただ、妹背の筋に離れては、朝夕に目にかかりて過ごしやらむことの胸いたく苦しきこと、日に添へてまさりゆく」（四四六頁）のであった。吉野姫君との関係を「妹背」の仲と公表したために、「妹背」らしく親密に「思ひあつか」うことはできるのだが、逆にそのことで、中納言が本来願っていた親密な関係の成就が、禁忌として封じ込められてしまったのである。そのため中納言は、心満たされぬまま、鬱屈した思いのなかで、堂々巡りのように煩悶をつづけるほかない。

六　「むねいたきおもひ」の果て――中納言をめぐる「よに心づくしなる例」の終局へ

そんな中納言の姿について、物語の地の文で、「いかなるべきにや」との不安が投げかけられたあと、さらに中納言の果てしない心迷いが明らかにされる。かれは、「今とても、わが心にまかせたることぞかし」（四四六頁）と、吉野姫君をどのように処遇するかは、今なお自分の一存で決められることだ、と思い直し、東宮の寵愛がどんなにあつかろうと、男女の関係を結べないわけでもない、と考える。しかし、姫君との関係は、世間からは〈妹むつび〉の近親相姦と見なされ、不名誉な評判が立つであろうから、そうした事態は避けるべきだ。しかし、「逢ふには身をも代ふる」というのが「世のためし」（四四七頁）なのだから、自分だけが世間の評判を気にするような必要もない。ただ、姫君の気持を無視して関係をもっても、姫君が思い悩むようなら気の毒だし、自分の心も乱れるだろう。――こうして、中納言は、「忍びがたうなりゆく心のうちを」姫君にわかってもらおうとするのだが、姫君は、「おほかたこそ、ひとへに（中納言に）身をもまかせたれ、この（＝男女の契りの）筋には、さすがにうち忍び、（中納言と）心ひとつなるべうもあらず」（四四七頁）との態度を崩さない。

吉野姫君がこのような拒否の態度をとるのは、けっして中納言を厭わしく思ってのことではなかった。「もとよりのさまにては、いかにもいかにも、もてなし給ふままにてこそはあらましか」（四四八頁）と、今のような状態になる前ならば、中納言の求愛にも素直に応じたであろうとする。しかし現実には、中納言の思いを受け容れるわけにはゆかない状況となってしまったのであり、「心深う泣き恨み、胸いたくのみ苦しきよしを恨み給ふ」中納言に、「よそのことならば、身を棄てても、「（中納言に）かうもの思はせたてまつらでもあらばや」と思ひぬべきことなれど」、「今はゆゆしくうとましく」（四四八頁）思われ、困惑するばかりである。中納言じしんも、「「さらば」と（姫君が中納言と）心をかはいて、ひとつ心にならざらむかぎりは、せめて押しやぶり、心よりほかに乱さむ」（四四九頁）とは考えておらず、姫君にとっても、「（中納言が）わが身をこそ千々にくだかめ、この人（＝姫君）の身には塵をも据ゑじ」（四四九頁）と大切にしてくれる中納言は、いかにも頼りがいのある存在なのである。

かくして、「かばかりあはれにいみじき御さまの、かたみに心のうちの苦しげなるさま、ことなり。」（四四九頁）との語り手のことばでもって、ふたりの関係は「総括される」（『全注釈』一三一〇頁【評】）こととなる（ここに先立ち、巻四巻末に、「いとかうさまことに、あはれにたぐひなき御中の思ひを、いとほしう。」［三七七頁］とあったのと照応する。なお、「いとほしう。」で句点にしたが、従来は、読点を打ち、下へつづけて読まれてきたところである）が、ここからは、

人の世のさまざまなるを見聞きつもるに、なほ寝覚めの御仲らひばかり、浅からぬ契りながら、よに心づくしなる例《ためし》は、ありがたくもありけるかな。（一五頁）

と語り出される『夜の寝覚』冒頭の一節が、はしなくも想起されるのではあるまいか。『夜の寝覚』では、物語の開始とともに、一対の男女の「御仲らひ」が、「よに心づくしなる例」という主題を担ってゆくことになるわけであるが、『御津の浜松』では、終始主人公中納言の常人とは「ことな」る生きかたを前面に押し出しつつも、最後の最後は、吉野姫君とのあやにくな関係性のなかに、錯綜・変幻を極めた物語を収斂させようとする。もちろん両者は、まったき相似形とはいえまいが、ここに現出したものも、たしかに「よに心づくしなる例」と呼ぶにふさわしいものであったと思うのである。

中納言が「ひとつ心」になることを期待しつつも、「心ひとつ」になるべくもない吉野姫君。中納言邸での出産に備えて、中納言や東宮による祈禱や修法が手抜かりなく営まれるなか、中納言は、東宮の姫君への愛情がたしかなものであることを感じつつも、なお、「(東宮が姫君を) 行く手におぼし棄ててあらば、(中納言としては姫君の世話を) 心やすく心にまかするかたはありとも、また、(東宮に見棄てられた姫君のことが) いかに心苦しからまし」(四五〇頁) と、この期に及んでも、あれを思い、これを思い、「打つ墨縄にあらぬ」(四五〇頁) わが身が、苦しいのであった。

七　おわりに――「むねいたきおもひ」の始まりへ

以上、「仮借ない現実と向き合いながら、「むねいたきおもひ」を味わい尽くす」中納言の姿を追跡してきた。みずからが苦し紛れに虚構した人間関係に縛られ、どんなに誠心誠意を尽くしても、みずからの思いを遂げることは許されず、それでもなお誠心誠意を尽くし、結果、「むねいたきおもひ」を繰り返す。――『御津の浜松』における「主人公たる中納言の真骨頂」とは、じつにそのような生きかたなのであった。

こうした中納言の描かれかたについて、『全集』では、「内外に異腹の妹だと宣言した吉野の姫君と、契るに契れない中納言の悩みが繰り返される。玉鬘と暮らす日々の源氏像、匂宮に譲ったはずの中君に接する薫像、あるいは浮舟と匂宮の関係に気づいたあとの薫像などが断片的に連想される」（四五〇頁頭注）と注記し、また、坂本信道「えせ兄妹攷――浜松中納言と吉野姫君の恋物語と構想――」（横井孝・久下裕利編『平安後期物語の新研究――寝覚と浜松を考える』［二〇〇九年、新典社］所収）では、「みずから築いた異母妹の恋という禁忌の前で逼塞する中納言の姿は、もはや物語の主人公とは呼べまい」（二五九頁）と評する。しかし、よしんば『御津の浜松』がそのような「自己閉鎖的」に「逼塞する」（坂本論文二六八頁）物語であるとしても、そこにおいて最後の最後まで描き切ろうとしたものは、あくまで中納言による「むねいたきおもひ」の独演（ただし、どうしても、独り相撲と呼びたくなる弊は、まぬかれ得ていないと思うのだが）だったのであり、他巻に見られぬ異様に熱気を帯びた筆致も、最終巻として、また、物語の最後の山場として、力がこめられた結果であろう。かつて伊井春樹氏は、「吉野の姫君は唐と日本の橋渡しの運命を荷い、唐后の延長として、一時的に中納言の心をかき乱しはしたが、それは次に来るべき唐后の転生を導く前奏であった」（「吉野の姫君の運命―浜松中納言物語の構想に関連して―」［同氏著『源氏物語論考』〈一九八一年、風間書房〉所収］二五三頁）と論じたことがあったが、中納言の「むねいたきおもひ」が「一時的」なものなどでないことは、以上に検討したところから、明らかであろう。

物語掉尾、唐土からもたらされた、唐后崩御と帝の出家、それにともなう新帝即位と第三親王の立坊、一の大臣の五君の出家、といった報せに接した中納言の姿が、次のように描かれる。

「見し夢はかうにこそ」とおぼし合はするにも、いとどかきくらし、たましひ消ゆる心地して、涙に浮き沈み給ひけり。（四五一頁）

中納言の「たましひ消ゆる心地」とは、具体的にどのような思いであるのか、読者はこれまでの経緯を思い起こしながら、想像を巡らせるよりほかすべがない。さきに、吉野姫君の懐妊を聞かされたさいの中納言の反応は、「まことの契り遠かりける口惜しさは、胸ふたがれど、見し夢を思ひ合はするに、うれしくもかなしくも、まづ涙ぞとまらざりける」というものであったが、もはやここには、「うれしくも」という感情は含まれていない。「うれしくも」というのは、唐后が中納言のそばに転生してくることであったはずだが、ほどなく実現するであろうそのことを、「うれし」と受け止める余裕も失い、「たましひ」の消え失せるがごとき暗鬱なる中納言の想念の浮沈のなかに、物語は終息するのであった。

それにしても、「最終巻を読み解きながら、ここに到るまでの物語の展開相を丁寧に検証・再確認してゆけば、散逸した首巻をも含めて、物語の目指そうとした世界がいかなるものであったかは、かなり鮮明になってくるように思われる」と最初に述べたことについては、なにが見えてきたであろうか。その点については、章を改めて、詳しく考察を加えることにしたい。

注

（1）この「女君」が式部卿宮の上（宮の御方）ではないとすれば、かの女はそのほかにおいて、どのように描かれているのであろうか、この機会に確認しておきたい。

式部卿宮が左大将邸に住む中君のもとへ通って来る様子は、現存本の範囲では、一度も描かれていない。巻四には、正月に宮が中納言邸を訪れ、中納言と差し向かいで話をするさい、宮は、「わが世のとまりに定めて、動きなくなりなむ」と思えるような運命の人とはいまだ巡り会えず、世間の非難や父帝の叱責をものともせず漁色を重ねた結果、「人々はつ*どふるやうなれど、片敷く袖ながらなむ、ひとり寝がちにて夜を過ごす」（三五三頁）と、「わが心につく」人のいないわびしさを中納言に訴えている。それを聞いた中納言は、「わが女君（＝尼姫君）、み吉野の姫君」が、「わがものとなるべかりける契りの、いづれもおはしける」（三五三頁）ことに、感慨ひとしおであったが、いっぽうで、「絶え間ひさしうありて、まれまれおはしましては、うちにふと入らむの御けしきもな」い宮に対して、「待ちつけたてまつり給へる人（＝中君。この場面では、左大将邸から一時的に中納言邸に移って来ている）のおぼさむ心のいとほしければ、せめてすすめ入れたてまつ」（三五四頁）ることで、義妹への気づかいも見せている。

＊『全集』は「つたふる」と本文を改訂するが、底本の表記に戻す。『新註』は「つとふるやうなれど」の本文のまま「私を好色者のやうに云ひ伝へてゐるやうであるが」（三二三頁）と解釈し、『大系』『全注釈』は「つどふる」の本文を立てながら「つたふる」の誤りであろうとする。『桜楓』は「他の男たちは女を集めるようだけれど、の意か」（一八二頁）と別解を示すが、『大系』の補注において、「「女を集める」というのは、自邸に集め引きとる意としても、大げさすぎて疑わしい。」（四九三頁）として退けられた解釈こそが正しいのであり、素直に、宮が自邸に女たちを「集ふる」と解すべきである。宮の漁色家ぶりについては、最終巻にも、「さこそ残るくまなうたづねつどへ給へれど」（四〇三頁）とある。なお、下文を参照。

その後、式部卿宮は、東宮の崩御にともない、立太子が確実視されるなか、七月には、宮の乱行が治まらないことを憂慮する父帝の命により、宮中の梅壺を居所とするようになる。気ままな外出もできなくなり、盗み出した吉野姫君を匿ったのも、その梅壺にである。九月になって、危篤状態に陥った姫君は、まず中納言の乳母子の家に連れ戻され、宮の立太子を機に、中納言邸に移される。そのいっぽうで、新東宮のもとには、十一月、さっそく関白の姫君の入内があり、それは「かたはらにまた人立ちならぶべきやうもな」（四三七頁）い盛儀であった。しかし、中君については、その間の動静がはっきりしない。

宮中から出られない東宮は、東宮大夫でもある中納言に、吉野姫君を「いと忍びたるさまにて（宮中に）まゐらせ給へ」（四三八頁）との希望を伝えるが、中納言はその指示に従わない。そのおりの中納言の心中が、次のように描かれている。

「いと忍びたるさまにてまゐらせ給へ」と語らひ仰せらるる御けしき、いとせちにいとほしけれど、「のちやいかがあらむ。ただ今かたはらに添ひたるやうにておはする大将殿の御方、＊出で給ふべき思ひはるかなるに、まいてさばかり忍び給ふ御ありさまに、ゆくりなく、ふとまゐらせたてまつらむもいと便なく、さりとて、清水より取りわたし給ひけむやうにて、さばかりにないて、あんべいことにあらねば**」、いつとなきを、(東宮は) ことわりとおぼしながら、いとわりなくわびしくおぼしめさるるままに、(下略) (四三八頁)

*『桜楓』は、「出で給ふべき」云々について、「女御参りを関白の姫君にはばかって遠慮することか」(二二八頁) と注するが、ここは、注(2)三角洋一論文に、「「いで」を「いで立ち参り」の意」と解し、「宮の北方は父大将の邸に住んでおり、宮が立坊したからには女御参りの儀を整えて参内するところ、関白の姫君に遠慮したのではないだろうか。」(二四四頁) とする説に従ったものであろう。

** ここまでが中納言の心中思惟。

「ただ今かたはらに」云々は、現在東宮のそばをずっと離れないかたちでいる「大将殿の御方」には、御所から退出する意向は毛頭ないのに、といった意味かと思われるが、この「大将殿の御方」が誰なのかが、わかりにくい。これについては、『新註』のみ尼姫君のことと解するが、『大系』以降の諸注釈書では、揃って左大将の中君と見ている(前掲『平安末期物語人物事典』も同様)。「大将殿の御方」との呼称は、作中この一箇所にのみ見えるものであるが、このような呼称が用いられたのは、あるいは直前に「関白殿の姫君」の入内が語られているので、これまで「式部卿宮の上」「宮の御方」と呼んでいた中君を東宮妃として捉え直すために、「大将殿の御方」としたものであろうか。だとすると、中君はすでに宮中に移って来ていることになる。

しかしながら、さきに見たように、結婚以来訪れも稀であったと思われる宮が、外出もままならない身であるからとて、中君にわざわざ宮中入りを求めるとは、にわかに考えがたいことである。それでも、「宮の上」ならば、宮の立坊にともない、そのまま東宮妃となったのであろうから、東宮の意向とは関係なく宮中に入り、結果として、「ただ今かたはらに添ひたるやうにておはする」状態となった、というのであろうか。右の引用箇所の直後には、東宮が吉野姫君と逢えない慰めに、「宮につどへさせ給へりし人々」(四三八頁)を宮中に呼び寄せたことが見える(前文に「人々はつどふるやうなれど」とあったのに照応する)が、召人への扱いとは異なり、中君の場合、それなりに重んじられたということであろうか。

また、このあとの場面で、中納言の母上が吉野姫君とはじめて対面したさいには、

「大将殿の姫君、いづれも人にはことにおはすめりと見つるなかにも、尼姫君はさる御ことにて、宮の御方もなべての人にはことなくすぐれておはします」とおぼせど、「この人(=吉野姫君)にはたぐふべうもあらざりけり。東宮のかぎりなう*おぼし焦らるらむも、ことわりなりかし。こと人よりもいとほしきことをも見るべきかな」と、(下略)(四四二頁)

*『全集』は「おぼし入るらむも」と改訂するが、従えない。底本を尊重しつつ、『新註』は「思し入らるらんも」(三八六頁)とするが、『大系』『桜楓』『全注釈』の解釈が妥当である。

とあり、宮の御方(中君)と吉野姫君とを比較すれば、東宮の寵愛が美しい吉野姫君に注がれるのはもっともなことであるが、その結果、身内の女性に寵愛を奪われた恰好になる宮の御方が不憫だ、と嘆いている。ここでも、宮の御方がどこにいるのかは、判然としない。ただし、以前同様に「宮の御方」との呼称が用いられていることからすると、これまでどおり実家にいるようにも考えられる。

しかしながら、そもそも、「ただ今かたはらに添ひたるやうにておはする」と表現されるのにふさわしいのは、直前に「かたはらにまた人立ちならぶべきやうもな」い入内を果たした、「関白殿の姫君」のほうなのではあるまいか。「出で給ふべき思ひはるかなるに」というのも、入内以来、東宮の寵愛は期待はずれであったが、それでも……、といったニュアンスなのであろう。そうすると、つづく「まいてさばかり忍び給ふ御ありさまに、ゆくりなく、ふとまゐらせたてまつらむもいと便なく」というのは、「いかめしうののしりてまゐり給ひ」(四三六頁)、「世に知らぬさまにこちたうもてなされ給ふ」(四三七頁)関白の姫君とは対照的に、東宮の「いと忍びたるさまにてまゐらせ給へ」という希望に沿って、吉野姫君をこっそりと入内させた場合に想定される不都合さ(娘を盛大に入内させた関白の面目を潰すことになる)を慮ったものとして、理解しやすい。やはり、「大将殿の御方」とある本文そのものに、不備があるのではあるまいか。なお考えたい。

(2) 「けぶりの性」の解釈については、三角洋一「『御津の浜松』私注」(「平安文学研究」60輯、一九七八年一一月)を参照。また、本書第七章でも、詳細に検討を加えた。

第三章　交錯する「むねいたきおもひ」
――最終巻のキーワードから全編を読み解く――

一　はじめに――中納言の「むねいたきおもひ」

本書第一章と第二章において、筆者は、『御津の浜松』をトータルに理解するにあたっては、最終巻をいかに読み解くかがきわめて重要であるとの認識に立ち、あらためて物語本文そのものに向き合うことを最優先させたのであった。すると、肝腎の最終巻の解釈そのものに、いまだ曖昧な点や不審な箇所が少なからず見受けられることから、それらを具体的に取り上げ、検討を加えるなかで、巻全体の読み直しを図ることとした。そのような作業の結果、最終巻では、一時行方不明となった吉野姫君の扱いをめぐり、仮借ない現実と向き合いながら、「むねいたきおもひ」を味わい尽くす中納言の姿が、ひたすら描かれているのであり、みずからが苦し紛れに虚構した、吉野姫君とは異母兄妹であるという偽りの人間関係に縛られ、どんなに誠心誠意を尽くしても、みずからの思いを遂げることは許されず、それでもなお誠心誠意を尽くし、結果、「むねいたきおもひ」を繰り返すほかない、そんな中納言の、苦悩する主人公としての真骨頂が、まさに遺憾なく発揮されたもの、それが最終巻の世界である、とした。

ところで、そのような最終巻読解のためのキーワードのひとつに、「むねいたし」という中納言の心情表現があるのだが、その語の使用状況についても、すでに第一章・第二章においてふれている。しかし、そこでは、巻全体での用例数等の細かな点については、とくに言及することをしなかった。そこで、本章ではまず、最終巻における「むねいたし」の全用例を示すことから始めたい。

①（中納言は）「このごろわが心乱し給ふ人（＝吉野姫君）も、ことざまの契りのおはしけるよ」と、かたがた胸いたう、口惜しう、（下略）（三九八頁）

②（中納言は）「（吉野姫君は）いかなる人のもとにおはすらむ。われよりほかに知る人もなき御身なれば、聞き出でてたづね知らむ。わが御心はさらなり、ただ、見む人も、もて離れず、うとかるまじきさまに言ひなしてこそは、むつび寄りて、胸いたき思ひは絶えずとも、せめてこそ思ひあつかひ聞こえめ」。すべてことごとおぼえず、ただ、ただ、ありつる夢よりのちは、いとど心にかかりて、とざまかうざまに思ひ明かし暮らすよりほかのことなきに、（下略）（三九九頁）

③（中納言は）この人（＝吉野姫君）を、今は、「わたくしもの」と浅からず思ひあつかひ聞こえ給ふものから、ただ、妹背の筋に離れては、朝夕に目にかかりて過ごしやらむことの胸いたく苦しきこと、日に添へてまさりゆくは、いかなるべきにや。（四四六頁）

④（中納言は）人間《ひとま》には、（吉野姫君に）心深う泣き恨み、胸いたくのみ苦しきよしを恨み給ふ。（四四八頁）

全四例（礎稿では全三例としたが、本書第二章・四二頁に引用した④の例を落としていたので、追加・訂正する）のうち、

①と②の例は連続していて、とくに②の例については、第一章において詳細に検討を加え、「胸いたき思ひ」を抱く者とは、現行の諸注釈書にいう「見む人（＝姫君を盗み出した男）」ではなく、中納言と解すべきこと、つづく「せめてこそ思ひあつかひ聞こえめ」も、「見む人」による姫君の扱いを推量したものではなく、今後姫君と相手の男をどのように遇するつもりなのか、中納言じしんの意志を表したものであることを明らかにした。そして、このときに抱いた中納言の、「男と一緒であってもかまわない、どんなかたちでもよい、なんとしてでも吉野姫君を取り戻し、みずから「思ひあつかひ」たい」（第一章・二三頁）という思いは、最終巻を貫いて変わることなく、その願いはたしかに実現するものの、そのことがかえって、中納言じしんに果てしない「むねいたきおもひ」をもたらす結果となることについても、第二章に詳述した。畢竟、『御津の浜松』最終巻とは、中納言が吉野姫君をいかに「思ひあつかふ」[1]かを軸にして、それにともなって中納言が味わう「むねいたきおもひ」の変転を、克明に描こうとしたものにほかならないのであった。

二　「むねいたし」を遡る――中納言から式部卿宮へ

ところで、右に見たとおり、最終巻において中納言の心情を表すキーワードとも目されるのが「むねいたし」という形容詞なのであるが、じつは、『御津の浜松』全体でも、「むねいたし」の用例は、七例を数えるにすぎない。そして、そのうちの過半数の四例が、最終巻に集中していたわけである。では、残りの三例は、どのようになっているのであろうか。以下に確認してみたい。

『御津の浜松』における「むねいたし」の最初の例は、巻三の後半に現れる。七月七日の夕方、参内した中納言は、帝と式部卿宮の御前に召され、唐土での体験談を所望される。中納言は、「女のすぐれたるこそ、いとめづらしうはべりしか」（二六四頁）として、一の大臣の娘たちのことや、河陽県の后のことを語るのであるが、その表情から、深い思い入れがあるらしいことを察知した帝につづいて、同席している式部卿宮の反応を描くだりである。

⑤（帝が）「（中納言は）なほ世（＝日本）にありがたくめづらかなる人なりや。かかる人の世（＝唐土）のことをさへ、渡りて行きて見たるよ」と仰せらるるを、式部卿の宮は、「さる人々を見置きて、われならば、帰らざらまし」とのたまはせて、「（中納言が、唐土で絶世の美人を見たにもかかわらず、帰国後）なほ捨てがたう思ひたる大将の姫君（＝尼姫君）は、この世（＝日本）にまたすぐれたる人にこそあらめ」とおぼすに、口惜しう胸いたき心地せさせ給へど、色にも出ださせ給はず、（下略）（二六八頁）

二例目は、巻四の後半に現れる。正月三日の夕方、中納言の自邸に式部卿宮がお忍びで来訪し、中納言とのうちとけた話に夜も更ける。中納言は式部卿宮に、上（年末に、左大将邸造営のため、中納言邸に移ってきていた、尼姫君の妹、中君）の待つ部屋へ行くよう促して、じしんは尼姫君のもとに向かうが、そのさいの宮の心情表現に用いられている。

⑥（中納言は）待ちつけたてまつり給へる人（＝式部卿宮の上）の、おぼさむ心のいとほしければ、せめてすすめ*入れたてまつりて、われは女君（＝尼姫君）の御方に入り給ふを、（式部卿宮は）「（尼姫君は）いかばかりのかたちありさまにて、（中納言に）さしも浅からぬ心をとどめられ給ふらむ」と、ゆかしき御心絶えず、胸いたし。（三五四頁）

＊底本・尾上本「すゝめられ」とあるが、『全集』の改訂本文に従う。

三例目は、二例目の出来事のあと、中納言が女（吉野姫君）を匿っていることに勘づいた式部卿宮が、その女の素姓を探らせるいっぽう、かつて尼姫君との縁談が決まっていたにもかかわらず、中納言のせいで台無しになってしまったことを恨みに思い、いまだ尼姫君への執着を断ち切れていないことを描くくだりに見える。

⑦（尼姫君は）世のつねならぬありさまながら、（式部卿宮は）見まくほしきことのせちなれば、心を尽くし言ひわたりつつ、なほもうち忍び、そなたの立ち聞き、かいばみには心を入れ給へれども、ひとくだりの返りごとまでは思ひも寄らず、おのづからはづれたる女房などのけはひ、ありさまをだに漏り聞かず、深う心にくう、ねたげなるもてなしにて過ごし果てつつ、今はまた（中納言の）浅からぬ寄るべと定まり果てぬるが、胸いたう苦しきにも、（下略）（三七一頁）

こうして見てくると、残りの三例は、判で捺したように同内容の繰り返しとなっており、かつては婚約者であった尼姫君を中納言に奪われたことに対して、式部卿宮が抱く痛恨の念を表すもの、それが「むねいたし」[2]であった。ということは、すなわち、最終巻では中納言の吉野姫君を思う心情にのみ用いられた「むねいたし」が、それ以前では式部卿宮の尼姫君を思う心情にだけ用いられている、ということになるのだが、こうした使い分けには、どのような意味があるのだろうか。

その答えは、あれこれ詮索するまでもなく、物語の本文そのものに用意されていた。というのも、⑦の用例に直接するのが、あたかも、来るべき波瀾の展開を予告するかのような一文だったからである。

胸いたう苦しきにも、「いかでこの人（＝中納言が吉野山から探し出した女）をだに見てしがな」と、あいなうゆかしうねたきに、御心焦られかぎりなうおぼしわたりて、（下略）（三七一頁）

式部卿宮は、尼姫君を奪われたことで、中納言からこれまで散々に味わわされた「むねいたきおもひ」に対して、せめて中納言の匿っている女を奪い取ることでなりと、一矢報いてやりたい、と考えているのだ。そして、宮の不穏な心の動きに反応したかのように、吉野姫君が「五月ばかりに」「わらはやみ」に苦しむようになり、「よろづにまじなひ祈りなど」するものの、効果はいっこうに現れず、「六月もさて過ぎ」、「しわづらひて、七月ばかりに、清水《きよみづ》に忍びてこめ」ての治療へと到った事情が、一気呵成に記される（三七二頁四～一一行）。その間、吉野姫君の動静を、さりげなく「影につきたるやうにて」窺わせていた式部卿宮は、「このほどこそよきひまならめ」（三七二頁）として清水に案内されると、垣間見を果たして、「世にはかかる人もありけるは」（三七三頁）と目を見張ることになる。そこには、吉野姫君を「母」と呼んで纏わりつく若君の存在もあり、中納言が、これほどの美人を、子までなしておきながら、人目に立たぬよう扱っているのは、いかにも尼姫君に遠慮してのことだろう、と推測すると、「めでたき人はさしおかれて、尼姫君のゆかしき心はたちまさりぬる」（三七三～三七四頁）のであったが、それでも、「人の思はむところ、世のそしりも、ことのよろしき時なり。かくてあるほどに、盗み隠してむ」（三七四頁）と腹を固め、姫君奪取の機会を待つ。そして、こうした企みが進行中とは夢にも思わない中納言が、姫君を気にかけながら、方違えのため清水寺を離れたことで、式部卿宮にとってはまさに好機到来――。かくて、巻四は閉じられる。

いとかうさまことに、あはれにたぐひなき（中納言と吉野姫君との）御中の思ひを、いとほしう。[*] 暮るるままには、式部卿の宮、例の、いとあながちなるさまにかまへて、「今宵、かならず率て隠してむ」とおぼして、おはしましぬめり。いかならむ、とぞ。（三七七頁）

＊「いとほしう。」で句点にしたが、従来は、読点を打ち、下へつづけて読まれてきたところである。いま、「いとほしう」を、「いかならむ」同様、語り手のことばと解し、感慨をこめた言いさしの表現と見た。

この思わせぶりな巻末を承け、最終巻においていかなる物語世界が展叙されたかについては、第一章・第二章において、つぶさに確認したところである。そのうえで、あらためて問題としたいのが、吉野姫君奪取というかたちで中納言への積年の恨みを晴らそうとする、式部卿宮という人物の、物語内部での位置づけである。というのも、宮の存在は、巻四の後半から、突如としてクローズアップされた感があり、以下、物語の最後まで、主人公である中納言に対抗すべく併置されるにもかかわらず、物語全体として見れば、その印象はすこぶる薄いものだからである。例えば、石川徹「浜松中納言物語の登場人物とこの物語の主題」（同氏著『王朝小説論』［一九九二年、新典社］所収）では、「男性は中納言以外は考察の対象になるような興味ある人物は居ない」（二五五〜二五六頁）と断じている。

ここに見るような女をめぐる復讐劇の先蹤としては、宇治の中君と浮舟とをめぐる薫と匂宮との鞘当が、おのずと想起されるところであろうが、『御津の浜松』を通じての中納言と式部卿宮との間柄は、「匂ふ兵部卿、薫る中将」（「匂兵部卿」巻⑤二八頁）と誉めそやされたふたりの関係と較べると、相並ぶ存在として、そこまでの親密性と対立性とを併せもっているようには、とうてい見えない。それでも、物語の最後を、対峙するふたりの男（じっさいには、これまで孤高を保ってきた中納言が、東宮大夫に指名されたことで、新東宮＝式部卿宮の傘下に取り込まれた感もある）の緊迫した関係性のなかで終わらせようとするのには、なにがしか『御津の浜松』独自の力学がはたらいているようにも思われるのである。

三　雌伏する式部卿宮――「いかでこの人をだに見てしがな」まで

ここで、『御津の浜松』中における式部卿宮の描かれかたについて、物語の進行に沿って確認しておきたい。ちなみに、鈴木弘道編『平安末期物語人物事典』（一九八四年、和泉書院）には、『浜松中納言物語』の登場人物として、もちろん「式部卿宮」の項は立てられている。しかし、その初出は、さきにふれた巻三の七月七日のくだりとなっていて、巻一、巻二にはまったく現れないかのようである。しかし、本人は登場せずとも言及箇所はあるので、それらについても漏らさず拾ってゆくこととする。

式部卿宮への最初の言及は、現存巻一、渡唐後ほどなく、中納言の夢に左大将の姫君（＝尼姫君）が現れ、歌を詠みかける場面があり、目覚めたあと、中納言があれこれと思いを巡らせるくだりに、次のように見える。

A「「今は」と別れしあかつき、（左大将の姫君が）忍びあへずおぼしたりしけしきも、らうたげなりし」など思ひ出づるに、「もし命絶えてなくは、行きかへり、このほどの怨みとくばかり、いかで見えたてまつらむ。式部卿の宮、おはしましにけむ。さらば、いとほしうもあるべきかな」と、ことごとなくおはしつづける。*（五三頁）

＊諸本多く「おはし」とあるが、一部伝本には「おぼし」とあり、そのほうが自然な表現である。

次いで、同じく巻一、月明の夜、中納言が王子猷の古跡を訪ねたおり、その夜の風情のすばらしさから故郷へと思いを馳せるくだりに、次のように見える。

B 去年《こぞ》の春、かやうに月の明かかりし夜、式部卿の宮に参りたりしかば、いみじう別れを惜しみ給ひて、「西に傾く」とのたまひしその面影、かたがた思ひ出づるに、涙もとどまらず。（六六頁）

巻二に入ると、唐土より帰国した中納言が、帰京後はじめて、出家した尼姫君と対面するくだりに、次のように見える。

C「今は」と別れ給ひにしあかつき（Aの記述に対応——引用者注）より今宵までのこと、泣く泣くかき尽くし、

「(日本を離れていた三年間に)かかることども(＝尼姫君の出家と、女子出産のこと)し給ひけむも知らず過ごしけるわがおこたりも、前の世の契りの恨めしさも、言ふかひなき御名の、たちまちに清まはらせ給ふべきにもあらず。(婚約者であった)式部卿の宮の聞き給ふところありて、(懐妊が発覚したことで)憂きを知り顔におぼしてぞ、そむき捨てさせ給ひけむかし。なかなか音聞きうとましう、うたてあるやうにぞ、かの宮にも聞き給ひけむかし」と、よろづ聞こえあはめ、恨みつづけ給ひて、(下略)(一六六頁)

次いで、自分のせいで尼姫君を出家させてしまった以上、その父左大将に恨まれても当然と考える中納言が、尼姫君を、かの河陽県の后(唐后)にも比すべきこの国唯一の女性であるとして、その扱いを思い定めるくだりに、次のように見える。

D「(上略)世の人の、(自分のことを)ともかくもとりなし言はむことは、いたく苦しかるべきことにもあらず。この人(＝尼姫君)を心のとまりに、朝夕見てこそ、また大将の恨みもすこし解けめ。ひきうつり、今ひとかた(＝妹の中君)に、にはかに式部卿の宮を婿どり給ひけむほど、よろづ変はりけむほどなどを、少将の乳母(＝尼姫君の乳母)も、いかばかりかはあさましう、めづらかなりけむ」とおぼしやるに、(少将の乳母が)いみじういとほしければ、(下略)(一七三頁)

さらに、尼姫君に対する中納言の扱いに、左大将も安堵し、納得する様子を描くくだりに、次のように見える。

E(中納言が尼姫君に対して)「親しきゆかりなり」など、あなづらはしき御心もなく、式部卿の宮の、あまりにおよびなく、(中君に対して)待ち遠にのみ、胸つぶれて静心なきに、(中納言は)いと安らかにありつき顔に、(尼姫君と）別るる御心もなきを、「（中納言と尼姫君は）この世も、かの世も、思ふさまに、深き御心契りの仲」と見えたるを、（左大将は）うれしきことにおぼしよろこぶ。（一八一〜一八二頁）

巻三に入ると、中納言は、唐后の文を携え吉野を訪問するいっぽう、上京した大弐女《だいにのむすめ》とひそかに契るなど、種々の出来事があり、巻も後半になったところで、これまで名のみの存在であった式部卿宮が、ようやく姿を現す。それが、さきに掲げた⑤の用例が現れる場面である。

F　七月七日の夕つかた、（中納言が）内裏《うち》へ参り給へれば、風涼しうて、御前の前栽いろいろおもしろきに、式部卿の宮さぶらはせ給ひて、「殿上に源中納言参り給へり」と（帝が）聞こしめして、「こなたに」と召したれば、参り給へる（中納言の）夕ばえ、いと見るかひあるを、（下略）（二六三頁）

このあとに、中納言による唐土での体験談の披露があり、⑤の用例の場面へとつづくのであるが、再度掲げることはしない。

中納言の話に感嘆した帝は、その申し分ない人となりから、承香殿女御腹の女宮について、「この皇女《みこ》の後見せよとなむ思ふ」（二七〇頁）と、降嫁を切り出すこととなるが、あわせて、帝には、女宮は大勢いるものの、

G　男宮は、この式部卿の宮ひとところおはします。（二六九頁）

と、皇位継承上、宮の存在がきわめて重要であることが、ことさらに言及されている。

にわかな女宮降嫁の勅意に、帰邸した中納言は、悶々として眠れず、尼姫君とのこれまでのことなどを、あれこれと思いつづけるなかに、式部卿宮のことも、ちらりと出てくる。

H　この女君（＝尼姫君）にゆくりなう乱れ逢ひて、ほどもなく、はるかなる世界に、見捨てて、漕ぎ離れにし（時の）女の心、いかばかりかは「憂し、恥づかし」とおぼし入りけむ、（尼姫君の）心ひとつにだにあらず、いちじるき（懐妊の）しるしにあらはれ出でて、乙姫君（＝中君）を、にはかに、ひき越いて、*宮々に婿どり、ことども変はりけむほどを、人々の思ひ言ひけむさまの、こ（＝尼姫君）の御心地に、さしあたりて見聞き給ひけむほどの御なげき、さまざまにおぼしつづけて、（下略）（二七一頁）

＊底本は「宮〳〵」。『全集』の頭注に、「「宮々」は、式部卿宮を直接指し示さず、婉曲に朧化させて敬意をあらわす言い方か。」と説く。

巻四に入ると、まず吉野尼君の紫雲たなびくなかでの往生が描かれ、その一部始終を目撃した中納言は、おのずから母を喪った吉野姫君の後見役という立場になるが、姫君の世話をしながら、次のようなことを考える。

I　「かかる山ふところに、かばかりの人生ひ出でけむ、物語などに書きつづけたるも、「いかでかさしもあらむ」と聞きし、まことに、さもあるわざにこそありけれ。式部卿の宮の、さばかりかからぬ隈なく、「わが思ひにかなひたらむ人を」とたづね求め給ふに、えたづね寄り給はざりけるよ」（と）、人より先にかかる人を見つけたるわが契りのうれしきも、（下略）（三一七〜三一八頁）

その後、吉野姫君は京に迎えられるが、年が改まり、姫君を住まわせている乳母子の家を訪れた中納言は、その美しい姿に、またしても次のようなことを考える。

J　「（上略）さばかりはげしき奥山の中より、いかでかかる人生ひ出でけむ」と、竹の中より見つけたりけむかぐや姫よりも、これはなほめづらしうありがたき心地して、「式部卿の宮の、さばかり、天の下は、人の国、世界までも、「すぐれたらむ人を求め出ださむ」とおぼし、かからぬ隈なかめるに、かかる人のありけるを、えたづね出で給はざりけるにこそ。われ、ただ、あかずかなしき人（＝唐后）のゆかりに、母君をたづねしほどに、かかる人をさへ見つけたるは、わが宿世さへ、人よりことなりかし。（中略）心やすきわたくしものなりや」と、うれしうおぼえて、（下略）（三四八〜三四九頁）

中納言は、そのまま吉野姫君のもとで正月三が日を過ごし、若君が姫君を「母」（三五一頁）と呼んで纏わりつくのに深い感慨を覚えるが、夕方自邸に戻ったところに、式部卿宮の来訪があった。以下、男どうしの気のおけない会話が交わされるが、さきの⑥の用例は、その場面の最後に現れる。そして、この対座を契機に、中納言と式部卿宮との関係は、一気に緊張を孕んだものとなり、さきにふれた巻末へと雪崩れ込むのだが、そこに到るまでの経緯については、あらためて確認することとし、ここまでの物語展開において、式部卿宮はいかなる役割を担っているか、整理してみたい。

式部卿宮と中納言との間に、渡唐する以前から親交があったらしいことは、Bの記述から知られる（ふたりの間で交わされた歌が、『風葉和歌集』巻八・離別［五三一〜五三二番］に採られている）が、現存本の範囲では、のちに詳しくふれる巻四後半まで、そのことが物語の前面に出てくることはない。中納言にとって式部卿宮は、A・C・Dからわかるように、尼姫君の婚約者であると認識されている。しかし、中納言の留守中に、その婚約は破棄され、妹である中君に式部卿宮は婿取りされるが、結婚は不調で、宮の訪れが間遠であることは、Eから知られる。Fにつづく⑤の用例から、式部卿宮の好色な性格が明らかとなり、⑤・⑥の例からは、宮が、尼姫君を中納言に奪われたことを、痛恨事としていることが知られる。そのいっぽう、I・Jでの中納言は、吉野姫君が、好色な式部卿宮にではなく、自分に見出されたことを、うれしい宿縁と思っているのであるが、ここに、中納言の、式部卿宮に対する、一種、勝者の意識とでもいったものと、そこからくるのであろう余裕とを、窺うことができる。

こうして辿ってくると、散逸した首巻において、式部卿宮が親しい間柄の中納言の裏切りに対して恨みを抱くだけの条件は、すでにじゅうぶんに整っていたと目される。ただし、それが復讐の意志にまで高まるには、さらにそれ相当の条件が加わる必要があった。散逸首巻に端を発する式部卿宮の怨念は、現存巻一以降しばらく、本人がまったく登場しないこととも相俟って、物語の背後に伏在し、中納言に痛打（場合によっては、致命傷）を与える可能性のある、いわば爆弾として宮の胸中にありながら、それを見えにくくしていたようである。しかし、宮の抱える爆弾（怨念）は、もちろんなくなったりしたわけではなく、いつでもその威力を発揮できる状態にあった。ようやく巻三後半に到り、散逸首巻以来久しぶりの登場を果たした式部卿宮は、過去の痛恨事を忘れることなく、その頭のなかは、つねに中納言と尼姫君とのことで一杯であり、登場のたびごとに「むねいたきおもひ」を募らせる。そして、巻四も後半にきて、吉野姫君の存在を知った式部卿宮が、「いかでこの人をだに見てしがな」と念じた瞬間、復讐への時限爆弾のスイッチは入ったのである。あとは、爆弾が炸裂するまで、どれだけの猶予があるか、またその威力とは、どれほどのものであるか、であるが、事態が切迫していることは、巻四巻末のありようから、疑問の余地などなかった。そして、一気に物語は、爆弾炸裂後の最終巻へ——。

四　「わろく聞こしめしつけられぬにこそはべらめ」——中納言の慢心

ところで、巻四での中納言と式部卿宮とのうちとけた対座の場面は、現存『御津の浜松』中において、これが最初であるのだが、ここを契機に、以降の物語は、ふたりの男の緊迫した関係のなかに推移することとなる。それにしても、この場面における式部卿宮の饒舌と、それに対する中納言の短い返答は、中納言の口には出さない思いも入り混じって、ふたりの間柄を知るうえでも、なかなかに興味深いものがある。そこで、いささか長文にわたるが、以下に掲げて、内容を確認してみたい。

宮は、中納言と、離れたるかたにて、例の、よろづの御物語尽きせぬついでに、「昔より、「いかで」と、つねに（あなたに）むつび聞こえまほしきを、ものぐるほしう、ふさはしからぬものにおぼし放ちて、立ち寄らるることだにおぼろけにてはありがたきが、本意なく口惜しきことなりかしや。その受けられぬゆゑも、みな心得たりや。わがやうには、「聖つくらず」とか」などのたまはするさまの、をかしうにくからぬを、うち笑ひ給ひて、「そは*、「聖ぞ下は凡夫なる」ぞ」と聞こえ給へば、「さかし。世は忍びつつ、もろこしまでたづね行きて、さまざまの人をば見給ふぞかし。（あなた以外の）こと人は、この世（＝日本）のかぎりぞともかくもある。（唐土にまで女を見に行ったあなたが）まろを、かからぬ限なきものにおぼし、そしらるるこそをかしけれ。（わたしとしては）「いみじからむ海人**の岩屋よりも、ただ、わが心につきて、思ふさまならむ人をだに見つけたらば、それに、やがて、わが世のとまりに定めて、動きなくなりなむ」と思ひつつ、人のそしり、もどかれも憚らず、うち（＝父帝）にもさいなまれたてまつりつつ、見わたさるるに、わろき***はなしとよ、みなさまざまにめでたながら、わが心につくは、またありがたき世なれば、また、人々はつど****ふるやうなれど、片敷く袖ながらなむ、ひとり寝がちにて夜を過ごすに、思ひわび、（あなたに倣って）「もろこしにや、渡りて、よき人あらむ、見まし」とさへこそおぼゆれ」と、まめやかにうちなげき給ふに、「わが女君（＝尼姫君）、み吉野の姫君を見せたてまつりたらむ時、いかばかりいみじうおぼさまし」と、「かくあながちに求めおぼす人にも聞きつけられ給はで、思ひかけず、わがものとなるべかりける契りの、いづれもおはしける」ほど、あはれに思ひつづけられ給ひて、「山里にうち隠ればみては、めやすき人は、おのづからあるやうもはべらむかし。わろく聞こしめしつけられぬにこそはべらめ」と申し給へば、「さもありぬべきあたり聞けど、また近劣りするぞや」とのたまふを、「をのの時雨の宿ならむかし」と見たてまつり給ふ。（三五二～三五四頁）

＊従来、「そは聖ぞ。下は凡夫なるぞ」と読まれてきた箇所であるが、難解である。そうしたなか、『全集』の頭注に、「凡夫」の用例として、『『栄花』楚王の夢「仏だに凡夫におはせし時、堪へがたきことを堪へ、忍びがたきことを忍び給ひてこそ仏ともなり給ひ」。」と記しているのに着目すると、この『栄花物語』の一節は、ある有名な文句を思い出させる。すなわち、『平家物語』巻一、かの祇王が清盛の前で披露した今様の歌い出し、「仏も昔は凡夫なり」である。思うに、ここは、それをもじったような言いまわしなのではあるまいか。この今様は『梁塵秘抄』にも見えているが、祇王は即興で歌詞にアレンジを加えていて、もとは「仏も昔は人なりき」であり、やや表現が離れる。また、この今様の起源を『御津の浜松』成立以前にまで遡らせることが無理だとすれば、中納言発案の秀句と見ればよい。なお、『日本古典文学大系73 和漢朗詠集・梁塵秘抄』（一九六五年、岩波書店）の補注二三二（五一〇頁）を参照されたい。

＊＊「天の岩屋」と読む別解があるが、採らない。

＊＊＊「わろきはなしとよ」は挿入句。

＊＊＊＊「集ふる」と解すべきであることについては、本書第二章・四五～四六頁を参照。

＊＊＊＊＊解釈に諸説あるが、いずれにせよ、「近劣り」の例として言及したものと考えられる。原拠については不詳。

まず、「例の、よろづの御物語尽きせぬついでに」とあるのが、いかにも唐突の感を拭えないが、さきに見たBにあるごとく、散逸首巻にまで遡れば、ふたりはたしかに交誼を結んでいたのである。

次いで、式部卿宮が口を開き、かねてより中納言との親しい交わりを望んでいたのだが、中納言のほうが宮を、付き合うのにふさわしくない人物として、めったなことでは来訪さえしてくれないのが、不本意で残念だ、とし、そうなったのも、自分の好色な性格を、中納言が許しがたく思っているからだということもわかっている、という。そのあとの、「わがやうには、「聖つくらず」とか」、「そは、「聖ぞ下は凡夫なる」ぞ」との応酬は、諸注釈書でも解釈に窮していて、明解を得ないところであるが、かりに私見として、ここでは、宮がまず、「生真面目なあなただが、ご本人の流儀としては、「聖を気取るつもりはない」とのこと。それで、ほんとうのところはどうなのだ?」と牽制するのを、中納言がおもしろがって、「その心は、「聖も一皮剝けば凡夫そのもの」ということ。つまり、真面目だとされるわたしも平凡なふつうの男。そんなわたしが宮さまを許しがたいなど、滅相もない」と応じたものと解した。

それを承けての「さかし」は、「なるほど、そのとおりだ。聖と凡夫との差は紙一重というなら、好き者のわたしと真面目なあなたも大差ない。同じ仲間で、遠慮など無用ということだな」として、以下、気をよくした式部卿宮が、これまでの女漁りの成果(のなさ)を滔々と語り、いまだこれぞという女にめぐり会えない嘆きを訴える。すると、中納言は、さきのI・Jにも見られたような優越感を覚えるとともに、「山里に」云々と、宮の場合、たまたま運が悪かっただけ、と取りなすのだが、これは、中納言の余裕がいわしめたものではあろうが、いささか不用意な発言であった。そして、このすぐあとが、さきの⑥の用例となるわけであり、そこで見たような中納言の振る舞いが、以上に確認したような式部卿宮とのやりとりの延長線上にあったことを思うと、中納言の一連の言動が、いかに宮への配慮を欠くものであったか、その迂闊さ、無神経さ加減に、驚倒せざるを得ないのだ。それにしても、この能天気なまでの無防備さは、いったいなんなのだろう。尼姫君との婚約は中納言のせいで破談となったのであり、その代わりに通うようになった妹の中君に、宮はまったく満足していない。そのような、恨まれて当然と思われる人物に対しても、中納言ならば、例えば尼姫君の扱いについて左大将が納得したごとく、誠心誠意をもってことに当たれば、困難さえも称賛に変えられるとして、警戒など無用というのであろうか。

五　「うべこそはいそぎ立ちけれ」——尾《つ》け狙う式部卿宮

宮とのやりとりのあと、中納言は、勤行に忙しい尼姫君に遠慮して、吉野姫君のもとに戻るが、あらためて、「式部卿の宮のまめやかなりつる御物語」（三五五頁）を思い出すと、すでに出家しているにもかかわらず、尼姫君のことをいまだ諦められない宮の様子からして、「隠し据ゑたる人」の評判を聞いたならば、「かならずわがものにせむの御心焦られ、いみじかりなむかし」（三五五頁）と、ようやく不安が頭を擡《もた》げてくる。そして、宮のことなどなにも知らない吉野姫君に、にわかに強い調子で、警戒を促す。

「この宮はしも、このわたりに、かならずたづね寄り給はむものぞ。一目も見たてまつり、わりなき御文も一《いち》度《ど》通ひぬる人、かならず過ぐい給はず、人の心、あやしきまでなびかい給へる癖おはする人なれば、（あなたのことを）聞きだにつけ給ひなば、（あなたを「なびかし給ふ」ことは）すべて疑ひあるべきことにもあらずかし」など、言多く、あらましごとを言ひつづけ給へど、（下略）（三五六頁）

吉野姫君は、中納言のことばにも、なにも聞き知らぬ様子なので、そのままふたりで翌朝遅くまで寛いでいると、どこからともなく文が届く。開封すると、それは式部卿宮からのものであり、

うべこそはいそぎ立ちけれ　とこの浦の波のよるべはなかりけりやは（三五七頁）

と、中納言の不審な行動の原因を見届けた旨の歌が、記されていた。中納言は、

（自分が宮を、上のもとに）すすめ入れたてまつりてしをおぼしあやめて、人つけ給へりけるなめり。なほ、恐ろしうおはする宮なりや。かけても人の思ひ寄るまじきを、かやうにかしづく人のけしきを見て、おぼし寄ることどももあるなり。（三五八頁）

と、あらためて吉野姫君に、宮が油断ならぬ人物であることを知らせる。それと同時に、女房の信濃には、姫君のそばを離れないよう指示し、姫君にも、「折々ごとに、この宮の御ありさま、隈なくあやにくにおはするよしをのみ言ひうとめ給」（三五九頁）うのであるが、姫君じしんは、とくに気にするふうもなく振る舞う。

その後、中納言の夢にしきりに唐后が現れ、病悩の様子である。そして、三月十六日の夜、中納言が吉野姫君とともに月をながめながら、唐后へと思いを馳せていると、「河陽県の后、今ぞ、この世の縁尽きて、天に生まれ給ひぬる」（三六一頁）という天の声が、中納言にのみ、三度はっきりと聞こえた。唐后の死を告げられた中納言は、堪えがたい悲しみのなか、翌朝から「千日の精進」を始め、「法華経万部読みたてまつらむ」（三六三頁）と決意する。その期間中は、落ち着いて経を読むため、自邸を離れ、吉野姫君のもとで過ごすことにした中納言は、あらためて、唐后のゆかりの人でもある吉野姫君が大切な存在であると痛感され、「まことに、わびしう、砕くる心ながら、え避らず世にながらへむほどのわが心のいささかのとまり、これぱかりにこそは」（三六八頁）との思いから、「うとましきけしき添へず、世に知らぬめでたき御さまにて、心深ういみじうもてない給ふ」（三六八頁）のであったが、そのような中納言の誠実さは、おのずと吉野姫君にも伝わった。

しかし、こうして落ち着きを取り戻しつつある中納言の知らぬところで、事態は緊迫の度をましつつあった。というのも、式部卿宮は、「とこの浦」の歌を詠みかけて以来、中納言の身辺を洗わせていたのであり、吉野姫君引き取りの経緯までも探り出し、いよいよ対抗心を募らせていたのだ。

吉野山には、なに人のいかなりけるをたづね出で給へるならむ。思ふに、なのめなる人にあらじかし。さばかり、おぼろけの人に心をとどむべうもあらず、もろこしまで見尽くしたる人（＝中納言）の、雪の中をたづね出でて見るらむ、よろしうはあらじ。うべこそ、「山隠れなどに隠ろへて、なかなかさてもありぬべき人はあらめ」と言ひけれ。などて、われ、吉野の山に思ひ寄らざりけむ。（三七〇頁）

先日の対面のおり、中納言が、「山里にうち隠ればみては、めやすき人は、おのづからあるやうもはべらむかし。わろく聞こしめしつけられぬにこそはべらめ」といっていたのは、さては、じしんの経験に照らしてのことであったか——。式部卿宮は、中納言にまんまと先を越されてしまった自分が不甲斐なく、今さらながら尼姫君との結婚をぶち壊しにされた恨みも忘れがたい。また、その尼姫君が中納言と親密な関係をつづけているのも癪である、というところで、さきの⑦の用例が現れ、直後に、「いかでこの人をだに見てしがな」となる。まさに、機は熟した。さきのことばを繰り返せば、「時限爆弾のスイッチは入った」のである。

六　「むねいたきおもひ」の応酬——散逸首巻と最終巻と

『御津の浜松』という物語は、一般には『浜松中納言物語』の名称で知られ、通行の題号が象徴するように、主人公中納言を軸に、かれと女たちとのかかわり、なかでも唐后との奇しき宿縁を中心に描かれた恋物語であると考えられている。例えば、野口元大「浜松中納言論——女性遍歴と憧憬の間——」（同氏著『王朝仮名文学論攷』［風間書房、二〇〇二年］所収）は、そうしたオーソドックスな読みを物語全体にわたって精緻に展開したものとして、印象深い。また、古く『無名草子』中の評言でも、まずは「薫大将のたぐひになりぬべく、めでた」（二三五頁）い中納言の理想性を称揚しつつ、「一の大臣の五の君」（二三六頁）以下、「大将の姫君」（二三七頁）、「大弐の娘」（二三七頁）、「吉野山の姫君」（二三八頁）といった女たちへの言及がなされていた。それらに対して、本章において明らかにしようとしたのは、もっぱら中納言に寄り添って読まれてきた『浜松中納言物語』が、すこし見かたを変えれば、中納言と式部卿宮とによる、女をめぐる闘争の物語でもある、ということであった。そして、そのような物語の構想は、おおむね散逸首巻と最終巻とで首尾照応するかたちになっているのであるが、それはたんなる復讐劇に終わらず、式部卿宮による手痛い反撃をこうむりながらも（宮も、けっして勝者ではない）、すべてを宰領し、かつ受け容れようと努める主人公中納言の懸命の姿を描くところに、最終巻の眼目はあった。

それにしても、この物語の主要人物の配置を確認してゆくと、あたかも夢魔の世界に迷い込んだかのような気分に襲われる。——主人公たる二位源中納言は、式部卿宮の一人っ子であるが、その中納言に対置されるのが、これまた式部卿宮であり、かれも今上のただひとりの皇子である。中納言の父宮の死によって、物語は本格始動するもののようであるが、悲嘆に昏れる中納言は、やがて、父が唐土の帝の第三皇子（三の皇子《みこ》）として転生したことを知る（ちなみに、その第三皇子は、物語の最後に東宮となるが、日本の式部卿宮も、最終巻で東宮となる）。いっぽうで、父宮の死後、中納言の母は再婚するが、中納言には許しがたい裏切りと映った。母の再婚相手である左大将には娘がふたりいて、姉は式部卿宮との結婚も決まっていたが、渡唐を前に中納言がひそかに契りをもち、その後、懐妊が発覚したことから破談となる。代わりに妹が式部卿宮を婿に迎えたが、宮は不満であり、なおも出家した姉のことを諦めきれずにいて、帰国後の中納言が尼姿の姉と清浄な交わりをもつようになったのを、痛恨の思いで見ている。また、吉野尼君にも、父親を異にする娘がふたりいた。姉は唐国の帝の后のひとりで、帝寵もあつく、中納言の転生した父＝三の皇子の母であるとともに、中納言とも契り、ひそかに男子の誕生を見る。妹は、姉のゆかりの人として中納言に大切にされるが、すぐには男女の関係になれない事情があった。そうしたなか、妹は中納言への復讐に燃える式部卿宮に盗み出され、懐胎する。腹に宿った子は、中納言との再会を期して、いったんは天上界に去った姉が、転生してくるのだという。衰弱しきった妹は、かろうじて中納言の庇護下に戻ったが、これからさき、どうなってしまうのか。――ざっとながめるだけでも、物語内での登場のしかたに斑《むら》があるのが難点とはいえ、絡まり合った目眩めく人物配置の枢要な位置にあって、主人公中納言とも張り合えるのは、ひとり式部卿宮がいるだけであった。

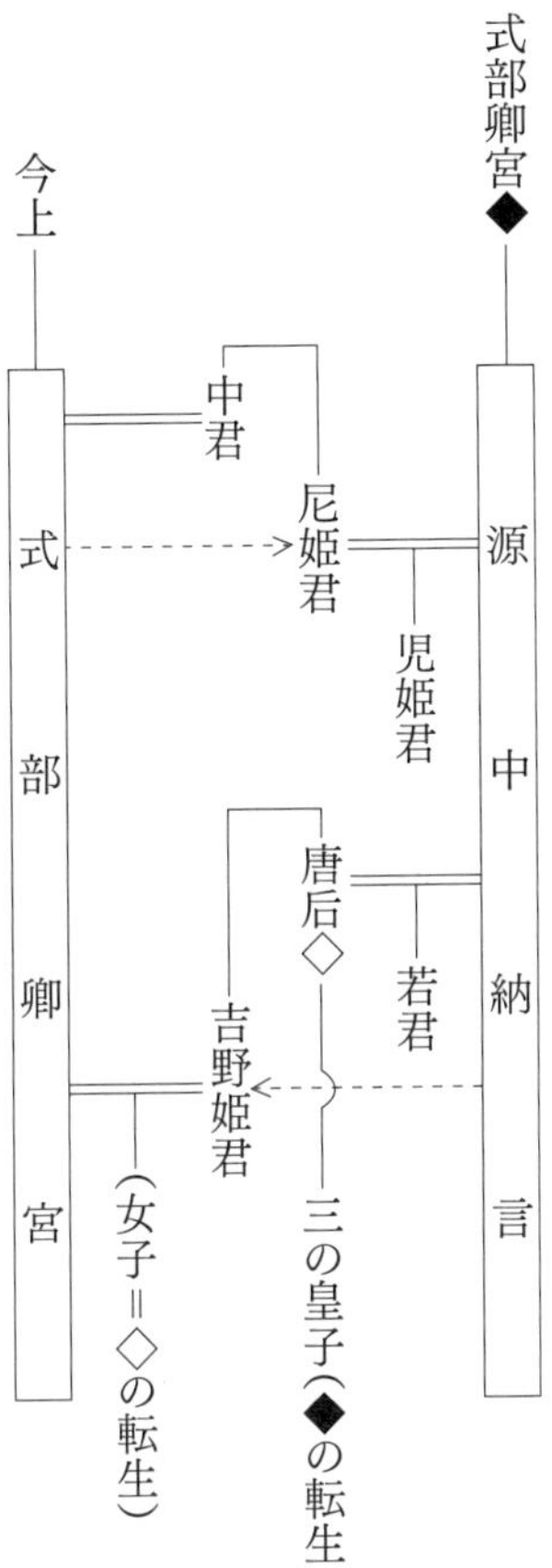

もっとも、首巻を闕いた現存本に沿って素直に読みすすめるかぎり、式部卿宮の重要性、さらには危険性といったものについては、主人公たる中納言が、ぎりぎりまでそのことにまったく無頓着であるため、読む者にとって、宮への注視が遅れるのも、無理からぬところがあった。右記野口論文でも、巻四における、中納言と吉野姫君との危うい均衡のうえに立つ男女関係の「緊張を高めるためかのように、色好みで名高い式部卿宮を登場させ、中納言の隠し据える吉野の姫君に関心を寄せるように導く。このあたり殊更な意図が目立って、プロットの自然さが損なわれている感じが著しい」（三四三頁）と論じている。それでも、ふたりの対決の構図が鮮明になった巻四の終盤

からは、まさに怒濤の展開というべく、宮の一挙手一投足から目が離せなくなる。思えば、最終巻が発見される以前の、近世から昭和初頭にかけての読者たちは、首尾を闕いたままの『浜松中納言物語』を読むほかなかったのであり、そこでは、式部卿宮なる人物に対しても、どれほどの印象も残らなかったことであろう。首巻の逸亡によって、『御津の浜松』には今なお、修復しがたい傷が遺っているわけだが、それでも、最終巻が出現したことは、式部卿宮を無視しては読み解けないこの物語の特質を闡明《せんめい》するうえで、まさしく僥倖であった。

七　おわりに――「聖」と「凡夫」とのはざまで

「御津の浜松」という物語の題号は、さきに見たAの直前にある中納言の歌、

日本《ひのもと》の御津の浜松こよひこそ　われを恋ふらし　夢に見えつれ（五三頁）

から出たものである（この歌は、『物語二百番歌合』と『風葉和歌集』に採られているが、そこでは四句と五句が入れ替わっている）。夢のなかで、左大将の姫君から、

たれにより涙の海に身を沈め　しほるるあまとなりぬとか知る（五二〜五三頁）

と詠みかけられたものの、「あま」に「尼」の意が掛けてあることに気づかぬまま、中納言は、日本に残してきた姫君が、自分を恋しく思っているらしいと、感傷に浸る。

中納言の歌が、『萬葉集』巻一所収の山上憶良の歌、

去来子等《いざこども》　早日本辺《はやくやまとへ》　大伴乃《おほとものの》　御津乃浜松《みつのはままつ》　待恋奴良武《まちこひぬらむ》（六三番）

によるものであることは、諸注釈書に説くとおりであり、唐土にあって本国を思う憶良の歌は、いかにも、日唐両国にまたがる舞台設定をもつこの物語の特徴とも合致して、本歌にふさわしい。ただし、中納言の歌そのものは、左大将の姫君の歌の深刻さをまったく理解しないまま詠まれたものであり、物語の主題歌と呼ぶには、はなはだしく緊張を欠くものというほかない。が、ここで注意しておきたいのは、中納言の姫君への思いなるものも、Aに見るように、「式部卿の宮、おはしましにけむ。さらば、いとほしうもあるべきかな」と、ただちに式部卿宮と姫君との関係へと転じられていることである。姫君の歌から「尼」の含意を汲み取れない中納言であるから、今ごろは式部卿宮が通うようになっただろう、と想像するのは、当然のことであるのだが、じっさいには姫君は、中納言の夢想だにしない悲惨な状況に見舞われているのだし、式部卿宮も念願の結婚を打ち砕かれて、なにも知らないまま遙かに海を渡っていった男に、憤懣やるかたない思いであったはずなのである。そのようなときに、「このほどの怨みとくばかり、いかで見えたてまつらむ」と、帰国後の姫君との関係修復へと思いを馳せる中納言の物思いとは、なんとお気楽なものであることか。この時点での中納言が、渡唐後の日本での出来事をいっさい知り得ない立場にあることはわかっていても、こうした俗臭芬々たる思考を見せつけられては、もはや辟易のほかあるまい。そして、暢気に構える中納言の向こうに、ゆらりと燃え立つ式部卿宮の怨念の炎が、透かし見えるような気もするのである。

さきに、式部卿宮の「わがやうには「聖つくらず」とか」との問いに、中納言が「そは、「聖ぞ下は凡夫なる」ぞ」と答えるくだりについて私見を述べたが、主人公たる中納言は、まこと、「聖」さながらに、尼姫君とは「妙荘厳の御契り」（一八一頁）を実践し、吉野姫君からは契らずして絶対の信頼を寄せられるということで、それは奇特な主人公ぶりといえるのだが、そのじつ、「下は凡夫」たることも、本章で引いたかれの思惟のはしばしに露呈していた。『無名草子』でも、「まめやかにもてをさめたるほど、いみじ」（二三九頁）と、誠実で落ち着いた振る舞いが高く評価されていた中納言も、その遂行には、生身の男であるがゆえの苦しい葛藤をともなうこと、第一章・第二章でもふれたとおりである。「聖」のようなうわべと「凡夫」の感情との同居は、まさに「薫大将のたぐひ」たる中納言の面目躍如といったところであろうが、いっぽうで、その誠心誠意を尽くすさまには、見せかけだけとはいわせないひたむきさがあり、しかもそれが物語全体を通して変わることがないだけに、同じ人物がしばしば見せる凡俗さとの落差には、唖然とさせられるものがある。ただ、そうした中納言の脇の甘さが、式部卿宮の反撃の呼び水となり、物語の展開を促す契機ともなっているのだが、はたして、そこまで計算したうえでの中納言の造型であったか、その判断はなかなかに微妙なところであろう。

注

（1）「思ひあつかふ」の語は物語全体で八例を数えるが、②と③の例を含む六例が最終巻に集中し、巻三の一例を除き、巻四の一例も含めて、すべて主語は中納言で、吉野姫君を対象とするものである。

（2）『全注釈』では、⑥の例の注釈において、

「胸いたし」という表現は浜松にこの例以外に五例ある。いずれも男が女を強く恋慕する場合で、式部卿の宮が尼姫君を思う場合が二例、中納言が尼姫君を思うのは一例、中納言が吉野姫君を思うのは三例ある。（一〇三二頁）

と説明するが、筆者の理解とは異なるところがある。

第四章　歌ことば「とこの浦」「にほの海」をめぐって

——首尾照応することばと「妹背」の物語——

一　はじめに

本書第三章において筆者は、『御津の浜松』の作品構造について論じたさい、そこには主人公中納言と式部卿宮との対立の構図が根底に横たわっていて、『浜松中納言物語』という通行の題号が喚起するイメージに沿って、中納言と女たちとのかかわりを描いた物語であると見る従来の理解（誰を重視するかに違いはあるが）とは別に、ふたりの男による、女をめぐっての闘争の物語として読み解けることを述べた。そして、そのような物語の特質の闡明《せんめい》のためには、なにより最終巻の存在が重要不可欠であり、巻四終盤の、ふたりの男の対座の場面を転機に、結末に向けて物語の方向性が一気に絞り込まれる様相を、明らかにしたのであった。

本章では、まず、そのような物語の転換点にあって強い印象を残す、式部卿宮と中納言との間に交わされた歌の応酬を取り上げ、詳しく検討するとともに、そこに用いられた歌ことばに注目することで、この物語における首尾照応のありようについても、考察を及ぼすことにしたい。

二　「うべこそはいそぎ立ちけれ」――中納言と「とこの浦」(1)

従来、『御津の浜松』が、中納言に対する式部卿宮による復讐劇として、積極的に読み解かれることがなかったのには、理由がある。それは、現存巻一から、いくら丁寧に読みすすめても、ふたりの関係性に注意が向けられるようには、ほとんど描かれていないからである。ふたりがうちとけて親しく話を交わす様子も、現在のわれわれは、巻四の終盤に到ってはじめて目にすることになるのだから、その後、吉野姫君奪取へと奔る式部卿宮の行動が、きわめて唐突に映るのも、無理もないことであった。ただし、それはあくまで、現存する巻一を起点に物語を理解しようとするからであって、現存『御津の浜松』が、首巻を闕く不完全な状態で残されている事実を、じゅうぶんにわきまえていないところに問題がある。

総じて、物語が最終局面を迎えようとするとき、そこでは、物語内の過去、なかんずくその始発が強く意識されることが、少なくないように思われる（例えば、光源氏の物語の首尾に、「まぼろし」の語が立ち現れるごとくに）。ところが、『御津の浜松』にあっては、肝腎の始発部が失われ、詳らかでない点が多いのだ。本書第一章において、筆者は、『御津の浜松』をトータルに理解するにあたっては、「最終巻を読み解きながら、ここに到るまでの物語の展開相を丁寧に検証・再確認してゆけば、散逸した首巻をも含めて、物語の目指そうとした世界がいかなるものであったかは、かなり鮮明になってくるように思われる。」（一〇～一一頁）と述べたのであったが、それを実践した結果が、式部卿宮への着目であり、さらには、宮と中納言とのかかわりをとおしての、物語の全体像の捉え直しなのであった。そのような読み解きを行ううえでの鍵となったのが、巻四終盤のふたりの対座の場面であることも、第三章に述べたとおりであるのだが、その直後、中納言は、勤行に忙しい尼姫君に遠慮し、吉野姫君のもとに赴く。

すると、そこでは、にわかに式部卿宮への警戒心を強めた中納言が、宮は「人（＝狙いを定めた女）の心、あやしきまでなびかい給へる癖おはする人」であるとして、その油断ならぬ人となりを語り、姫君にも宮への注意を促すべく、「言多く、あらましごとを言ひつづけ」（三五六頁）るのであったが、そんなことのあった翌朝、中納言がすっかり寝過ごしていると、「いづくよりともなき文の、いとえんなる」（三五七頁）が届き、以下のようにつづく。

「大弐のむすめのにや」と思ひてひきあけたれば、式部卿の宮の御文なりけり。「夜*の御けしき、静心なげなりしも、「ことわりなりけり」と見あらはしはべりけるかな」とて、

うべこそはいそぎ立ちけれ　とこの浦の波のよるべはなかりけりやは

文字様《もじやう》など、わざとをかしげならねど、書きざま、墨つきなど、書き馴れ、見どころあるさまぞ、をかしきや。

（三五七頁）

＊底本に「夜る」とあり、あるいは、もと「夜へ（＝昨夜《よべ》）」であったか。

式部卿宮から届いた歌の初二句「うべこそはいそぎ立ちけれ」とは、ふたりが対面したおり、話がいつ尽きるともなくつづくので、「夜ふけはべりぬらむかし」（三五四頁）といって中納言が座を立ち、式部卿宮には上（妻である中君）の待つ部屋へ行くよう「せめてすすめ入れたてまつり」、じしんは尼姫君のもとに向かうのを、宮が、「（尼姫君への）ゆかしき御心絶えず、胸いたし」（三五四頁）と感じるくだりを承けたものであるが、さらに、このすぐあとで中納言が推測するとおり、「すすめ入れたてまつりてしを、おぼしあやめて、人つけ給」（三五八頁）うて、忍びの通いどころがあることを突き止めたことが背景にある。歌に先立ち、「「ことわりなりけり」と見あらはしはべりけるかな」とあるのも、そのことをほのめかしたものである。

三句以下は、諸注釈書の説くとおり、近江国の歌枕「鳥籠《とこ》の浦」に寝床の意をきかせ、浦波が寄せる岸辺ではな

いが、寝床をともにするために立ち寄る相手がいたとは、これは驚いた、ほどの気持である。式部卿宮と中納言との対座の場面では、ふたりの間で、「わがやうには、「聖つくらず」とか」、「そは、「聖ぞ下は凡夫なる」ぞ」（三五二頁）といった応酬がなされていて、その解釈についても、第三章において私見を述べたところであるが、宮からすれば、「聖」づらをした中納言の「下」に隠された「凡夫」の正体、今こそ見たり、といったところであり、してやったりとばかりに手紙を書く宮の様子が、髣髴する。

「うべこそは」の歌は、以下、何度か作中に引かれることとなり、そのさいには、「とこの浦」がキーワードとなっている。

①　式部卿の宮は、とこの浦の波かけ給ひてしより、心を添へ給ひて、たづね聞き給ふに、（下略）（巻四・三七〇頁）

②　さばかりあるかなきかに思ひ沈みたるうつくしさは、天女の天下りたらむを見つけたらむよりも、なほめづらしく、かぎりなく、あさましきまでおぼさるるに、「中納言のとこの浦ぞかし」とおぼさるるを、まだ世に馴れぬけしきを、「いなや。こはいかなることぞ。（下略）」（最終巻・四〇三頁）

③　この人の本体をば、この宮も、え知り給はじ。とこの浦たづね給へりし折に、わが思ひ寄りしままに、おぼし寄り、ぬすみ給へるにこそはあらめ。（四一七頁）

①は、「うべこそは」の歌を贈って以来、式部卿宮が、中納言の隠し女の素姓を探っていることを述べたくだり、②は、吉野姫君を拉致した式部卿宮が、はじめて契りを交わしたさい、中納言とは寝床をともにする仲だと思っていた姫君が、意外にも処女であることを知って驚くくだり、③は、式部卿宮から、至急参内するよう使者を差し向けた経緯を聞かされた中納言が、「うべこそは」の歌が送られてきたさいに危惧したことがそのまま、宮による吉

野姫君誘拐のかたちで現実化したと考えるくだりである。こうして見ると、『御津の浜松』の終幕へ向けての怒濤の展開は、遡れば、式部卿宮から届いた「うべこそは」の歌に端を発するものであることが、表現面からも再確認されるのである。

三　「にほの海のあまもかづきはせぬものを」――中納言と「にほの海」(1)

式部卿宮からの不穏な手紙に対して、中納言の返事は、次のようなものであった。

にほの海のあまもかづきはせぬものを　みるめ寄せける風の吹くらむ
おのづから聞こしめしてむ。あなかしこ、あなかしこ。（三五八頁）

諸注釈書を見ると、さきの式部卿宮の歌については、その理解にさしたる違いは認められない。ところが、一転、この中納言の歌に関しては、解釈に難渋していることが知られる。まずは、それぞれに説くところを確認しておこう。

A『新註』
【頭注】私は別段こつそり隠れてここへ来た訳ではないから、あなたの御目にもとまつたことでせう。前の歌に「とこの浦の浪」とあるのを受けて、その縁で、「にほの海のあまも云々」と詠んだのである。「みるめ」は「海松」と「見る目」とを掛けてゐる。（三二七頁）

B『大系』

【頭注】「私はひそかに女のもとに通うようなことはしないのに、どうして見たなどと言いよこしてこられるのでしょう。（中略）」の意か。↓補注七六三。（三七八頁）

【補注】歌の意がよくつかめない。宮の歌に「床の浦の浪のよるべ」とあったのをうけて「にほの海（琵琶湖）のあま（漁師）も云々」と「あま」に自分をたとえ、又、「みるめ」に「海松布《みるめ》」（海藻の名）と「見る目」をかけている。「かづきはせぬ」は、「こうしてここに来ていても、女と契りはしない」の意と考えられないこともないが、そんな弁解をしても通じるはずはないし、又、こうした場合、さとられていると思っても、あくまでもしらを切るのが常識だから、女のもとに通っているのではない、別の用事でここにいるのだの意とみるのが適当であろう。下句は、上に「など」が省かれているものと見た。「らん」に原因・理由などを推量する用法があり、その疑問の理由については、歌に限っては「など」を省略することがあるのは、例が多い。「こうして海松布をうち寄せた風が吹いている（あなたが見たと言いよこして来られる）のは、どういうわけでしょう」の意となる。（四九四頁）

C『桜楓』

【頭注】「にほの海」は琵琶湖。「海人」に自分を比す。また、「みるめ」は「海松布」（海藻の名）と「見る目」（見た様子）を掛ける。「風」は宮の手紙。（一八五頁）

D『全集』

【現代語訳】琵琶湖の海人が潜って漁もしないのに、海松布を浦にうち寄せた風が吹くように、私に隠しごとはないのに、見たなどと吹聴しておいでですね。（三五八頁）

【頭注】歌意が定かでない。『寝覚』巻四、御門「にほの海や潮干《ひしほ》にあらぬかひなさはみるめかづかむかたのなきかな」。『永久百首』水海、常陸「にほの海はみるめも生ひぬ浦にてやむべかづきする海人なかりけり」などによると、琵琶湖では海人が海松布《みるめ》（海藻。「見る目」に掛ける）を採らなかったという。「かづく」は、水中に潜って貝や海藻を採ること。（三五八～三五九頁）

E『全注釈』

【口語訳】琵琶湖あたりの海女が水に潜って魚を捕ったりはしないのに、海松布を浦におし寄せた風が吹くように、海松布の音に通う「見る目」、見たと、どうして言い寄こすのですか。（一〇四二頁）

【注釈】中納言の歌。「にほの海」は近江国の歌枕。片桐洋一氏『歌枕歌ことば辞典（増訂版）』によれば「にほの海」が和歌に詠まれるようになったのは平安時代末期になってからという（三二五・三二六頁）。浜松には巻一（一）に「別れにし我がふる里のにほの海に」ともある。「かづき」は水中にもぐること。「みるめ」は海松布（海藻の名）と「見る目」を掛ける。一首の意は、にほの（「海の」脱か――引用者注）海人でもその本来の仕事である潜水をしないのと同様に、私は女のもとに近づいたりしないのにもかかわらず、沖の方では風が強く吹いているからであろうか、海松布が寄せてきたように、妙な風評が立つものだなあ。前の式部卿の宮の皮肉な歌に対して無実を訴えている歌である。（一〇四六頁）

これらを一覧すると、「にほの海」の語は、式部卿宮の歌に「とこの浦」とあるのを承けて、同じ国の歌枕で応じたものであり、「あま」には中納言じしんを寓し、「みるめ」は「海松布」と「見る目」との掛詞である、といった理解では、ほぼ共通している。にもかかわらず、納得のゆく解釈に到らないのには、どこかに問題があるはずである。思うに、そのポイントは、「かづく」の語の理解にあり、それを「みるめ」と結びつけていないところに原因があるのだろう。そのようななか、『全集』のみ、「にほの海」「かづく」「みるめ」といった一連の語を用いた歌を例示しているのは、注釈の基本に立ち返るためにも、注意される。そして、用例からは、「琵琶湖では海人が海松布（海藻。「見る目」に掛ける）を採らなかったという」との理解まで導き出しているのだが、惜しいかな、そのことが歌の解釈に反映されていないのである。

いま、私に中納言の歌の解釈を試みれば、次のようになる。

「にほの海」が、式部卿宮の歌の「とこの浦」を承け、同じ近江国の歌枕で応じたものであることは、もちろんである。そして、「にほの海（琵琶湖）」は、「海」とはいえ淡水なので、潮海では採れる「みるめ（海松布）」が、ここでは採れない。よって、琵琶湖で漁をする「あま」も、採れもしない「みるめ」を求めて、わざわざ「かづき」をすることはない。わたしも、琵琶湖の「あま」がそうであるように、「みるめ」を求めることはないのだから、女との「見る目」もまた、同様に望んだりしない。だから、わたしに「とこの浦の波のよるべ」があることを見届けたなどとは、言いがかりも甚だしい。そんな「みるめ」を採らない生活をする琵琶湖の「あま」のもとに海藻の「みるめ」があるとすれば、それこそ不可思議千万。その「みるめ」は、琵琶湖の波が岸に打ち寄せるはずはないから、どこからか風が吹き寄せでもしたのだろう。同様に、女との「見る目」もないわたしに、いったいどんな女との風評が立ったのやら。

「みるめ」が「海松布」と「見る目」との掛詞であることは、諸注釈書が等しく指摘するとおりであるのだが、『全注釈』の口語訳に、「海松布の音に通う「見る目」、見たと、どうして言い寄こすのですか」とあるような解釈（『大系』の頭注に「どうして見たなどと言いよこしてこられるのでしょう」とあるのも同様）は、「見る目」がもっぱら、男女間の逢う機会の意で用いられる歌ことばであることからすると、不審とせざるを得ない。『全集』の頭注に参考として掲げられた『夜の寝覚』巻四、帝から中君に送られた歌の大意は、琵琶湖が、引き潮のない淡水湖ゆえ、海人が潜ったところで海藻の「みるめ」を採るすべもないように、わたしもあなたとの「見る目」＝逢瀬を得られず、かいのない思いをすることだ、といったもので、「にほの海」で「かづき」をしても「みるめ」が採れないというのは、女との「見る目」がないことをいうレトリックである。いまひとつの『永久百首』の歌も、琵琶湖では、海藻の「みるめ」も生えない浦であるがゆえに、なるほど「かづき」をする海人もいないのであったよ、というのだが、ここでも、「見る目」の意をきかせて、見込みのない恋など誰もしない、というのである。

また、「かづく」に関しても、潜るという語感に引かれてか、「こつそり隠れて」（『新註』）、「ひそかに」（『大系』）、「隠しごと」（『全集』）といった解釈がなされているが、あくまで「あま」の仕事をいう語であって、「にほの海のあま」の場合、「海松布」を求めての「かづき」はしない、といっているだけのことである。「にほの海人《ママ》でもその本来の仕事である潜水をしないのと同様に、私は女のもとに近づいたりしない」（『全注釈』）との解釈もあるが、「本来の仕事である潜水をしない」のであれば、それはもはや「あま」とはいえないし、「かづく」を「女のもとに近づく比喩と見るのも、誤解である。女との関係をいうためには「みるめ」の語が用意されていること、右に述べたとおりである。

以上のように、中納言の「とこの浦の波のよるべ」を探り当てたとして追及してくる式部卿宮に対して、「にほの海」に「みるめ」はないとしらをきる中納言――ふたりの応酬は、近江国の歌枕を含んだ表現によって綾なされているのであるが、じつは『御津の浜松』において、「とこの浦」「にほの海」いずれもが、これ以前に使用履歴のあることばなのであった（「にほの海」については、すでに巻一に見えていること、『全注釈』に指摘があった）。

四　「ひとりしも明かさじと思ふとこの浦」――中納言と「とこの浦」(2)

「とこの浦」の語は、「うべこそは」の歌以前には、現存諸巻のどこにも見えない。しかし、『全集』『全注釈』が指摘するように、散逸首巻にまで遡ると、その使用が確かめられる。『風葉和歌集』に、次のようにある。

中納言のもとに、暁立ち寄りて侍りけるに、いみじく尊く経を読み澄まして、「居明かしつるにや」と見えければ、よめる

浜松の宰相中将

ひとりしも明かさじと思ふとこの浦に　思ひもかけぬ波の音かな

（巻十八・雑三・一三五七番。引用は、樋口芳麻呂校注『王朝物語秀歌選（岩波文庫）』［二冊、一九八七・一九八九年、岩波書店］所収本による）

詠者の宰相中将は、現存五巻にはいっさい登場しない人物であり、中納言とどのような関係であるのかも不明であるが、このとき、中納言の身の上に重大な出来事が起きていたことは、『無名草子』に見える次のような記述から知られる。

父宮の、唐土の親王に生まれたる夢、見たる暁、宰相中将、訪ね来て、

ひとりしも明かさじと思ふ床の上に　思ひもかけぬ波の音かな

と言ふよりはじめ、唐土に出でたつことども、いといみじ。（二三五頁）

『風葉和歌集』所収歌と較べると、「とこの浦」が「〜の上」とあり、異同が見られるが、五句「波の音かな」との繋がりを考えると、「〜の浦」とあるのが本来のかたちであろう。こんな夜に、あなたが独りで夜明かしすることなどあるまい（宰相中将は、中納言と左大将の大君［尼姫君］との仲を疑っているのであろう）、と想像してやって来たら、意外にも、一晩中唱えていたらしい読経の声を耳にしたよ、というのである。[1]

ふたつの歌を並べてみると、さきの「うべこそは」の歌が、独り身を装う中納言に、夜をともに過ごす相手がいたことを知って、挑発する底《てい》のものであったのに対して、「独りしも」の歌は、女と一緒に過ごしているものとばかり思っていた中納言が、じつは謹直に勤めをしていたことを知って、意外に思うというものである。すなわち、ふたつの歌は、「とこの浦」の語を共有しながらも、その内容については対照的なものとなっているのだ。

ところで、『風葉和歌集』の詞書に記された情報だけでは、中納言が「いみじく尊く経を読み澄まし」ていた理由は定かでない。しかし、『無名草子』には、

　　式部卿宮、唐土の親王に生まれたまへるを伝へ聞き、夢にも見て、中納言、唐へ渡るまでは、めでたし。（二三九頁）

ともあって、現存巻一の冒頭で語られる、「孝養のこころざし」（三一頁）に衝き動かされての渡唐の実現に向けて、亡き父宮が夢枕に立ち現状を告げるという、[2]中納言にとって、最終的な覚悟を固めさせる決定的な出来事があったおり、かれは、みずからの昂る心を鎮めるべく、暁がたまで「いみじく尊く経を読み澄まし」ていたのであるに違いなく、偶然か、意図あってか、そこに宰相中将が来合わせたことで、「独りしも」の歌は詠まれることとなったのである。

五　「別れにしわがふるさとのにほの海」――中納言と「にほの海」(2)

そのような中納言の決意を承けて、散逸首巻ではどのような物語の展開があったものか、細かな点では不明のところもあるが、ともかくも中納言の渡唐の願いは認められ、現存巻一冒頭、七月上旬に、中納言は無事「もろこしのうむれい（温嶺）」に到着した。そこを発って、次なる「かうしう（杭州）」に泊ったおり、眼前の光景から、中納言は、さっそく故国へと思いを馳せる。そこに、いまひとつの語、「にほの海」は現れる。

その泊り、入江のみづうみにて、いとおもしろきにも、石山の折の近江の海思ひ出でられて、あはれに恋しきこと、かぎりなし。

別れにしわがふるさとのにほの海にかげをならべし人ぞ恋しき（三一頁）

渡唐以前に、中納言は誰かと、石山寺に詣でたおり、鳰鳥のごとく相並んで琵琶湖をながめたことがあって、そのときのことを思い出しているわけであるが、恋しく思う相手が左大将の大君（尼姫君）であろうことは、従来から指摘のあるとおりである。残念ながら、散逸首巻において、ふたりが石山詣でをしたとの記事は、ここ以外にはいっさい残されていないのだが、こうして、渡唐後、まっさきに回想されるのがこの思い出であるというところからしても、そこではふたりの間で、「にほの海」の語を用いた歌が詠み交わされていたことも、じゅうぶんに考えられる。(3)

巻一での中納言は、転生した父宮に会うという確固たる目的をもって唐土に到着したわけであるが、その後、物語そのものは、その父の生母である唐后への憧憬と、その人と悟らぬままのひそかな契りへと、話題の重心が移ってゆく。そのいっぽうで、故国への望郷の念、なかんずく左大将の大君への思いも、繰り返し記されている。

ところで、散逸首巻にあった歌としては、『無名草子』に三首、『後百番歌合』に二首、『風葉和歌集』に六首が知られる(異なり歌数は、九首)のであるが、さきに掲げた宰相中将の歌と、渡唐を前にしての式部卿宮と中納言との惜別の贈答を除けば、残りの六首すべてが、中納言と左大将の大君との仲にかかわるものである(そのうち、中納言渡唐後の大君の独詠歌とおぼしきものが三首を占める)。例えば、

もろこしに渡るとて、道より女のもとに遣はしける

浜松の中納言

身に添へる面影のみぞ　こぎ離れ行く波路とも遅れざりけり(『風葉和歌集』巻八・離別・五三五番)

とある「女のもと」とは、明らかに左大将の大君であるし(「身に添へる面影」とは、「にほの海にかげをならべし人」のことである)、

渡唐の船に乗るとて、都へ

かきくらす涙は袖に騒ぎつつ　もろこし船に今日ぞ乗りぬる

(『後百番歌合』二十九番右・二五八番。引用は、前掲『王朝物語秀歌選(岩波文庫)』所収本による)

と、「都へ」託された文も、母上や左大将の大君に宛てたものであっただろう。こうした渡唐以前の物語のありようからすれば、現存巻一の最初に現れる歌が、左大将の大君を偲ぶ「別れにし」の歌であることは、素直に納得できるところである。(4)

六　首尾照応するふたつのことば――「とこの浦」と「にほの海」と

　このようにして見てくると、『御津の浜松』において、「とこの浦」と「にほの海」の語は、いずれもが物語の始発部において、かたや中納言を渡唐へと駆り立てるきっかけとなる場面で用いられるいっぽう、いまひとつは日本に残すことになる左大将の大君との間柄にかかわることばとして、印象的に使用されていたかと思われる。とはいえ、その後、ふたつのことばは、とくに反芻されることもなく、その記憶もすっかり薄くなった（現存本で読むかぎり、「とこの浦」は未知の語でさえあるわけだが）、そんなころ、物語が最終局面を迎えようとする巻四の終盤に到り、なんとも唐突に、かつての文脈からは切り離された状態で、にわかに呼び戻された恰好なのである。しかし、ふたつのことばは、まったく脈絡もなく、たまたま首尾に現れたという理解で済ませてよいものなのであろうか。

　あらためて、巻四における式部卿宮と中納言との歌のやりとりを見ると、ふたりはそれぞれに同じ近江国の歌枕を用いながらも、かたや「とこの浦の波のよるべはなかりけりやは」と、契りを交わす女がいたではないかと迫り、かたや「にほの海のあまもかづきはせぬ」と、「みるめ」＝女との契りはないと反論するものなのであったが、では、じっさいのところはどうであったのか。たしかに中納言に、「とこの浦の波のよるべ」は存在した。しかしそれは、式部卿宮が想像するような関係ではなく、中納言のいうとおり、「みるめ」をともなわぬものであった。だからこそ、のちに宮が吉野姫君を誘拐し、契りをかわしたさい、前掲②のような不審を覚えたのである。つまりここには、「とこの浦」に「みるめ」がない＝女とともに夜床にいても契りは交わさない、という、中納言と吉野姫君との現状が、嘘偽りなく反映されているわけである。とはいえ、事情を知らぬ者からすれば、そのような男女関係など、容易には信じがたいところであろう。

近江国の歌枕を使用するとき、そもそも「あふみ」の語が「逢ふ（身）」の連想を誘うことばなので、「とこの浦」との連携にはなんの違和感もない。しかし、「にほの海」には「みるめ」がないと表現した途端に、「あふみ」とは両立せず、いわば自己撞着に陥ってしまう（ただし、「みるめこそあふみの海にかたからめ吹きだにかよへ志賀の浦風」［『後拾遺和歌集』巻十三・恋三・七一七番・伊勢大輔］のように、「みるめ」のないことが「あふみ」と抵触しない詠みかたもある）。もちろん、ふたりの歌のやりとりに「あふみ」の語がそのまま使われているわけではないのだが、「とこの浦」を「にほの海」で承けたところに、「あふみ」が意識されていることは疑い得ない。

じつは、巻三、七月七日に参内した中納言が、帝の召しにより、式部卿宮も同席するところで、唐土の話をする場面の直前に、中納言が唐后へと思いを馳せるくだりがあり、その最後に、次のような一節がある。

（上略）おぼしわびつつは、み吉野に、（中納言）みづからこそありしままにえまうで給はね、御消息は四五日を隔[*]てて たてまつり給ふ。こまやかなる御[**]心しらひなどは、すべておぼし至らぬ限なく、多くの海山を隔てて契りを結びたてまつりて、燃えわたる（唐后への）胸の炎さむることには、ただこのこと（＝吉野尼君と姫君母娘の世話）を片時おこたらずおぼし営みても、あふみちならねば、何のしるしもなかりけり。（二六二〜二六三頁）

*「隔てで」とも解し得る。大槻修編『平安後期物語選』（一九八三年、和泉書院）所収「浜松中納言物語」（三角洋一校注）二一頁を参照。

**『全集』の本文が「御心しつらひ」となっているのは、不審。底本に「つ」なし。

末尾に見える「あふみちならねば」について、『全集』の頭注では、「「逢ふ道ならねば」は、吉野路で「近江路《あふみぢ》ならねば」の意を掛けるか」と説き、『全注釈』がそれを支持する（七三九頁。なお、右記三角氏校注に、「逢ふ道―「近江路」との懸詞による歌語。」［二一一頁］との指摘がある）。いますこし詳しく説明を加えれば、吉野への道を何度辿ろうとも、それは近江路＝逢瀬への道ではないから、中納言がいくら誠意を尽くしたところで、その思いに応えてくれるものもないのだった、ということになる。すると、「あふみち」とは、諸注釈書ではもっぱら唐后との逢う道と解しているわけだが、吉野姫君との逢瀬への期待、と取ることもできそうである。物語の首尾において「とこの浦」「にほの海」ふたつのことばが照応する、そのちょうど空白に、この「あふみち（近江路）」なる表現が用いられているのも、なにやら意味ありげに映るのである。

『御津の浜松』終盤における中納言と吉野姫君との間柄が、吉野聖の諌めによるものとはいえ、親密でありつつも男女の契りのみが禁じられるという、きわめて屈折したものであったことは、周知のとおりである。その屈折が、歌の表現面では、「とこの浦の波のよるべ」について「みるめ」なき「にほの海のあま」と承けているため、どこか噛み合わない印象の残るふたりの応酬になった、ともいえる。思うに、そのように屈折した男女関係は、散逸首巻における中納言と左大将の大君との間柄においても、基本的に変わりのないものだったのではあるまいか。巻二において、筑紫に到着した中納言は、京から呼び寄せた中将の乳母の口から、はじめて渡唐中に大君の身の上に起こった出来事を聞かされたさい、「いとど心深くのみ聞こえし人（＝大君）の、われをばさまことなるものにたゆみて、うらなくなつかしびを通はい給ひしに、思ひのほかなりしを」（一三七頁）と思い返していて、「妹背」となった中納言への信頼から、大君が警戒心もなく親しんでくるようになったこと、にもかかわらず、その信頼を裏切って大君と契りをもってしまったことを反省していることからも、そのことは窺われる(5)。

散逸首巻において、中納言は、母上が左大将の後妻となったことで、大君やその妹中君と「妹背」の仲となった。亡き父宮を慕う中納言が継父左大将に親しむことは、容易なことでなかったようであるが、姉妹とはしだいにうちとけ、とくに大君とは、ともに石山詣でをしたさい、仲よく琵琶湖をながめることもあったようである。そのような関係が急展開したのは、故父宮が夢枕に立ち、中納言が渡唐の決意を固めて以後のことであったろう。つまり、

「とこの浦」の歌を詠みかけられた、その暁が、変化の起点となっているのだ。そして、渡唐を目前に控えたころ、式部卿宮との婚約も整っていたらしい大君と、中納言は一夜のはかない契りを結び、ほどなく日本を後にすることとなった。(6)「にほの海」をもろともにながめながらも「みるめ」のなかったふたりが、「あふみ（逢ふ身）」となった瞬間である。散逸首巻において、「とこの浦」を疑われながらも、「にほの海」に「みるめ」はないとして身を慎んできた中納言の態度は、物語の最終局面での、吉野姫君に対してのものと、期せずして（？）似通ったものとなっていたのである。

「妹背」の仲のささやかな（はずであった）秘密は、中納言の渡唐後、大君の懐妊の発覚により、関係者をして大混乱に陥れた。式部卿宮との結婚は、妹の中君に婿取りするという窮余の策により取り繕われたが、この一件により、念願であった結婚を台無しにされた宮の怨念は深く、物語の水面下に隠されながらも、中納言への報復の機会を待ちつづけていたことは、本書第三章において詳しく述べたところである。その後、大君じしんは尼となり、左大将は中納言への憤懣やるかたなく、母上も異国へ旅立った息子の不始末への責任を感じつつ、身の置き場もない心もちであったろうが、当の中納言はといえば、夢枕に大君が立ち、

たれにより涙の海に身を沈め　しほるるあまとなりぬとか知る（五二～五三頁）

と訴えても、不吉な「あま」の語には見向きもせず、「われを恋ふらし」（五三頁）としか受け止め得ぬ能天気さであった。(7)「涙の海」には、ふたりでながめた「にほの海」が、意識されているのであろう。

こうして見てくると、『御津の浜松』の首尾に現れる「とこの浦」と「にほの海」の語は、中納言と「妹背」の関係とされるふたりの女君――左大将の大君と吉野姫君――と中納言との微妙な仲らいを表現すべく、意識的に使用されたものであるらしいことが窺われる。すなわち、それは、「とこの浦」と見えようと、そこには「みるめ」

はないという、屈折した「妹背」のごとき男女関係を指し示そうとする表現なのであった。それでも、大君に対しては、「妹背」の仲を越えてしまう結果となり、吉野姫君の場合は、「妹背」の仲と取り繕わざるを得ない結果となるなど、両者はすこぶる対比的・対照的に配置されているようである。そして、首尾ふたつの「妹背」の物語をつなぐ要となる人物、それが式部卿宮なのであった。

現存巻一から読みすすめるわれわれは、異国へと転生した父宮との奇跡的な再会の喜びもそこそこに、中納言が唐后を見初め、憧れ、ひそかに契りをもちながらも、恋の悦びも実感し得ないまま別れ、帰国後は、巻二において尼姫君との関係修復が果たされると、巻三以降、唐后の実母である吉野尼君への、后に代わっての孝養と、その極楽往生の目撃、さらには、后の異父妹である「ゆかり」の人＝吉野姫君への急速な接近といった物語展開を前にして、そうしたながれの中核にあるのは疑いもなく唐后の物語であると、誰しもが諒解するところであろう。しかし、じっさいに物語の表現を微細に観察すると、そのような展開とはまた違った脈絡が、そこには織り込まれていることに、気づかされるのである。

七　おわりに

そもそも、『御津の浜松』の主人公たる中納言という人物は、『無名草子』の評にもあるように、『源氏物語』の薫の再来ともいうべきその誠実な人柄が、全編を通じて強調・絶賛されているのであるが、じつのところ、その誠実さなるものも、よくよく見れば、目の前にある懸案事項について、つねに最善・全力を尽くすといった底のものであり、意地悪くいえば、その場しのぎをつづけているにすぎないものなのだ。そのような主人公を軸に物語が展開する以上、なにかひとつの人間関係や事柄が物語の持続的な推進力となることは、ほぼ期待できないわけであり、次々に主人公に課題が突きつけられることによってのみ、物語は先へとすすむことができたのである。

例えば、現存巻一冒頭であれだけ鮮烈に打ち出されていた「孝養のこころざし」[8]が、念願の三の皇子との対面を果たすや、ほどなく頓挫する様子を見れば、中納言の決死の覚悟なるものも、たやすく変節するものであったことが明らかである。物語が、中納言の「孝養のこころざし」にこだわりつづけるのであれば、最終巻において、吉野姫君を亡き父宮の落胤、すなわち異母妹と公表することで、姫君を失う事態を回避しようとするなど、言語道断の沙汰であろう（このあたりの中納言の心情については、本書第一章を参照）。にもかかわらず、中納言は、いかにも真剣に、その嘘が事実であったかのように振る舞い、恥じることもない。同様のことは、唐后への尽きせぬ憧憬をいう物語のもっとも重要な文脈においてもいえるのであり、最終巻にあっても唐后の絶対性が揺らぐようなことはないものの、中納言が目の前の吉野姫君の扱いに右往左往し、あれやこれやと思いを巡らしては煩悶する展開のなか、ついには、唐后が日本への転生を中納言の夢中に告げたあの場面の衝撃さえもが、しだいに色褪せてゆく感が否めないのだ。

最終巻、『御津の浜松』の縺れた糸は、新たに紡ぎだすなにか――それが物語を展開させる力となるはずであるが――を見出せないまま、終息する。物語の大尾にあって、目の前のことに最善を尽くすのが身上の中納言が、いまなし得ることとはなにか。唐后の転生への期待に胸躍らせたのもいっときのことであり、尼姫君との関係はすでに閉塞状態になって久しく、吉野姫君との関係にもほとんど進展の可能性が閉ざされたいま、中納言はいずこへと向かうのか。中納言を佇立《ちょりつ》させたままのカタルシスなき結末――、首巻を散逸させたこの物語の現存巻一が奇妙な高揚感をもって始まったとき、このように暗鬱なる最後を迎えようとは、誰しも予想し得なかったことであろう。永らく行方不明であった最終巻が発見され、つぶさにそれを読むことで、われわれは物語の終末に立ち会うことができたわけであるが、正直のところ、中納言の場当たり的な数々の独り相撲に散々付き合わされてきた者としては、物語もここいらが潮時、との思いが深い。

注

（1）『無名草子』の注釈書には、下句に渡唐の暗示を読み取ろうとするものが多いが、つとに鈴木弘道著『平安末期物語論』（一九六八年、塙書房）第二章・第三節「浜松中納言物語評言」が批判するように、「波の音」は、「尊い読経の声をたとへたものであらう」（二二六頁）。また、宰相中将がそこまで事情を承知している人物であるなら、中納言の帰国後に再会した様子もないのは、あまりに不自然であろう。

（2）巻一では、三の皇子じしんが、「みづからは、日本の人にてなむはべりし。この中納言、前の世の子にてはべりき。ただひとりはべりしかば、たぐひなくかなしく思ひはべりしにより、「九品の望みも、この思ひに引かされて、かく生まれまうで来たる」となむおぼえはべる。中納言も、「かくなむはべる」と伝へ聞きて、（中略）渡りまうで来たるなり」（四九〜五〇頁）と、唐后に事情を語っている。

（3）石山詣でが、中納言と大君との関係のどの時点でのことであったかは、『大系』の解説に、「まことの契りをさかのぼるときか、はじめてのまことの契りのときか、又はのちか」（一四四頁）決し難いとして判断を避けているように、意見が分かれる。近年では、島内景二著『源氏・後期物語話型論』（一九九三年、新典社）第二章「『浜松中納言物語』を読む」や、久下裕利著『物語の廻廊―『源氏物語』からの挑発』（二〇〇〇年、新典社）Ⅰ・五「入水譚」が、石山参詣のおりにふたりの間に最初の契りがあったと見ていて、後者ではさらに、同じく孝標女の作とされる『朝倉』や『夜の寝覚』とも対照させながら、その経緯の復元にも努めているのだが、資料の扱いが恣意的にすぎるように思われ、にわかに従いがたい。いまは、つとに石川徹著『古代小説史稿――源氏物語と其前後――』（一九五八年、刀江書院）第十八章「浜松中納言物語闕巻の構想に就いて」が説いていたように、「まだこの時は、二人は仲の好い友達に過ぎなかつた」（四五三頁）のであり、『全集』の「散逸首巻の梗概」にいう、「色恋抜き」（二二頁）の間柄であったときのことと考えたい。なお、中納言の歌に用いられた「かげをならぶ」という表現については、右の久下論文に言及があるほか、和田律子「孝標女の「石山」――「影をならべ」を中心に――」（横井孝・久下裕利編『平安後期物語の新研究――寝覚と浜松を考える』［二〇〇九年、新典社］所収）にも詳しい考察があるが、「にほの海」の語の表現性に関しては、いずれにもとくに言及はない。

（4）なお、散逸首巻では、中納言渡唐後の人々の動静についても筆が及んでいて、中納言が夢想だにしない種々の事態が続発するのであるが、それらの事実を中納言が知るのは、帰国後のことである。ただし、首巻が失われる以前の読者は、大君の出家や女児出産をも含む物語のその後を承知のうえで、時間的にやや遡って始まる現存巻一を、読んだはずである。

（5）「うらなくなつかしびを通はい給ひし」からは、『伊勢物語』四九段、妹から兄への返歌に、「初草のなどめづらしき言の葉ぞうらなくものを思ひけるかな」（一五六頁）とあるのが想起されよう。なお、坂本信道「えせ兄妹攷――浜松中納言と吉野姫君の恋物語と構想――」（前掲『平安後期物語の新研究――寝覚と浜松を考える』所収）は、『御津の浜松』を積極的に兄妹の恋の物語史に位置づけようとする斬新な試みであり、精緻な立論に教えられる点が多いが、大君との関係については、「この兄妹の恋物語は物語の表面から姿を消している」（二五一頁）として、詳しい考察からは除外している。

（6）中納言の離日と大君との契りのタイミングについては、「思ひやりなうけ近う見なして、ほどなくはるかになりにし」（巻一・五三頁）、「見馴れしほどなく引き別れにし」（一一七頁）、「はるかに思ひ立ちにしほどにしも、いみじう心乱れて」（巻二・一三七頁）、「もろこしに渡りしほど、かの姫君を見馴れて、ほどもなく立ち離れむ、あかずいみじかりしを」（巻三・二六〇頁）、「この女君にゆくりなう乱れ逢ひて、ほどもなくはるかなる世界に、見捨てて、漕ぎ離れにし」（二七一頁）などと、繰り返し回想されているところから、そのように考える。

（7）こうした中納言の見せる迂闊さ加減についても、本書第三章を参照。また、夢から覚めた中納言が、「かうはるかに思ひやるとならば、大淀にてもあらず（＝「妹背」の仲の一線を越えて）、思ひやりなうけ近う見なして、ほどなくはるかになりにしを、いかにおぼすらむ」（圏点引用者。五三頁）と大君を思いやるくだりの引歌表現（従来は、諸本に「おほよと」とあるのを、「おほよそ」の誤りと見て処理してきた箇所である）については、本書第五章において詳説した。なお、浜松中納言物語の会校注『浜松中納言物語 巻一 注釈』（二〇一二年、私家版）でも、本文を「大淀にてもあらず」と定め、ここを引歌表現と見ての解釈と考察とがなされている（【一〇】四五～四九頁）。

（8）『全注釈』の補説では、「もちろんこれが首巻の冒頭というのでないことは種々の資料に徴して明らかなのであるが、何度もここから始まる文章に見慣れてしまうと、この文章から物語全体が始まっていてもあまり不自然を感じないような、むしろ冒頭にふさわしいものとの思いにかられてくる。」（一三頁）との印象を披瀝している。

第五章　「おほよと」考
——巻一本文の再検討——

一　問題の所在

現存『御津の浜松』巻一、唐土に渡った中納言が、亡き父宮の生まれ変わりである三の皇子との対面を果たし、いつしかその母后のことを心にかけるようになっていたころ、夢に、日本に残してきた左大将の姫君が現れた。その場面は、物語の題号の由来ともなった中納言の歌につづいていて、すこぶる印象的なものであるのだが、いま、池田利夫編『浜松中納言物語〈一〉国立国会図書館蔵』（一九七二年、笠間書院）の影印によって本文を示せば、次のようである。

大将殿ひめ君、いみじくものおもへるさまにながめおぼしいりたるかたはらによりて、われも心にはなるゝよなきかなしさをいふ、とおぼすに、うちなきて、

誰により涙のうみに身をしづめしほるゝあまとなりぬとかしる

との給を、いみじうあはれに、われとほろ〳〵となく、とおもふに、なみだにおぼゝれて、うちおどろきぬるなごり、身にそへる心ちして、かうはるかにおもひやるとならば、おほよとにてもあらず、おもひやりなうけぢかうみなして、ほどなくはるかになりにしを、いかにおぼすらん、とおもひやる涙は、うつゝにもせきやるかたなくて、

ひの本のみつのはまゝつこよひこそ我をこふらし夢にみえつれ

いまはとわかれしあか月、しのびあへずおぼしたりしけしきもらうたげなりし、などおもひいづるに、もしいのちたえてなくは、ゆき返り、このほどのうらみとくばかり、いかでみえたてまつらん、式部卿のみやおはしましにけん、さらば、いとをしうもあるべきかなと、こと〳〵なくおはしつゞけける、（三八〜四〇頁。私に読点・濁点のみ付した）

ここで問題にしたいのは、姫君が詠んだ「誰により」の歌のあと、涙にくれて目覚めた中納言の心中、「かうはるかに……いかにおぼすらん」の解釈であるが、とりわけ「おほよとにてもあらず」の本文について、検討を試みたい。

二 「おほよと」存疑

右の国立国会図書館蔵本（以下、国会本と略称）は、『御津の浜松』伝本中でも善本であるとして、『大系』において巻一から巻四の底本に採用されて以来、『桜楓』でも同様に、さらに『全集』でも巻一と巻三・四の底本となっている。まず、これら諸注釈書において、どのように本文校訂がなされ、注釈が施されたか、煩を厭わず、つぶさ

に確認しておこう。

まず、『大系』の本文は、

「かう遙《はる》かに思《おも》ひやるとならば、おほよとにてもあらず。思《おも》ひやりなうけ近《ぢか》う見《み》なして、程《ほど》なくはるかになりにしを、いかにおぼすらん」と……（一六八頁）

となっている。頭注では、「かう遙かに……」について、

在唐の私のことをこんなにまで遙かに大君が思うというのなら、大君の私への恋慕の情は並一とおりではない。「おほよと」は仮りに「おほよそ」の誤写とみておく。↓補注五七。

とあり、さらに補注において、

「かう遙かに思ひやるとならば」は、大君が中納言を思っているから、中納言の夢に見えたのだ、という考えにもとづく。「おほよと」は東北大本に「と」の右傍に「そ歟」、丹鶴本に「と」の右傍に「そ一本」とあるが、後者も意改本文による校異とも疑われるので、にわかには採れない。仮定条件をうけながら、「（おほよとにても）あらず」と断定しているのは、異例のようであるが、例は絶無ではない。確信をもって判断しているきもちをあらわしたものであろう。ただし一解としては、「おほよとにてもあらず」を挿入句とみるとか、又は「自分（中納言）が一通りのつきあいにとどめないで」の意として「思ひやりなうけ近う見なして」にかけて解くとかすることもできようか。これらの解によれば、仮定条件「とならば」は「いかにおぼすらん」でうけられることになる。（四四六頁）

と詳説している。また、「思ひやりなう……」については、

相手の心に深く思いを馳せもせず敢えて大君に近づき会って、その後間もなく遠く離れて唐土に渡ってしまったのを、今、大君はどう思っていられるだろう。

と頭注にある。

『桜楓』の本文は、

「かうはるかに思《おも》ひやるとならば、おほよとにてもあらず。思《おも》ひやりなうけ近《ぢか》う見《み》なして、程《ほど》なくはるかになりにしを、いかにおぼすらん」と……(一九頁)

となっている。頭注では、「おほよと……」について、

神戸本などは「おほよそにても」とある。また丹鶴本には「と」の右傍に「そ一本」とある。

との指摘がなされている。

『全集』の本文は、

かうはるかに思ひやるとならば、おほよそにてもあらず。思ひやりなうけ近う見なして、ほどなくはるかになりにしを、いかにおぼすらむ、と……(五三頁)

となっている。底本「おほよと」を「おほよそ」と改めたことについては、「校訂付記」に、

53 4 おほよそにても（刈）―おほよとにても（四五三頁）

と、校合した一本による改訂であることが明記してある。頭注では、「かうはるかに……」について、人を夢に見るのは、相手のもの思いが高じて魂が身体から抜け出し、こちらに来るからだと思われていた。ここでは抜け出た大君の魂が遙か唐土まで届いて夢に見たのであれば、思いの深さは尋常でないと推し量っている。

「思ひやりなう……」について、

大君が義兄妹の間柄だと油断していたのに、中納言が不意に契りを結び、慌ただしく日本を離れたこと。

との指摘があり、現代語訳は、

大君がこれほどまで遙か遠く唐土にまで思いを馳せているというのなら、その思いは並大抵であるわけもない。大君を思いやることもなく、そば近く迫って深い仲となり、そうなって間もなく遙か遠くに別れて来てしまったのを、大君は今、どう思っておいでだろうか、と……

となっている。

ところで、『大系』に先立つ『御津の浜松』の本格的な注釈書の嚆矢ともいうべきものが『新註』であるが、同書では丹鶴叢書板本を底本としている。その本文を見ると、

かう遙《はる》かに思《おも》ひやるとならば、おほよそにてもあらず。思《おも》ひやりなう気近《けぢか》う見《み》なして、程《ほど》なく遙《はる》かになりにし

を、いかに思《おぼ》すらむと……（一一一頁）

となっている。頭注には、「かう遙かに……」について、

かう夢に見るまで大君のことを思ひやるといふ以上は二人の仲には深い因縁があるのだ。「おほよそ」は底本に「おほよと」とあるが誤写と認めて訂正した。なほ、底本傍註に〔一本そ〕とある。

「思ひやりなう……」について、

姫君の心を思ひやることもせずに、何時でも逢はれでもするやうに安易なことに思つて、思ひ立つとすぐに唐土に渡つて遠く離れてしまつたのを、姫君はどうお思ひになるであらう。

とある。

また、最新かつもっとも詳密な注釈書である『全注釈』では、国会本と同系統の前田尊経閣文庫蔵本を底本としているが、その本文は、

「かうはるかに思《おも》ひやるとならば、*おほよそにてもあらず。思《おも》ひやりなうけ近《ぢか》う見《み》なして、程《ほど》なくはるかになりにしを、いかにおぼすらん」と……（七九頁）

となっており、「*おほよそ――おほよと」と、底本を校訂したことが注記されている（八〇頁）。注釈には、「かうはるかに……」について、

このように遙かな唐にまで思いをかけるのならば、その思いは並一通りではない。「おほよと」は「おほよそ」

の誤写か。（八二～八三頁）

「思ひやりなう……」について、

中納言が大君に対して「思ひやりなう」振る舞ったことの具体的な行動は不詳である。ただ、中納言自身の一方的な身勝手さが反省されていることは文脈から読み取れ、「け近く見なす」は、中納言の独善的行動から大君と契りを結んだことをいうと思われる。（八三頁）

とあり、

「このように遙かな地まで思いを馳せているのなら、いい加減なことではあるまい、配慮もなく親しい関係になり、すぐに遠くの地に離れてしまったことを、どのようにお思いになっているであろう」、と……（八〇頁）

との口語訳がつけられている。

以上、五種の注釈書での処理を整理すると、底本のいかんにかかわらず、もとの本文そのものに異同はなく、いずれも「おほよとにても」となっていることがわかる。念のため、当該本文について、小松茂美著『校本 浜松中納言物語』（一九六四年、二玄社）によって確かめると、

おほよとにても　　おほよそにてもⒺ神教花おほよとまてもⒻ由（四六頁）

とあり、校合に用いられた三十本あまりの伝本のほとんどが、「おほよと……」の本文をもつことが知られる。それを校訂して、「おほよそにても」の本文を立てたのが、『新註』『全集』『全注釈』であり、不審を覚えながらも、「お

ほよとにても」の本文はそのまま残し、「おほよそにても」の誤りとの可能性を考えるのが、『大系』『桜楓』である。それでも、「おほよとにても」のままでは文意が通じない、とする点において、諸注釈書の見解は一致している。

ちなみに、池田利夫編『浜松中納言物語総索引』（一九六四年、武蔵野書院）は、『新註』の本文によるものであるが、その底本である丹鶴叢書板本によって本文の補正がなされたため、「本文補正表」には、『新註』「おほよそ」の本文が、板本では「おほよと《そ一本》」とあることが示され、索引の見出しに「おほよそ」は採らず、

おほよと　〈諸本同ジ，意不明「おほよそ」カ〉（四〇頁）

との処置がなされている。また、前掲『校本　浜松中納言物語』所収の「語彙索引」では、

おほよそ（大凡）
　おほよと（ママ）　四六9（三一頁）

としている。

かくて、『御津の浜松』の諸本に見える「おほよとにても」なる表現は、本文研究の進展にともない、「おほよそにても」と改訂することで文脈の理解が滑らかになるとの判断から、次第に淘汰される方向にある、といってよさそうである。

しかしながら、「おほよとにても」の本文は、ほんとうに「意不明」とするほかないものなのであろうか。諸注釈書では、一部の伝本や傍注に「おほよそにても」とするものがあることから、早ばやと「おほよとにても」の本文に見切りをつけた感があり、そのままで解釈可能か否か、読みの可能性を探る努力を怠らせる結果を招いたのではなかろうか。そのようななか、ひとり文脈の理解に格別の注意を払っていたのが、『御津の浜松』の伝本研究の

第一人者であった松尾氏の手になる『大系』である。とくにその補注では、伝本間の優劣からして、「おほよとにても」を「おほよそにても」と安易に改めるべきでないことを強く戒めるとともに、中納言の心中を「おほよと（そ）にてもあらず。」と言い切りのかたちで理解することの不自然さをも、鋭く指摘していた。それらは、両々相俟って、ここには別解が必要であることを、ほとんど予告しているに等しいと思われる。

ところが、『大系』での問題提起は、その後の『全集』『全注釈』という懇切・周到な注釈書二種に引き継がれることがなかった。そのため、このままでは、「おほよそにてもあらず。」と読むことで、校訂本文が決着してしまいそうである。ここで筆者は、「別解」の手がかりを、『御津の浜松』からも影響を受けた、ある物語に見出すことにしたい。その物語とは、『今とりかへばや』である。

三 『今とりかへばや』の「大淀ばかり」について

まず、『今とりかへばや』巻二の一節に、宮宰相に正体を見露わされた女中納言は、その後体調に異変を覚えるようになり、同じころ四君が再度身籠った。宮宰相は、妻の実家である右大臣邸で過ごす女中納言になかなか逢えず、嘆いているうちに、時間ばかりが経過する。そのあたりのことが、次のように描かれている。

A いづ方にも人知れぬ宰相は、（女中納言が）かう例ならで籠りものしたまへば、大淀ばかりの慰めだに、人目の繁からんを思へば、文をだに思ふ心ゆくばかりは書きやらず、わりなく思ひ嘆くほどに、師走ばかりにもなりぬ。（二九二頁）

また、巻三、宇治から失踪した女中納言が、その後京に戻り健在であることを伝え聞いた宮宰相が、逢いたさに、宇治を出るくだりに、次のようにある。

B　大淀ばかりにてもまづいと見まほしく、気色もゆかしければ、からうして思ひたちて、若君具して京の宮にまづ出でたまひて、（下略）（四一三頁）

二箇所に見える「大淀ばかり……」という表現は、こんにち、次の歌による引歌表現であると理解されている。

大淀の浜におふてふみるからに心はなぎぬかたらはねども

『伊勢物語』七五段（一七七頁）に見える歌である。

四　「おほよそ」から「おほよど」へ

『今とりかへばや』の注釈史において、右の二箇所の解釈は、いささかの曲折を経ている。本格的な注釈書としては、鈴木弘道著『とりかへばや物語の研究 校注編 解題編』（一九七三年、笠間書院。以下、鈴木『研究』と略称）の出現が劃期的なものであったが、そこでは、次のように本文は整定されていた。

A　宰相は、かう例ならでこもりものしたまへば、おほよそ《(と)》ばかりのなぐさめだに、人目のしげからんを思へば、文をだに、思ふ心ゆくばかりは書きやらず。（九五頁）

B　おほよそ《(にと)》ばかりにても、まづいと見まほしく、けしきもゆかしければ、からうじて思ひたちて、若君具して、京の宮にまづ出でたまひて、……（一八二頁）

Aでは、底本「おほよと」を「おほよそ」と校訂したことがわかり、頭注に、

「おほよそ」の誤写と見て改める。藤本「おほよそ」。普通程度の。

との説明がある。Bでは、底本「おほにと」を「おほよそ」と校訂したことがわかり、頭注に、

大将（女）の大体の様子ぐらいでも、ともかくたいへん見たく。

との訳文が示してある。

次いで、『今とりかへばや』の普及に貢献した、桑原博史訳注『とりかへばや物語全訳注（講談社学術文庫）』（四冊、一九七八～一九七九年、講談社）でも、本文はいずれも「おほよそ」となっている。「本文訂正表」にとくにことわりはないので、底本のままなのであろうか。

こうした本文校訂に異を唱え、新見を打ち出したのが、田中新一・田中喜美春・森下純昭著『新釈とりかへばや』（一九八八年、風間書房。以下、『新釈』と略称）であった。上記、『新編日本古典文学全集』からの引用本文も、『新釈』で提唱された新説を踏襲したものであり、『新釈』以後『新編 日本古典文学全集』までの間に刊行された二種の注釈書――大槻修・今井源衛・森下純昭・辛島正雄校注『新日本古典文学大系26 堤中納言物語・とりかへばや物語』（一九九二年、岩波書店）と友久武文・西本寮子校訂・訳注『中世王朝物語全集12 とりかへばや』（一九九八年、笠間書院）――も、いずれも『新釈』の説に従っている。そのため、『新釈』以降、『今とりかへばや』の用語として「おほよそ」という語は姿を消し、代わりに「おほよど（大淀）」という歌ことばが二例加わったことになる。

五　「おほよど」説の背景

ところで、『新釈』によって示された新説も、じつは、まったくの新説というわけではなかった。その語釈に明記しているように、『伊勢物語』七五段の「大淀の」の歌によるものとするのは、岡本保孝の説を採用したものである。『新釈』では、A・Bそれぞれに、次のような注が施されている。

A「大淀」ばかりのなぐさめ――「大淀」は、『伊勢物語』七十五段の「大淀の浜におふてふみるからに心はなぎぬ語らはねども」〈顔を見ただけで心がおだやかになってしまった。言葉は交わさなかったけれども。〉を引いているもので（岡本保孝による）、話もせず、ただ顔を見るだけで心を慰めること。（二四四頁）

B「大淀」ばかり――『伊勢物語』七十五段の「大淀の浜に生ふてふみるからに心はなぎぬ語らはねども」を引いた表現で、言葉を交わさなくても、顔を見るだけで心が慰められるから、それだけでもの意を表す。同一の表現で、同じ歌を引いた叙述が二四四頁にあった。（四五七頁）

岡本保孝は、幕末の国学者（明治十一年［一八七八］歿。享年八十二）。その著『取替ばや物語考』は、安政五年（一八五八）に擱筆したといい、『今とりかへばや』の先駆的な研究として知られ、『国文学註釈叢書 十二』（一九二九年、名著刊行会）等に翻字が収められている。鈴木『研究』には、「岡本保孝のとりかへばや物語注釈態度について」と題する論考も収めてあり、注釈の内容についてもひととおりの検討がなされているのだが、結論としては、

けだし、保孝のとりかへばや物語に対する注釈態度は、まことに開拓者らしくきわめて単純・素朴なものと言

えるであろうが、今後、この物語の正確な注釈作業を行なうためには、やはり一応、先覚者としての保孝の業績を無視することなく、冷静な検討・批判を試みることが、われわれ後学の者に与えられた課題ではないかと思う次第である。(四二〇〜四二一頁)

との位置づけにとどまっている。

じつは、のちに『新釈』が賛意を表することになる引歌の指摘については、すでに右の論考のなかで検討がなされていた。すなわち、Aについては、

「おほよど」は、藤井乙男博士旧蔵本(天理図書館蔵)によれば「おほよそ」の誤写であり、したがって、伊勢物語の歌とは全く無関係である。(四〇九頁)

Bについても、

伊達本に「おほにとばかり」(下、三三〇頁〔一八二頁〕)とあるが、東山人芳麿筆本の「おほよそばかり」とあるのが正しいと思われるから、第二の④(Aのこと——引用者注)と同様に、伊勢物語とは関係がない。(四〇九頁)

とあり、伝本研究の成果を踏まえて、「おほよそ」が採られたのであった。

ところで、同じ鈴木氏による労作『とりかへばや物語 本文と校異』(一九七八年、大学堂書店)により、諸本の異同を確認してみたい。すると、Aに関しては、右の論考にもふれている藤井乙男博士旧蔵本のみ「おほよそ」とあって、ほかはすべて「おほよと」の本文をもつ(二五〇頁)。Bに関しては、「おほにと」「おほよと」「おほよ」「おほよそ」

と様々であるが、「おほよそ」の本文をもつのはA同様に藤井乙男博士旧蔵本と、その同系統の内閣文庫蔵東山人芳麿筆本と吉田幸一博士蔵村田春門自筆本の三本であって、いずれもいわゆる浚明本に属する（四六〇頁）。

こうして見ると、伝本間の異同として「おほよそ」が優勢であるとは、とうていいい得ないことがわかってくる。そして、にもかかわらず「おほよそ」の本文を立てようとする裏には、「おほよと」では意味が通じないとの判断がともなっている。こうした事情は、さきに詳しく見た『御津の浜松』の本文校訂をめぐる現状と、完全な相似形をなしている。ひとつ違いがあるとすれば、『今とりかへばや』に関しては、「おほよと」のまま理解しようとした先達がいた、この一点である。その理解が、一三〇年後に再評価され、その後はほぼ定説の位置を占めるに到ったのである。

六　『御津の浜松』も「おほよど」である

そこで、同じく「おほよと」とあるのであれば、『今とりかへばや』では引歌表現とされる、その同じ典拠によって、『御津の浜松』の本文も読み解けるのではないか、と考えてみたくなるのだが、それはいかにも安易にすぎる、との非難を覚悟しながら、具体的に検討してみよう。

「大淀の」の歌を含む『伊勢物語』七五段は、次のような話である。

むかし、男、「伊勢の国に率ていきてあらむ」といひければ、女、

大淀の浜に生ふてふみるからに心はなぎぬかたらはねども

といひて、ましてつれなかりければ、男、

袖ぬれてあまの刈りほすわたつうみのみるをあふにてやまむとやする

女、

岩間より生ふるみるめしつれなくはしほ干しほ満ちかひもありなむ

また、男、

なみだにぞぬれつつしぼる世の人のつらき心は袖のしづくか

世にあふことかたき女になむ。（一七七〜一七八頁）

解釈に種々問題のある章段であるが[1]、「大淀の」の歌に関していえば、「あふこと」を求める男に、「かたらは」ずとも「みる」だけで「心はなぎ」静まったからと、「あふこと」を拒否したものであることに、疑問の余地はない。このような歌を『今とりかへばや』では、さきのように引歌表現に用いていたのであるが、状況としては、『伊勢物語』の女同様、女中納言も男にとって「あふことかたき女」なのであり、そんな「かたら」いたくとも素直に応じない女中納言に対して、宮宰相は、せめて「みる」だけでも「心はなぎ」静まるかもしれないと考えた、というのである。そして、女中納言のとった態度にも、

まことに思ふ心のゆくばかりの逢瀬はいと難うのみもてなしつつ、大方はいとなつかしううち語らひ、（下略）（二八四頁）

と、昔男の嘆きの原因である、「みるをあふにてやまむとする」女の態度を思わせるものがあった。

これを『御津の浜松』に適用すれば、校訂本文は、

かうはるかに思ひやるとならば、大淀にてもあらず、思ひやりなうけ近う見なして、ほどなくはるかになりに

しを、いかにおぼすらむ、と……

のごとくになる。文脈の理解は、『大系』の補注に示された「一解」に従うべきであり、「かうはるかに思ひやるとならば」は「いかにおぼすらむ」にかかってゆき、「大淀にてもあらず」では句点を打たず、「思ひやりなう」と並んで「け近う見なして」にかかる。詳しく解釈すれば、

左大将の姫君は、遙か異国にいる自分（中納言）の夢に現れるほど、深く思いを馳せているのであるが、そうであるなら、日本を出発する前に姫君とは、あの『伊勢物語』の「大淀の浜に生ふてふ」の歌――「みるからに心はなぎぬ語らはねども」――ではないけれど、契りを交わさずとも顔を見るだけで心は穏やかになった、というような気持でいられればよかったのに、それだけではおさまらず、姫君の気持を考えない無体な振る舞いに及んで男女の関係になってしまい、その後ほどなく自分は日本を離れ、姫君とは遠く隔たることになったということについても、姫君は今ごろ、どんな思いでいらっしゃることか、と……

といったところであろう。左大将の姫君は、中納言にとって義理のきょうだいであり、また式部卿宮との結婚も予定されていたのだから、中納言にとって、まさしく「あふことかたき女」のはずであった。それが、渡唐前の一瞬の機会をとらえて、結ばれることがあったのである。それにしても、「大淀にてもあらず」とあるだけでは、いかにも引歌表現としてはわかりづらい。そもそも『伊勢物語』には、七二段にも、

大淀の松はつらくもあらなくにうらみてのみもかへる浪かな（一七六頁）

という歌があって、紛らわしくもある。(2) それらのことを承けて『今とりかへばや』巻二では、「大淀ばかりの慰め」

というふうに、表現を工夫したのではなかろうか。

『今とりかへばや』と同様の引歌表現は、その後も、『いはでしのぶ』巻二に見られる。(3) 引き離されて逢えなくなった一品宮《いっぽんのみや》のことを、内大臣が思いやるくだりである。

「たゞいまなに事をいかにしてかおは《もの》しま《たまふ》すらん。さすがおぼしいづることもなどかなからん。」など、うちかへしおぼしつゞくるもなをあかねば、「さよ《こや》ふけ人しづまりて、あながちにとがむる人○《も》あらじを、○《たゝ》おほ《奈》よとばかりのなぐさめにも、かの院のかたざまへ○《にまれ》おもむきやせまし。」と、にはかにおぼしたちて、いでんとし○《た》給○《ふ》に、（下略）（小木喬著『いはでしのぶ物語 本文と研究』[一九七七年、笠間書院] 四〇一頁。底本は、宮内庁書陵部蔵本。対校本は、三条西家蔵本）

「おほよと」云々について、小木氏の注には、

「おほよと」は意味不明。西本「なと」とある。（あるいは、大よと読めないこともないが）「おほよそ」の誤りかとも思うが、それも適当とはいえない。（四〇二頁）

と、難解である旨が記されているが、ここでも「おほよと」か「おほよそ」かが問題とされていて、興味深い。ちなみに、市古貞次・三角洋一編『鎌倉時代物語集成 別巻』（二〇〇一年、笠間書院）では、『今とりかへばや』の二例とともに、ここが「大淀の浜に生ふてふ」の歌によるものであることを、的確に指摘している。

七　おわりに――『御津の浜松』から『今とりかへばや』へ

以上、『御津の浜松』について、その影響を受けた『今とりかへばや』から遡ることで、従来見過ごされていた典拠の存在を明らかにし、適切な本文校訂を行おうとしたのであるが、こうした一見変則的な方法が可能になったのは、『今とりかへばや』が『御津の浜松』から多くのものを摂り込んでいて、ふたつの物語の繋がりの深さへと関心を向けることに、躊躇の必要がなかったからである。

これに類した事例については、すでに西本寮子「『浜松中納言物語』から『とりかへばや』へ――菅原孝標女の表現世界の継承――」（和田律子・久下裕利編『更級日記の新研究――孝標女の世界を考える』［二〇〇四年、新典社］所収）が、『伊勢物語』の歌を踏まえた『御津の浜松』の歌の贈答が、『今とりかへばや』の歌へと継承されたことを、具体的に検証している。すなわち、『御津の浜松』巻三に見える、

（中納言）くり返しなほ返しても思ひ出でよ　かくかはれとは契らざりしを（二三六頁）
（大弐女）契りしを心ひとつに忘れねど　いかがはすべきしづのをだまき（二三七頁）

という贈答は、『伊勢物語』三二段に、

むかし、ものいひける女に、年ごろありて、
いにしへのしづのをだまきくりかへし昔を今になすよしもがな
といへりけれど、なにとも思はずやありけむ。（一六三頁）

とある、「いにしへの」の歌によるものであるが、その二首が、『今とりかへばや』巻三の、

　返してもくり返しても恋しきは　君に見なれし倭文《しづ》の苧環《をだまき》（四〇四頁）

という今大将の歌に「転化され」たとし、「ともに取り返すことのできない昔を回想する歌である」（三二〇頁）と解説していて、たしかに首肯できるものだったのである。

注

（1）後藤康文著『伊勢物語誤写誤読考』（二〇〇〇年、笠間書院）後編・第五章「「伊勢の国に率て行きてあらむ」（第七十五段）」では、もと、「むかし、男、伊勢の国に率ていきて、「あはむ」といひければ、女」とあったものが、誤り伝えられたと見る。

（2）野口元大「浜松中納言論――女性遍歴と憧憬の間――」（同氏著『王朝仮名文学論攷』［二〇〇二年、風間書房］所収）に、

「大淀にてもあらず」の一句、従来明解を得ていないようであるが、これは、『伊勢物語』七二段の

　大淀の松はつらくもあらなくに　うらみてのみ返《（ママ）》る波かな

を引くものとしてよいであろう。（三五九頁）

との指摘がある。

（3）『いはでしのぶ』における『今とりかへばや』の影響について論じたものに、横溝博「『いはでしのぶ』の右大将遁世譚の方法――『今とりかへばや』取りをめぐって――」（『国語と国文学』80巻6号、二〇〇三年六月）がある。

〔付記〕礎稿発表後、浜松中納言物語の会校注『浜松中納言物語 巻一 注釈』（二〇一二年、私家版）の恵与を受けたが、そこでは、

本文を「大淀にてもあらず」と定め、引歌表現と見ての解釈と考察とがなされていて（【一〇】四五～四九頁）、本章と同様の結論に到っている。

第六章　「さかしげに、思惟仏道とぞあるかし」考・ほか四題

――中納言の人物像理解の一助として――

一　はじめに

本書第一章から第四章にわたって、筆者は、最終巻に見える「むねいたきおもひ」なる表現について考察したのをきっかけに、最終巻、ひいては物語全体の読み直しを図ったのだが、そのさい、まっさきに痛感させられたのが、「新しい注釈書の参入をもってしても、解釈上の問題点は、なお少なからず積み残されているように思われる」（第一章・一一頁）現実であった。そのため、本文を引用しながらも、従前の解釈とは異なることをことわる必要に、しばしば迫られた。とはいえ、各章での論述をとおして、物語の全体的な理解のために補訂すべき点については、あらかた述べ尽くした感もあり、これ以上の細かい穿鑿は無用という気もするのだが、問題のある本文や解釈を放置しておくのも、やはり怠慢というべきであろう。加えて、その読解いかんが、登場人物の関係性や人物像の理解にも、少なからず影を落としてくるのである。そこで、本章では、あえて瑣事にこだわり、中納言とふたりの女、――具体的には、尼姫君と大弐女《だいにのむすめ》との関係にかかわる読解上の問題点を、それぞれ検討の俎上にのぼせることと

し、主人公たる中納言の人物像理解の一助ともなればと思う。

二 「さかしげに、思惟仏道とぞあるかし」考

まず、巻四、吉野尼君の往生を目撃したのち、帰京した中納言が、そのことを尼姫君に語る場面について検討する。ふたりの対話であることがわかりやすいよう、各発言の冒頭に、A～Eの符号を付した。

A「おぼえなきけがらひに、え避らずゆきかかりて、あはれに尊きことをなむ、目の前に見はべりし」とて、紫の雲のたたずまひなど、こまかに語り聞こえ給へば、

B「同じくは、さこそ心細う深からむ山に住み離れて、同じくは、さこそあらまほしきを、さすがに、心よりほかの身のありさまかな」と涙ぐみて、いみじううらやましとおぼしたるもあはれにて、

C「住まひの深き浅きにもよらじ。いづくにても、ただ心からにてこそあらめ。市《いち》の中にてこそ、まことの聖は、無上菩提を取りけれ」など聞こえ給へば、

D「いと深からぬ心は、住まひからにこそ」とのたまふ。

E「さかしげに、思惟仏道《しゆゐぶつだう》とぞあるかし。しばし念ぜさせ給へ。姫君、ものの心知るまで見ないては、かく聞こえさするみ吉野の山にも、さそひ聞こえたてまつりてむ。はかなかりける命のほどぞ、知りがたきや」と、何ごとにつけても、*大井の物語のやうに、ともに楽《がく》の声を待ちつけむとのみ契りかはし給ふさま、心深くあはれなり。（三二三～三二四頁）

＊「大井の物語」は散逸しており、詳しい内容はわからないが、その物語に描かれていたのと同じように、「ともに楽の声を待ちつけむ」と約束する中納言の態度からは、尼姫君に誠実に寄り添おうとする姿勢が顕著である。「大井の物語」の復元については、松尾聰著『平安時代物語の研究 第一部――散佚物語四十六篇の形態復原に関する試論――』（一九五五年、東宝書房）に詳しい。

中納言の話を聞いた尼姫君は、吉野の山奥で極楽往生の本懐を遂げた尼君のことを羨ましく思い（B）、どこにいようと、「ただ心から」「無上菩提」は得られるとする中納言（C）に対して、自分のような生悟りの者にとっては、なんといっても「住まひから」が重要だと反論する（D）。それを承けての中納言のことばが、E「さかしげに、思惟仏道とぞあるかし。」である。

ここについては、『新註』以下、最新の『校訂』に到るまで、すべての注釈書が『全集』と同様に読んでいる。しかしながら、しんみりとしたふたりのやりとりのなかで、これは、いかにも異様な発言というべきであろう。なぜなら、常識的に考えてみても、大切に思う相手に向かって、いきなり、あなたの言い分は「さかしげ」だ、などという者がいようとは、とうてい信じられないからだ。

親しい男女の会話として、相手へのからかいや皮肉が込められることは、けっして不自然なことでも、めずらしいことでもあるまい。「これこそ妙荘厳の御契りなんめれ」（巻二・一八一頁）と評される特別な関係のふたりでも、ときに冗談を交えたりすることはあるだろう。しかし、「まことの聖」のようにはいかないから、やはり「住まひから」でしょうという尼姫君に対して、中納言が「さかしげに」云々と応じるのは、あまりにも思いやりを欠く物言いだというほかない。そのためか、『大系』の頭注では、「都のさわがしい住み家では仏道に深く入れないという姫のことばを「いかにも賢そうに『思惟仏道』とあることですね」と軽くからかった言い方か。」（三五三頁）と注記する。

「さかしげ」の語については、『全集』の頭注に、「いかにもしっかりしている様子。」として、『源氏物語』の用例を示すほか、『全注釈』では、「「さかしげ」はいかにもしっかりしている様子の意であるが、「さかし」ではなく「さかしげ」であるところに中納言の批判的な思いがあって、尼姫君の言葉を「思惟仏道」と軽くあしらっているように思える。」(九二八〜九二九頁)と語釈する。

「思惟仏道」については、『大系』の補注に、「「思惟仏道」ということばそのものは—その道の方の御教示によれば—経文には見当らない由である。」(四八八頁)とされていたものであるが、『桜楓』において、「『法華経序品第一』の偈の一句で、「入於深山　思惟仏道」とある。深く思量して仏道修行にはげむこと。」(一六六頁)との指摘がなされた。ところが、『全集』では、依然として、「他に用例を見つけられない」とし、『全注釈』でも、『桜楓』の説を紹介するだけで、『法華経』の文句が引用されることの意味については、不問のままとなっている。

しかしながら、そもそもここは、「さかしげに」とひとつづきに読むような文章ではなかった。「さかし。げに」と、区切って理解すべきところなのである。[1]「さかし」は、同じ巻四に、中納言と対話する式部卿宮のことばとして、「さかし。世は忍びつつ、もろこしまでたづね行きて、さまざまの人をば見給ふぞかし。」(三五二頁)と見えていて(本書第三章・六二頁に既出)、『全集』の頭注に、「「然《さ》かし」、そうだね、その通りですよ、の意。相手の言葉を受けて念を押すときに使う。」と説明し、『源氏物語』「朝顔」巻に、「さかし。なまめかしうかたちよき女のためしには、なほひき出でつべき人ぞかし。」(②四九三頁)とあるのを例示している(「さかし。……(ぞ)かし。」との口吻が共通することにも、注意したい)。ここでも、尼姫君のD「いと深からぬ心は、住まひからにこそ」との発言に、E「さかし」——そうですとも、とまず相槌を打って、さらに、「げに」——まことにごもっとも、あなたが「深からむ山に住み離れ」ることを望むのは、『法華経』序品に「又見菩薩　勇猛精進　入於深山　思惟仏道」(坂本幸男・岩本裕訳注『法華経(上)』(岩波文庫)』[一九七六年、岩波書店]三〇頁。釈文には、「また、菩薩の　勇猛精進し　深山に入りて仏道を思惟するを見る。」とある）とあるのにかなうわけですから、とことばを継ぐ。そして、でも、児姫君が幼い今はまだ、時期尚早、しばらくは我慢してくださいい、とつづくのである。よって、ここについて、尼姫君を「軽くからかった言い方」であると見て、「中納言の批判的な思い」を読み取ったりするのは、まったくの誤解というほかない。

ここでのふたりのやりとりを見ると、吉野尼君を羨望し涙ぐむ尼姫君の様子を、中納言は「あはれに」感じているのであり、「住まひの深き浅き」とは関係なく、「ただ心から」「無上菩提を取」ることは可能なのですよ（C）、と励ましたのである。それでも、「住まひから」であることを譲らない尼姫君に、その言い分を全面的に認めることで、いずれは一緒に「み吉野の山にも」と、約束しているわけである。そのように理解すれば、ここには、信頼し合う者どうしのいたわりとやさしい心の交流こそあれ、からかいや批判が介入する余地など、もとよりなかった。

ところで、中納言の「心から」との発言に対して、尼姫君が「住まひから」と応じていることについて、中西健治著『浜松中納言物語論考』（二〇〇六年、和泉書院）第二章・第二節「「山階寺」・可笑味について」が、「類似語の応酬」という観点から考察を加えている（八六〜八七頁）。そこでは、「「心がら」という語例はあるが、「住まひがら」という語は他の作品にほとんど見当たらない。つまり、「住まひがら」という稀有な語は中納言の「心がら」という、一見おごそかに聞こえる語に反応して即座に案出された語であったのではなかったか。」（「心がら」「住まひがら」と濁音にするのは、中西論文のママ）と指摘し、「宗教的観念こそが大切」と説く中納言と、「それよりも現実の環境こそが大切」とする尼姫君との、ふたりの間で交わされた応酬の機微について、次のように説明する。

しかし物語の現実は、世俗を離れるべく訪れたみ吉野での吉野尼君の往生と遺された吉野姫君への少なからぬ動揺の体験があり、それはほとんど仏道に即した深遠な哲理とはほど遠い姿勢であった。みずからこそ出家の身となり仏道三昧の日々を送る尼姫君には、中納言の心底が手にとるように見える。理屈では哲理を説くことができても、実際の心はそれとは裏腹ではないのか。尼姫君は、中納言の言葉に即座に反応し、「心がら」と説く言葉に「住まひがら」と応じて反論し、取り澄ました中納言の言葉をいわば茶化したのではないか。(中略)心通う仲なればこそ、このようなあけっぴろげな応酬が可能になってくる。その見事なやりとりに機知を読みとることは必ずしも不適切なこととは思えない。

しかしながら、「取り澄ました中納言の言葉を」、尼姫君が「茶化した」と読み取るのは、いかがであろうか。中西氏の目論見は、この場面に「可笑味」を見出すことなのだが、「何ごとにつけても、大井の物語のやうに、ともに楽の声を待ちつけむとのみ契りかはし給ふさま、心深くあはれなり。」と締め括られるふたりの応酬には、「心通う仲なればこそ」の見どころがあることは間違いないとしても、ことさらに「可笑味」を期待するような場面でもない、と考えられるからだ。

また、中納言の「心から」ということばに反応して、尼姫君が「住まひから」と答えた、というのはそのとおりであるのだが、尼姫君にとっては、みずからの「深からぬ心」を自覚するがゆえに、「深からむ山に住み離れ」ることが重要だといっているのであって、それが「住まひから」ということばを導いたのである。そのような尼姫君の痛切な思いを汲み取らず、表面的なことばあそび(機知)を強調したのでは、「心通う仲」なるものの実態について、それが、悲運に堪えけなげに生きる尼姫君と、その気持に能うかぎり寄り添おうする中納言との特別な間柄であることを、見誤らせはしないかと危惧するのである。

三 「夢うつつとも知られぬ心の乱れ」は誰の「心の乱れ」か

次に、最終巻、大弐女の男児出産にさいしての、中納言とのやりとりを取り上げてみよう。本書第一章で検討した「むねいたきおもひ」という表現が出てくる直後、巻二の中納言の帰国を機に展開してきたふたりのかかわりを描く挿話の最後の場面となるのだが、まず、その全文（『全集』〔九〕の全文）を掲げ、文脈が明らかになるよう、あらかじめ私見を提示したうえで、諸注釈書との違いを比較・検討する。本文は、ここのみ池田利夫編『浜松中納言物語〈五〉広島市立浅野図書館蔵』（一九七二年、笠間書院）により、翻字には私に句読点・濁点等を付し、補った文字は（ ）で括った。

（中納言は）すべて、こと〲（＝吉野姫君以外のこと）おぼえず、たゞ、ありつる（唐后が吉野姫君の腹に転生するとの）夢よりのちは、（吉野姫君のことが）いとゞ心にかゝりて、とざまかうざまに思ひ、明し暮すよりほかの事なきに、大弐のむすめ、「おどろ〲しくわづらふ事なくて、おのこゞうみたり」とて、「殿、ゑもんのかみ、（男児の誕生を）よろこび給（ふ）」と聞（き）て、（中納言は、男児の実父が誰かを知らず喜んでいるのを）心ぐるしう、ありし暁（の別れのさいの大弐女の様子を）思ひ出るに、我（＝中納言じしん）も、（大弐女母子のことが）いとをしう、「（大弐女がわが子を）いみじう心にいる」ときけば、おほかたのとむらひ、あるべかしうおかしうて、うち〲には、忍びて、ちごの衣など、おかしきさまにて、

（中納言）契りをばたがとか思ひよせて見る　忘れやしぬるむばたまの夢

（大弐女は）つねよりも、この御かへり事、きこえざらんも、いみじくいぶせくて、七日などいふほどになる

ほどに（「なるほとに」は衍字か）、つき〴〵しう聞えんも、いとはづかしう、つゝましう、思（ひ）わづらはるれど、人にと（「と」は衍字か）ゆづり書（か）すべきならねば、なを、おぼつかなからん事、くちおしかりぬべければ、たゞ、はかなき様に、ほのかにて、

（大弐女）おどろかす夢につけても　中〳〵にうきはこのよの盟とぞおもふ

とぞ聞え給（ふ）（「給」不審）。夢うつゝともしられぬ（中納言の）心のみだれにも、「にくからぬさまの（吉野姫君に思いよそえられる）かたみ」とみれば、これ（＝大弐女）も、哀（れ）すくなからず。（二七～二九頁）

まず、「ありし暁」について、『全注釈』では、「巻三（一八）、中納言が大弐女と会い、「艶あるあか月の別れ」をしたこと。」（二一五九頁）と注するが、誤りである。ここは、この場面に先立ち、同じく最終巻、身重の大弐女を中納言が訪れたさいの「あかつきの別れ」（中納言の歌に見えることば。三九〇頁）を承けたものである。

つづく「我も、いとをしう、「いみじう心にいる」ときけば」について、「我」は大弐女を指す、と解するものが大勢を占めるが、『大系』『全集』は、中納言とも解し得るとし、ただし、そのさい、上の「心ぐるしう」と「いとをしう」とが重複するのに難があるという。また、「心にいる」についても、「いる」を下二段（他動詞）と見るか、四段（自動詞）と見るかで意味が変わり、主語を大弐女とするか、衛門督とするかでも揺れる。私見では、「我」は中納言を指し、「いみじう心にいる」というのは、大弐女が、真に思いを寄せる中納言の子であるがゆえに、ことさらにわが子への愛情を注いでいる（もちろん、この事実は、誰も知らないのだが）、ということであり、そうした大弐女の様子を聞き、その思いを汲んだ中納言が、内々に、実父としての誠意を示そうとしたもの、と解した。「我」を大弐女と解する場合、『大系』では「入る」を下二段と見て、「大弐の娘自身も（夫の衛門督が）気の毒で、ひどくそれを心にとどめていると聞くので」（四〇三頁）と訳し、『全集』では「入る」を四段と見て、「娘自身もかわ

いそうで、衛門督が、生れた子をたいそう気に入っていると聞くと」（三九九頁）と訳している。『全注釈』は、『大系』に従い、「自身（大弐女）も（夫を）かわいそうに思い、たいそう気にしている。」（一一五九頁）と注するが、口語訳では、「娘もかわいそうで、たいそう気が滅入っていると聞くので」（一一五八頁）となっていて、「いとをしう」感じる主体を中納言とする『全集』と混線したものか、解釈が一貫しない。そこで、私見では、「我」は中納言のことであり、「我も」とあるのは、上文に、「殿、ゐもんのかみ、（なにも知らずに）よろこび給（ふ）」とあるのに対して、実父たる中納言が、大弐女にいかに対応したかを説明したものと解したのである。

あらためて文脈を整理すれば、次のようになる。

「殿、ゐもんのかみ、よろこび給（ふ）」と聞（き）て、（中納言は）心ぐるしう（思ういっぽう）、ありし暁（の大弐女の様子を）思ひ出るに、我も（男児の実父として無関心ではいられず）、いとをしう、（大弐女が）「いみじう心にいる」ときけば、（そんな大弐女に対して誠意を示すべく）おほかたのとむらひ、（衛門督の甥としての立場で）あるべかしうおかしうて、うち〳〵には、（大弐女にだけわかるように）忍びて、ちごの衣など、おかしきさまにて、

このように読めば、「心ぐるしう」は、男児の実父が中納言であることを知らずに喜ぶ祖父や叔父を気にかけているのであり、「いとをしう」は、大弐女母子へのいたわりの気持を表すものとして、もとより重複など、どこにもなかったのである。

大弐女の出産に関して、中納言に届いた情報は、男児の誕生を「殿、ゐもんのかみ、よろこび給（ふ）」ということと、大弐女がわが子を「いみじう心にいる」という、誰が聞いても当たり障りのないものであった。『大系』のいう「大弐の娘自身も（夫の衛門督が）気の毒で、ひどくそれを心にとどめている」のごとき情報は、不穏にすぎて、そのようなものが耳に入るとは、とうてい考えられない。また、『全集』のいう「衛門督が、生れた子をた

いそう気に入っている」との情報では、「殿、ゑもんのかみ、よろこび給（ふ）」とあるのと、重複の感が否めないのである。

ちなみに、「きけば」の主語を中納言と見ることで諸注釈書は一致しているが、『全集』『全注釈』ともに、ここは「聞き給へば」とありたい（あるべき）と指摘する。しかし、このあたりの文章では、中納言への敬語がほとんど省かれていることにも留意すべきである。そのことは、この場面の最後の一文の理解にもかかわってくることであるのだが、詳しくは、後述する。

次に、中納言の詠んだ「契りをば」の歌について。

まず、「契り」とは、子までなしたふたりの宿縁をいう。この場面の理解には、当事者であるふたりのみが真実を知る、秘密の子の誕生について語るものであることに、じゅうぶん留意する必要がある。「たがとか」は、尾上本に「誰とか」とあるが、浅野本のまま、誰との間のもの（契り）であると、の意に解したい。「たれとか」では、歌のしらべとしてやや落ち着かない。また、『全集』が「誰が咎《とが》」の意とするのも、「思ひよせて」との繋がりが悪く、いかがかと思われる。「むばたまの夢」は、ふたりの逢瀬の喩えであるが、じっさいのふたりの関係は、中納言が吉野姫君を京に迎えて以来疎遠になっていたらしく、「この二月ばかりよりは、折々の御文見るよりほかの、夢見ることは絶えたるを」（三八八頁）と記されていた。しかし、妊娠が発覚したとき、「心ひとつには思ひ寄せらるるかたの深」（三八八頁）くて、大弐女は、中納言との間の子であることを確信していた。中納言の歌は、そうした経緯を踏まえて、あなたとは、逢瀬をもち、子までなす宿縁であることがわかったが、そうした深い仲であることを、あなたのほうでも自覚しているか、と問うたものである。

これに答えた大弐女の「おどろかす」の歌について。

「おどろかす夢」というのは、「むばたまの夢」を「わすれやしぬる」と問われたことを承けての表現であり、初二句は、あなたが、忘れていないか、と問いかけてきた逢瀬、そのような逢瀬をもったことにつけても、の意。「盟」の文字は、『新註』『大系』『全集』『校訂』では「ちぎり」と訓むが、『大系』補注に、「中古の辞書では「盟」は「ちかひ」とよむ。ここもそうよむべきか。」（五〇二頁）と指摘し、『桜楓』『全注釈』では「ちかひ」と訓んでいる。ただし、中納言の歌との対応からは、「ちぎり」とあるのが尋常であろう。「中くに」以下は、中納言の歌の上句に答えたものであり、「このよの盟」は、この世における中納言との宿縁をいうだけでなく、「こ」は掛詞であり、「子」までなした宿縁をいう。あなたと逢瀬をもったことに悔いはないが、そのことによって誕生したわが子の宿縁が不憫だ、というのである。『全集』は、この歌の参考歌に、『今とりかへばや』巻四の、

ものをのみひとかたならず思ふにも　憂きはこの世の契りなりけり（四四八頁）

を掲げているが、今尚侍（もと女中納言）の詠んだ歌も、生き別れになったわが子との宿縁を嘆くものであり、「こ」には「子」が掛けてある。『今とりかへばや』には『御津の浜松』からの影響が随所に窺えるから、ここも、大弐女の歌を意識したものである可能性はじゅうぶんにある。[2]また、浅野本だけでなく、尾上本も「盟」と漢字表記されているのだが、もとは「ちきり」であった可能性が、影響歌のがわから遡って推測されることにもなる。なお、『文明本節用集』などでは、「盟」を「チギル」と訓ませており、近世の写本の書写者としては、「ちぎり」のつもりで「盟」の文字を当てたのであったかもしれない。

大弐女が「(歌)とぞ聞え給」(「給」の使用が不審)うたあとの、「夢うつゝともしられぬ心のみだれ」云々に関しては、例えば『大系』が、「大弐の娘は、夢とも現実ともわからない心の乱れの中でも、(生まれた子を)憎くない向き(中納言)の思い出のたねとみるので、この子(について)もしみじみとした感動が少なくない。」(四〇四頁)と訳しているように、諸注釈書、大弐女の「心のみだれ」と解して疑わないようであるが、誤りではあるまいか。

このあたりの文章に、中納言への敬語が省かれていること、すでに述べたとおりであり、ここもそのように考えるべきであろう。

まず、「夢うつゝともしられぬ心のみだれ」というのは、上文に中納言の様子を、「たゞ、ありつる夢よりのちは、いとゞ心にかゝりて、とざまかうざまに思ひ、明し暮すよりほかの事なきに」と記していたことの繰り返しである。よって、これが、大弐女の「心のみだれ」であろうはずがない。また、「にくからぬさまのかたみ」というのも、中納言が出産前の大弐女と対面したおり、その印象を、

あくまでそびえたる人の、こちたうふくらかになりて、いといたう悩み、もの心細げに思ひ乱れたるけしき、いと心苦しう、らうたげなるさままさりたるを、「ゆくへ知らずなり給へる人（＝吉野姫君）の、かやうにやはらぎ給へりしぞかし」と思ひよそへられて、つねよりもあはれまさる心地して、（下略）（三八九頁）

と感じていたことを承けているのであって、中納言を偲ぶための「かたみ」（＝忘れ形見の子）などではない。中納言が、吉野姫君を偲ばせる「かたみ」を求めていることは、このあと、式部卿宮からの使者が差し向けられて、それが到着するまでの記述に、

中納言は宮におはしましけるを、おぼつかなさに思ひわび、「(吉野姫君が) 住み馴れし籬《まがき》の原をだにこそかたみに」とおぼし、渡り給へるに、（下略）（四一二頁）

と表現されてもいる。よって、ここの文意は、行方不明の吉野姫君を案じて心を乱す中納言にとって、目の前の大弐女は、吉野姫君に思いよそえられる、好ましい姿をした〈形見〉のようなものであり、そう思って見れば、この大弐女との仲についても、唐后や吉野姫君と同列とまではいかないが、感慨深いものがある、というのである。こ

れをもって、大弐女とのかかわりを描いてきた一連の插話は終息するのであり、その最後を締め括る一文であるからには、最後はやはり、主人公たる中納言に即して叙述されるのが自然であろう。そして、この一文によっても、現在の中納言の思いが、ひたすら行方不明の吉野姫君へと向けられていることを、再確認することになるのである。最終巻の眼目については、本書第三章において、「一時行方不明となった吉野姫君の扱いをめぐり、仮借ない現実と向き合いながら、「むねいたきおもひ」を味わい尽くす中納言の姿が、ひたすら描かれている」(四九頁)と述べたところであるが、大弐女との插話も、そのような大きなながれに、しっかり組み込まれているのであった。

なお、「これも、哀(れ)すくなからず。」と語り収めたのにつづいて、物語は、「さて、式部卿の宮は」(四〇〇頁)と、仕切り直しよろしく、ようやくにして吉野姫君の消息を明らかにすべく、大きく視点を切り替えることになるのだが、このような語り口を見ても、直前にあるのが大弐女という脇役の心中では、いかにも締りがつかないのである。

四　「憂きことと思ひ知る知る」の歌を詠んだのは誰か

ところで、以上のような中納言と大弐女との歌の贈答を見たあとで、これに先立つ、身重の大弐女を中納言が訪う場面を振り返ると、そこでの別れ際の歌について、気になる点が出てくる。本文を引用すれば、次のようである。

ひまなくうち泣きつつながめ出でたる(大弐女の姿が)、ありあけの月影に、例のいとあてやかになつかしくなまめいたるを、男、あはれにめづらしく見給ひて、明けゆく心あわたたしければ、

「かからでもあらばあらなむ世の中に*　などあかつきの別れなりけむ

いとかう心あわたたしからで、世のつねにのどやかなる対面ありなむや」と、出でがてにやすらひ給ふ。

憂きことと思ひ知る知る　あかつきの別るるごとになほまどふかな

つねよりも浅からず思ひとどめて帰り給ふ道に、（下略）（三九〇～三九一頁）

＊「あらなむ」は、底本・尾上本「あらなん」で異同がないが、このままでは二句で切れ、不自然である。「ありなん」の誤りと見て、「世の中に」につづけて読むべきであろう。

ここに見える二首の歌については、『新註』以下すべての注釈書が、どちらも中納言の歌であると認定している。「かからでも」の歌は、直前に「男」とあり、[3] 中納言の歌であることに疑問の余地はない。そのあと、「出でがてにやすらひ給」うたのち、「つねよりも浅からず思ひとどめて帰り給ふ」のも中納言であるから、その間の「憂きことと」の歌も中納言のもの、と判断したのであろう。しかし、文脈を辿ればそのように理解されるとしても、こうした後朝の場面を読む常識からすると、これは、はなはだ違和感を覚えさせる展開である。なぜなら、こうした場面で期待されるのは、なにより、ふたりの間で、どのような歌が交わされたか、であろうから。だとすれば、「憂きことと」の歌も、中納言ではなく、大弐女が詠んだものではなかったか。別れ際、中納言が歌を詠みかけ、立ち去りがたくしていると、大弐女が歌を返し、その歌に対して「つねよりも浅からず思ひとどめて」、中納言は帰った——、そのように読めば、この場面での不自然さは、すべて解消されると思うのである。

ここで、あらためて、中納言と大弐女との間で交わされた歌について見ておけば、以下がそのすべてである。

【巻二】——出会い、再会を約しての別れ——

(1)（中納言贈歌）ゆめゆめよ　下這ふ葛の下葉よに　つゆ忘れじと思ふばかりぞ

（大弐女返歌）忘れずは　葛の下葉の下風の　うらみぬほどに音を聞かせよ（一四六頁）

(2)（中納言贈歌）なにとなく暮れゆく空をながめつつ　ことあり顔にうれしきはなぞ（一五三頁）
（大弐女返歌）暮れなばと思ひわかれぬ空なれば　雲のゆくへもながめやはする（一五四頁）

(3)（中納言贈歌）心からしづくに濁る別れかな　すまばなげかであるべきものを（一五九頁）
（大弐女返歌）影見ずはかくぞよそにてあるべきに　などむすぶ手のしづくばかりぞ（一六〇頁）

【巻三】――大弐女の結婚、忍び逢うふたり――

(4)（中納言贈歌）くり返しなほ返しても思ひ出でよ　かくかはれとは契らざりしを（二三六頁）
（大弐女返歌）契りしを心ひとつに忘れねど　いかがはすべき　しづのをだまき（二三七頁）

(5)（中納言贈歌）ほととぎす花たちばなに木隠れて　かかる忍びの音だに絶えじな（二四〇頁）
（大弐女返歌）さらでだに花たちばなは身にしむに　いかに忍びの音さへなかれむ（二四一頁）

(6)（中納言贈歌）思ひやるかたこそなけれ　暮るる間をなげきやすべき　なほや待つべき（二四八頁）
（大弐女返歌）杣河におろす筏の　いかにともいふべきかたもなくぞなかるる（二四九頁）

【巻四】※忍び逢いが絶えぬことの記述があるのみ（三五九頁）。

【最終巻】――大弐女妊娠、中納言の子を産む――

(7)（大弐女贈歌）ささがにのいかになりゆくわが身とて　ありやなしやと問ふ人のなき（三八八頁）
（中納言返歌）言に出でていかにいかにといはねども　蜘蛛手に思ひやらぬ世はなし（三八九頁）

(8)（中納言の歌）かからでもあらばあら《（り歟）》なむ世の中に　などあかつきの別れなりけむ
（中納言の歌？）憂きことと思ひ知る知る　あかつきの別るるごとになほまどふかな

(9)（中納言贈歌）契りをばたがとか思ひよせて見る　忘れやしぬるむばたまの夢
（大弐女返歌）おどろかす夢につけても　なかなかに憂きはこの世の契りとぞ思ふ（四〇〇頁）

通算で九度にわたるやりとりがあり（しかも、三つの巻に、三度ずつ、均等に配している）、基本的には、中納言が歌を贈り、大弐女が返歌するというかたちで、物語は展開している。そのようななか、例外となるのが、最終巻の(7)と(8)であるのだが、(7)は、唯一、「思ひあま」った大弐女のほうから歌を贈り、中納言が返歌したもの。よって、(8)のみが、贈答となっていないことになる。こうして確認するだけでも、(8)の二首を、連続して中納言の歌であるとする諸注釈書の認定は、異様なものというほかないだろう。それが、私見によれば、一転、尋常な男女の贈答となるのである。

さらにまた、個々の贈答の内容について見ても、中納言のはたらきかけに対して、大弐女は、あくまで受身の姿勢で、嘆き悲しみ、懇願・弁明する歌の多いことに気づかされるのであり、「憂きことと」の歌の場合も、大弐女が詠んだものとしてこそ、その内容はしっくりくるのではあるまいか。すなわち、中納言の「かからでも」の歌が、「あかつきの別れ」を惜しみつつ、忍び逢う仲であるがゆえの満ち足りなさを訴える、いかにも男の詠んだ歌であるのに対して、「憂きことと」の歌は、忍び逢う仲がつらいものだとわかっていても、「あかつきの別」れのたびに同じ心惑いを繰り返す自分が情けない、というのであり、いかにも受身の女が詠んだとするにふさわしい。加えて、中納言との仲を「憂きこと」と観ずるのは、さきの引用文の直前に、中納言と別れたあとの「名残なかなか思ひやらるるに、（大弐女は）いみじく心憂く、われながらうとましう思ひ知らるるも」（三九〇頁）とあるのを承けるものであろうし、(9)の「おどろかす」の歌において、「憂きはこの世の契りとぞ思ふ」と詠むのとも、通じるものがある。

以上、「憂きことと」の歌について、中納言の詠んだ「かからでも」の歌に対する大弐女の返歌、と見るべきであることを明らかにし、あわせて、ふたりの間で交わされた歌は、九組すべて贈答となっていて、例外はないことを確認した。

五　おわりにかえて——三角洋一論文の所説とそのゆくえ

中納言と大弐女との仲を描いた挿話は、『無名草子』においても、「大弐の娘こそ、何となくいとほしくあはれなれ。」（二三七頁）と言及がなされるなど、主人公の恋物語を閉塞させたまま展開するこの物語にあって、主筋とは関係しないものの、ひとつの読みどころとなっている。そのいっぽうで、本文の読解についていえば、いまだ不十分な点のあることを、具体的に指摘してみたのである。ただ、このような検討結果が注釈書へと反映されるには、さらに時間が必要かとも思われる。というのも、『大系』の読みを補訂しようとしたものに、はやく、三角洋一「『御津の浜松』私注」（『平安文学研究』60輯、一九七八年一一月）というすぐれた論文があり、そこでの指摘が妥当だと思われるにもかかわらず、『全集』や『全注釈』において採られない、ということがあるからである。(4)そこで、最後に一例だけ、大弐女の挿話について三角論文が指摘するところを取り上げ、それがどのように引き継がれたか、検証してみたい。

さきに四節で示した(5)と(6)の贈答の間には、大弐女のもとに、夫である衛門督《えもんのかみ》から文が届く場面がある。

衛門の督の御文取り入れたるも、（大弐女は）まづ、「人や見む」と心の騒げば、ふと取り給ふを、人々は、「例ならず」と見る。「夢にさへ見え給へるに、おそはれつつ」と書きて、

ひと声にあかずと聞きしみじか夜も　秋の百夜《ももよ》の心地こそすれ

とあるを、（下略）（二四七頁）

『新註』『大系』では、この文の贈り主を中納言とし、衛門督からのものと装った、とするのだが、三角論文では、素直に衛門督の文と解すべきことを説いている（二四一～二四三頁）。これには、『桜楓』がただちに反応し、両説併記というかたちで紹介する（一二三頁頭注）とともに、⑹の贈答に先立ち「夕方になりてぞ、この人（＝中納言）の御文は、いと忍びてある。」（二四八頁）とある箇所の頭注において、「前の手紙が衛門の督からのものとする方の説の根拠になる。」（一二四頁）と指摘する。ところが、その後の『全集』では、一説として紹介するにとどめ、「この人の御文は」とあることについても、この「叙述が、前回のが衛門督からのと思わせはする。しかし最初のは表向き、ここは「忍びて」と見たい。」と説き、『全注釈』でも、『全集』の意見を支持し、三角説を退けている。では、三角説は誤りであったかといえば、少なくとも筆者としては、そのようには思えない。(5)

「ひと声に」の歌を、『大系』では、「ほととぎすの一声を聞いて（夜明けを知って）心残りだと思ったあの（あなたと逢った）短か夜も、（これからはその短か夜ほども会いがたいことを思うと）秋の百夜のような長いものに思われます。」（二九七頁）と口語訳し、『全集』『全注釈』の解釈も、大差ないものである。しかし、これでは、夏の短か夜と秋の長い夜との対比が、いかにも不自然であろう。『全集』が参考歌として掲げる、

今宵のやはやく明くればすべをなみ　秋の百夜を願ひつるかな

（『古今和歌六帖』第五・あかつきにおく・二七四〇番）

と較べても、そのことは明らかである。よって、ここは、三角論文が、「「夏の短か夜が秋の百夜に感じられた」すなわち、早く夜が明けないかと待ち遠しかったという意であるから、督が早く消息をやりたい気持で詠んだものと

解することができる。」と説くのに従いたい。さらにいえば、「ひと声にあかずと聞きしみじか夜」も、「あくると聞きし」とあったものからの誤写である疑いがあり（ただし、諸本間に異同はない）、元来、紀貫之の、

夏の夜の臥すかとすれば　ほととぎす鳴くひと声に明くるしののめ（『古今和歌集』巻三・夏・一五六番）

を踏まえた歌だったのではなかろうか（あるいは、「ひと声に明かすと聞きし」と読むことも可能か）。後世のものではあるが、

ひと声に明くるならひのみじか夜も　待つに久しきほととぎすかな

（『続後撰和歌集』巻四・夏・一八四番・平政村朝臣）

のような類歌もある。いずれにせよ、短いはずの夏の一夜も、あなたと逢えないと、秋の長い夜を百も重ねたようだ、との歌意からは、衛門督が昨夜訪れていないことが明々白々であるため、大弐女は、即座に、「上をいと黒う書き乱り、まぎらはかい給ふ」（二四七頁）のである。

『全集』では、「「衛門の督の」と偽った中納言の手紙と見る」理由を、「中納言の侵入を家人に衛門督と思わせたので、後朝《きぬぎぬ》の文で辻褄を合わせたのであろう。」と説き、それに『全注釈』も賛同しているわけであるが、大弐女ふぜいを相手に、中納言がそこまでの配慮をするとは思えない。中納言の大弐女に対する扱いが、その出会いから再会後に到るまで、終始、いかに自分本位の身勝手なものであったかは、さきの一連の贈答歌を一瞥するだけでも、明らかであろう。げんにかれは、帰邸後、勤行のため夜明かしをした尼姫君と親しく歌を交わす（ここでの歌の詠者については、『全集』『全注釈』とも、『大系』の誤りを正した三角論文の説［二四四〜二四五頁］を採っている）などして、さらには、「今宵の（大弐女との）うたた寝に、あかざりつるほととぎすの声のこと（この中納言のことばが、

「ひと声にあかずと聞きしみじか夜」の歌の解釈を誤らせる誘因であったか）など、残ることなく語り聞こえ給」うたのち、「（尼姫君の）御かたはらに御殿籠」（二四六頁）っているのだから。衛門督から届いた文に狼狽し、隠蔽に腐心する大弐女の苦衷など、しょせん、中納言の与り知らぬことであった。心から大切に思う相手（尼姫君や吉野姫君）に対しては、誠心誠意を尽くす中納言も、一転、そこまで深い思いのない相手へは、身勝手で酷薄な態度をとることに、なんの後ろめたさも感じていないようなのである。

注

（1）「さかし、げに」と、区切って読む先蹤に、松尾聰著『平安時代物語の研究 第一部――散佚物語四十六篇の形態復原に関する試論――』（一九五五年、東宝書房）所収「おほゐの物語」の引用本文（四九頁）がある（論文の初出は一九四〇年、一九四二年補正）。同じ松尾氏が、『大系』では「さかしげに」と読みを変えたのは、『新註』の読みを是としたものであろうか。

（2）西本寮子「『浜松中納言物語』から『とりかへばや』へ――菅原孝標女の表現世界の継承――」（和田律子・久下裕利編『更級日記の新研究――孝標女の世界を考える』［二〇〇四年、新典社］所収）にも指摘がある。

（3）ただし、『新註』が「傍註が本文中に竄入したものか。」（三四九頁）と疑って以来、『大系』『全集』でも疑問視し、さらに『全注釈』では、「浜松には十一例の「男」の用例がある」が、「ここのわずか一例のみが「女」、つまり大弐女に対する「男」として用いられている」（一一三一頁）と、異例の用法であることを指摘している。

（4）例えば、本書第七章で検討した諸注釈書の誤解も、じつは、三角論文において解決済みのことがらであった。その間の事情についても、第七章において詳述した。

（5）三角説を積極的に支持するものに、野口元大「浜松中納言論――女性遍歴と憧憬の間――」（三二六～三二七頁。同氏著『王朝仮名文学論攷』［二〇〇二年、風間書房］所収）がある。初出は一九八九～一九九〇年であり、『全集』も『全注釈』も、参照可能な論文であった。

第七章　「けぶりのさがのうれはしさ」追考

——最終巻解釈の再検討——

一　「けぶりのさがのうれはしさ」存疑

最終巻も終盤になり、式部卿宮が東宮に立つ直前、吉野姫君の身を案じて、夜ごとに中納言のもとを訪れるのを、中納言が、姫君の後見役として応対する様子が、次のように描かれている。

（式部卿宮が）「しばしにてもこれ（＝吉野姫君）を見で、よそよそにては、いかでか明かし暮らすべからむ」とおぼし焦《い》らるるさまも、（中納言にとって）あはれにかたじけなく、かくて（宮が）こもりおはしまさば、中納言は、けぶりのさがのうれはしさかぎりなけれど、（宮の）御前に立ち出づる女房のありさまも、「なべてならずと（宮が）御覧ずるばかり」と、よろづに思ひあつかひ給ふ。心にくきけうらを尽くして（中納言が宮に）つかうまつり給ふさま、この世ならずあはれなり。（四三四〜四三五頁）

不本意ながらも吉野姫君の後見役に徹する中納言の思いを、「けぶりのさがのうれはしさかぎりなけれど」と表現している（本書第二章・三七頁に既出）のだが、この一文の解釈を見ると、諸注釈書によりまちまちであり、いまだ一定の理解に達しているとはいいがたい感がある。まずは、諸注釈書の説くところを以下に掲げる。

A『新註』

【頭注】けぶりのさが＝煙の性。即ちけむつたいこと。宮が来られることは中納言には邪魔になること。引歌あるか。／うれはしさ＝なげかしさ。（三八一頁）

B『大系』

【頭注】「嫉妬の罪で来世に地獄の猛火の煙に苦しめられるであろうような自分の性格に対する憂鬱さは」の意か。→補注九三一。（四二九頁）

【補注】「けふりのさかのうれはしさ」は尾上本も同じ。「けぶりのさが（煙の性）のうれはしさ」と解いて果して当れりやいなや、明らかでないが、他に考えようがないので、ひとまずそう考えておく。それにしても「煙の性」とは未聞のことばであり、あるいは引歌などがあったのかも知れない。「けぶり」は、源氏物語、鈴虫にも「故御息所の御身の苦しうなり給ふらむありさま、いかなる煙の中にまどひ給ふらむ」、「その焔なむ、誰ものがるまじき事と知りながら、朝露のかかれる程は、思ひ捨てられ侍らぬになむ。…やうやうさる御志をしめ給ひて、かの御けぶり晴るくべきことをせさせ給へ」などの用例があり、嫉妬の罪で極楽往生できぬ人がうける地獄の焰の煙をさす（ここでは嫉妬とは、宮が姫をわがものとしてしまったのを目の当りにみて中納言が覚える嫉妬をさす）とみておくが、なお不安である。宮下氏は「煙の性」を「けむたい《ママ》こと」として、「宮が来られることは中納言には邪魔になること」と注される。（傍点ママ。五〇八頁）

C『全集』

【現代語訳】中納言は、煙のように運命に翻弄されるわが天性の嘆かわしさはこの上なくつらいけれど、……（四三五頁）

【頭注】底本、尾上本とも「けふりのさかの」。他に用例を見ないが、中納言が姫君に「思ひのほかなる塩焼くけぶりは、…」（四三一ページ）と言った「うれはしさ」と同じで、煙のように、思いのほかの方向に流される自分の「性《さが》」と解した。なおここを、宮に姫君を奪われたのを目の前にする嫉妬の業火の煙とする説、宮の来訪は邪魔なので、煙たい存在とする説などあるが、その場合は、「けぶりのなかの」の誤写と見ることもできよう。（四三五頁）

D『全注釈』

【口語訳】中納言は宮に対する嫉妬の嘆かわしさでこの上なく辛いけれども、……（一二六三頁）

【注釈】「煙の性」という語句については何らかの出典が考えられよう。『大系』は源氏物語・鈴虫巻の用例から「嫉妬の罪で極楽往生できぬ人がうける地獄の焰の煙をさす（ここでは嫉妬とは、宮が姫をわがものとしてしまったのを目の当りにみて中納言が覚える嫉妬をさす）とみておく」と述べ、『全集』は「煙のように、思いのほかの方向に流される自分の『性』」と解する。「うれはしさ」は、嘆かわしさ。なお、この「煙の性」という語句についての明確な出典は未詳であるが、日常的な風景として、あるいは和歌の素材としての「煙」を用いた慣用的な言い方であったのかも知れない。「帝うち笑ひて『煙の譬ひもあれば、さも知らずかし。…』」（宇津保物語・沖つ白波）の「煙の譬ひ」は「『火のない所には煙は立たない』などの諺」（室城秀之氏『うつほ物語　全』四四五頁）と解されるように、当時も「煙」を用いた慣用句などが多くあり、十分な理解が出来たのではないかと思われ

る。（一二六五〜一二六六頁）

「けぶりのさが」なる「他に用例を見ない」「未聞のことば」をめぐって、『大系』以下、苦心の注が施されている。そこでは、「引歌」の存在を疑ったり、なんらかの「出典」を想定したりもするが、いまだ典拠を明らかにするに到ってはいない。しかし、そもそもここは、「けぶりのさが」というひとまとまりのことばとして読み取らねばならぬものであったのだろうか。じつは、『全集』が指摘するように、「けぶり」については、この箇所以前に言及するところがあって、ここはそれを承けての表現であったと考えられる。

二 「けぶりのさがのうれはしさ」の意味

式部卿宮によって誘拐され、宮中に匿われていた吉野姫君は、瀕死の状態に陥ったため、かろうじて連絡を受けた中納言のもとに連れ戻され、手厚く介抱されることでなんとか一命を取りとめたのであったが、中納言にとって、このときすでに姫君は宮と男女の契りを交わしたあとであり、自分との間にはそのような宿縁のなかったことを、痛恨の思いをもって噛み締めるほかなかった。姫君が行方不明になったあとの中納言の思いについては、本書第一章において詳述したところであるが、「男と一緒であってもかまわない、どんなかたちでもよい、なんとしてでも吉野姫君を取り戻し、みずから「思ひあつかひ」たい」（一二三頁）——これが、中納言の終始変わらぬ思いなのである。そして、右の場面でも中納言は、率先して姫君の世話にあたりながらも、みずからが公表した、姫君と中納言とは異母兄妹であるという偽りの人間関係に縛られ、姫君への恋情を発動できない状態にあった。それでも、思い余って、姫君に苦衷を訴えることもあり、吉野尼君の一周忌が近づいたころ、御前に女房もいないのを見はからって、中納言は姫君に語りかける。

（中納言）「さても、思ひのほかなる御ありさまを見むとは（＝吉野姫君が自分以外の男と契り、その世話をするようなことになろうとは）思ひはべらざりしに、

むすびける契りはこと（＝異）にありけるを　この世かの世とたのみけるかな」

いみじうけうらに、にほひやかなる（中納言の）御顔に涙の流れ出で給へるに、（姫君は）心にもあらず（中納言に）うち見合はせて、答へ聞こえ給ふべきかたもおぼえ給はねば、顔に袖を押しあてて、なよなよとしほれ臥し給ひぬるも、心苦しうあはれげなれば、やがてわれ（＝中納言）もうち添ひて、「よしや、思ひのほかなる塩焼くけぶりは、わが（＝姫君の）御心とあることにもあらずかし。わが（＝中納言の）胸のひまあき、心やすまるまじき契りのうれはしさは、人（＝姫君）の御おこたりにのみ思ふべきにあらずや。（四三〇〜四三一頁）

さきの「けぶりのさがのうれはしさかぎりなけれど」というのは、右に「思ひのほかなる塩焼くけぶりは、わが御心とあることにもあらずかし。わが胸のひまあき、心やすまるまじき契りのうれはしさは」とあるのを、正確に承けたものである。そのことに気づけば、「けぶりのさが」の「けぶり」とは、「思ひのほかなる塩焼くけぶり」のことであり、これは、『大系』以下の諸注釈書が指摘するように、

須磨の海人《あま》の塩焼くけぶり風をいたみ　思はぬかたにたなびきにけり（『古今和歌集』巻十四・恋四・七〇八番）

により、吉野姫君が思いがけないかたちで式部卿宮と結ばれてしまったことを指す。この歌は、『伊勢物語』一一二段では、「むかし、男、ねむごろにいひちぎりける女の、ことざまになりにければ」（二〇九頁）という状況で詠まれており、まさに女の心変わりを嘆くものであった。「わが胸のひまあき、心やすまるまじき契り」という

のも、「むすびける契りはことにありけるを」の歌とひびき合って、同じく姫君と宮との男女の宿縁をいうのであり、それが中納言にとって、心中穏やかではいられない「うれはしさ」をもたらすものなのである。

こうしてみると、「けぶりのさが」とは、「須磨の海人の」の歌を淵源に、「思はぬかたにたなび」いてしまう〈煙の性質〉をいうのであり、将来を約束したはずの女（＝「けぶり」）が別の男に心変わりしてしまったことを暗にさしているわけである。よって、それ以上に、あえて詮索するまでもない表現であったかと思われる。それを『大系』以下の諸注釈書では、「さが」なる語を〈人の性質〉と解して、「けぶり」に深長な意味を荷わせようとした結果、かえって素直な理解から遠ざかったように見える。そして、前文との対応関係を的確に指摘した『全集』までもが、「煙のように、思いのほかの方向に流される自分の「性《さが》」のごとき苦しい解釈に陥ったのであった。そうしたなか、ひとり『新註』が、「煙の性。即ちけむつたいこと。」と簡潔に注していたのは、素直すぎる解釈につい笑みを誘われるが、ここを「煙の性。即ち思はぬかたになびくこと。」とでもしていれば、あるいは『大系』以下の注も、違うものになっていたかもしれない。

三　「けぶりのさがのうれはしさ」の正解はすでに提示されていた

じつは、以上に述べたような検討結果は、つとに三角洋一「『御津の浜松』私注」（「平安文学研究」60輯、一九七八年一二月）の提示するところであった。この論文は、九州大学大学院の学生であったころ、たしかに読んだ記憶があるのだが、礎稿掲載後に、ほかならぬ三角氏から指摘を受けるまで、すっかり忘れ果てていたのである。三角氏は、『新註』と『大系』の説を、「どちらも誤りと思う。」としたうえで、簡潔に、次のように述べている。

両氏とも引歌があるかと疑っているが、その通りであろう。この場面の少し前に中納言が姫君に胸のうちを明かす条があり、「よしや、思ひの外なるしほやく煙は、我が御心とある事にもあらずかし。我がむねのひまあき、心やすまるまじき契りのうれはしさは、人の御おこたりにのみ思ふべきにあらずや」（中略）とある。ここにいう「しほやく煙」となった「契りのうれはしさ」が、「けぶりの性のうれはしさ」なのであって、『古今集』（中略）「須磨のあまの（中略）」を引いたものと考えられるのである。すなわち、姫君が思いがけずも宮になびいてしまったことが、中納言には悔やしくてしようがないということであろう。（二四一頁）

必要にして十分な説明であり、よって、本章に述べきたったことは、まったくの贅物であったとするほかない。ただ、ひとつ確認できたことがあるとすれば、正解を示したはずの三角論文が、なぜか、その後の注釈書において、じゅうぶんには顧みられなかった、という現実のあったことである。同様の事例については、本書第六章でも取り上げておいた。

なお、『桜楓』の当該箇所の頭注には、「前に「塩やく煙」とし、「心やすまるまじき契りのうれはしさ」とした心情と同意。」（二二六頁）とあり、唯一、三角論文への顧慮が窺える。『全集』は、『桜楓』もしくは三角論文を参考に、前文との対応関係を明示したものかと想像されるが、「さが」についてはなお、『大系』の解釈の呪縛を逃れられなかったものらしい。いっぽう、丁寧な施注が特徴の『全注釈』では、『桜楓』への言及もなく、はっきりとした理由も示さないまま『大系』の解釈に追従しているように見えるのは、いかがかと思われる。

今回のみずからの失態によって、注釈をつけることじたいのむずかしさもさることながら、有益な先行研究への目配りを怠らず、それを注釈書のなかに反映させることが、なかなかに難事であるらしいことを、あらためて痛感させられたのであった。

第八章　「人かた」「人こと」「ひとも」考
――最終巻本文の再検討（二）――

一　問題の所在――中納言は吉野姫君になにを訴えたいのか

『御津の浜松』最終巻も終わり近く、行方不明にしてその身を案じていた吉野姫君を、ようやくにしてわがもとに取り戻した中納言は、姫君がすでに式部卿宮の思い人となっている事実は認め、また、姫君と男女の仲ではなかった理由として、宮に、異母兄妹であると偽りの説明をした結果、その後は、みずからの恋情を抑え、兄として世話を焼くほかない状況にあった。それでも、思い余って苦衷を訴えることもあり、吉野尼君の一周忌の近づいたある「人ずくななる昼つかた」（四二九頁）、袖で顔を隠す姫君に、清水で別れて行方がわからなくなって以来、「ひたぶるに世を思ひ過ごしし心のほど」を、「かき尽くし、うち泣き、さめざめと」語り、唐后が夢に現れたことなども告げて、

むすびける契りはことにありけるを　この世かの世とたのみけるかな（四三〇頁）

と訴える。上句については、「ことに」を「殊に」と解する立場（『新註』『全注釈』）と、「異に」と解する立場（『大系』『全集』）とに分かれるが、後者を採りたい。下句の「この世かの世」は、夫婦の二世の契りをいう常套表現であるが、唐后のことを話題にした直後のこの歌では、『全集』の頭注に、「唐后との縁があるので、かの国この国の意も響かせる。」との指摘があるように、二重の意味で解したい。すると、この歌での中納言の訴えは、あなたは別の男と結ばれる宿縁であったが、それでもわたしが、現世・来世、二世にわたるあなたとの仲を当てにしたのは、日本と唐国とに隔てられ、かなわぬ唐后への憧れを支えてくれる特別な存在が、ほかならぬあなただったからだ、といった内容となろう。そして、それにつづけて、さらに訴えかけたことばが、次のようなものであった。

じつは、本書第七章において、いささかふれるところのあった箇所なのであるが、あらためてその全文を掲げ、検討の俎上にのぼせることとする。本文は、池田利夫編『浜松中納言物語〈五〉広島市立浅野図書館蔵』（一九七二年、笠間書院。一四六頁に影印を掲げた）により、翻字には私に句読点・濁点等を付し、補った文字は（ ）で括った。併せて、読解上の問題点をはっきりさせる便宜として、厳格・誠実な施注に学ぶところの多い『大系』の頭注（四二六〜四二七頁）・補注（五〇七頁）に示された口語訳を、対訳形式で見較べられるよう、補足部分を一部削るなど、文字数を調整のうえ、傍記した。

ままよ、 意外な他人への御なびきのことは、 自分の御意志で行なわれている事でもないのです。 私の胸が晴れそうもなく、 又、
よしや、思ひの外なるしほやく煙は、我(が)御心とある事にもあらずかし。我(が)むねのひまあき、
心が休まりそうもない（あなたとの）宿縁の憂うべきさまは、 あなたの御怠慢とばかり思うべきではありませんよ。 こんなふうな
心やすまるまじき契りのうれはしさは、人の御おこたりにのみ思(ふ)べきにあらずや。かばかり
有様では、 あなたを、雲居にあるものと聞きなし申し上げたままで 死んでしまうことだったでしょうのに、 あれほど、私が見た（あなたの）御様子でありながら、
にては、雲ゐにきゝなし奉りてこそは、命をとぢめ侍らましに、さばかり見し御ありさまながら、

「みえしられでは、えあらじ」《（私に）見られ知られないでは居られまいと、》と、おぼしよりけん人かたにより、《（あなたが）お思いつきになったようである、一つの方向のことによって、》宮の、わざと尋(ね)させ給へりしに、《宮がわざわざ（私を）おさがし求めあそばしていた時に、》御心のおもむき、思(ひ)侍るに、《（あなたの私に対する）お心持を思いますのにつけて、》すべて、よろづも、人とむまれけるよの思(ひ)いで、たゞ、この人ことにこそは、《このたった一つの事にこそ（あるのですよ）。》うれしく、あはれなるふしに、《うれしくしみじみと心にしみ入る点として、》この世ならでも、思ひ出(で)らるべうもこそ侍れ。《来世においてもきっと自然思い出されるはずのことです。》そればかりに、いのちをも、心をもかけて、「めぐらひ侍らんかぎりの御うしろみ、《（私が）この世に生きながらえましょう限りの（あなたの）御世話を、》いかでつかまつり侍らばや」《どうかして御奉仕申し上げたいものだ》と、思ひうかれ、《と思って心が落ちつかないで、》もろこしまであくがれまかりし心なれども、《唐土まで、ふらふらとひかれてでかけていった心なのですけれど、》「しられん」《（私に）知られようとお思いになった人（あなた）が、》とおぼしけるひともこそ、かばかり思(ひ)すて侍(る)よの、ほだしなりけれ。《これほどまでに思い捨てておりますこの世を思い捨てさせない束縛のたねでしたね。》（七四〜七六頁）

この中納言のことばについて、最新の注釈書である『全注釈』では、段落末にもうけた評において、吉野姫君に訴える中納言の言葉はやや大袈裟ではあるが、みずからの思いのたけをくまなく述べているようである。その最たるものは、「人と生まれける世の思ひ出、たゞこの人ことにこそは」という言葉である。苦しい息の下から中納言を求めた姫君の心に大いに感激し、式部卿の宮と契りを結んだことを承知のうえで、姫君を慰め、さらに誠心誠意の奉仕を尽くそうというのである。（一二六〇頁）

て我らうういく、ちくゝやうなきくみち
く恨々我のひとあるさすあおうあ（けや
ろひまあきのやすのかにいちりのうと
のくしのあをきのやうかすをうこ〜ゑなうし
かりまするりゆありん
ちうあるるをえあ　しゝつしゝりんさんのあしき
ころあるて作をゐつりとりんでんのおしき
くくてこ万世ていろとこそてあんする
つゝてこあのちあけろれのあわるれ
つれれもっこ、いくあをくし
うれんもろけろひゝいるけ
ちをんとにけつひをいやい
のあうくみうろたろき

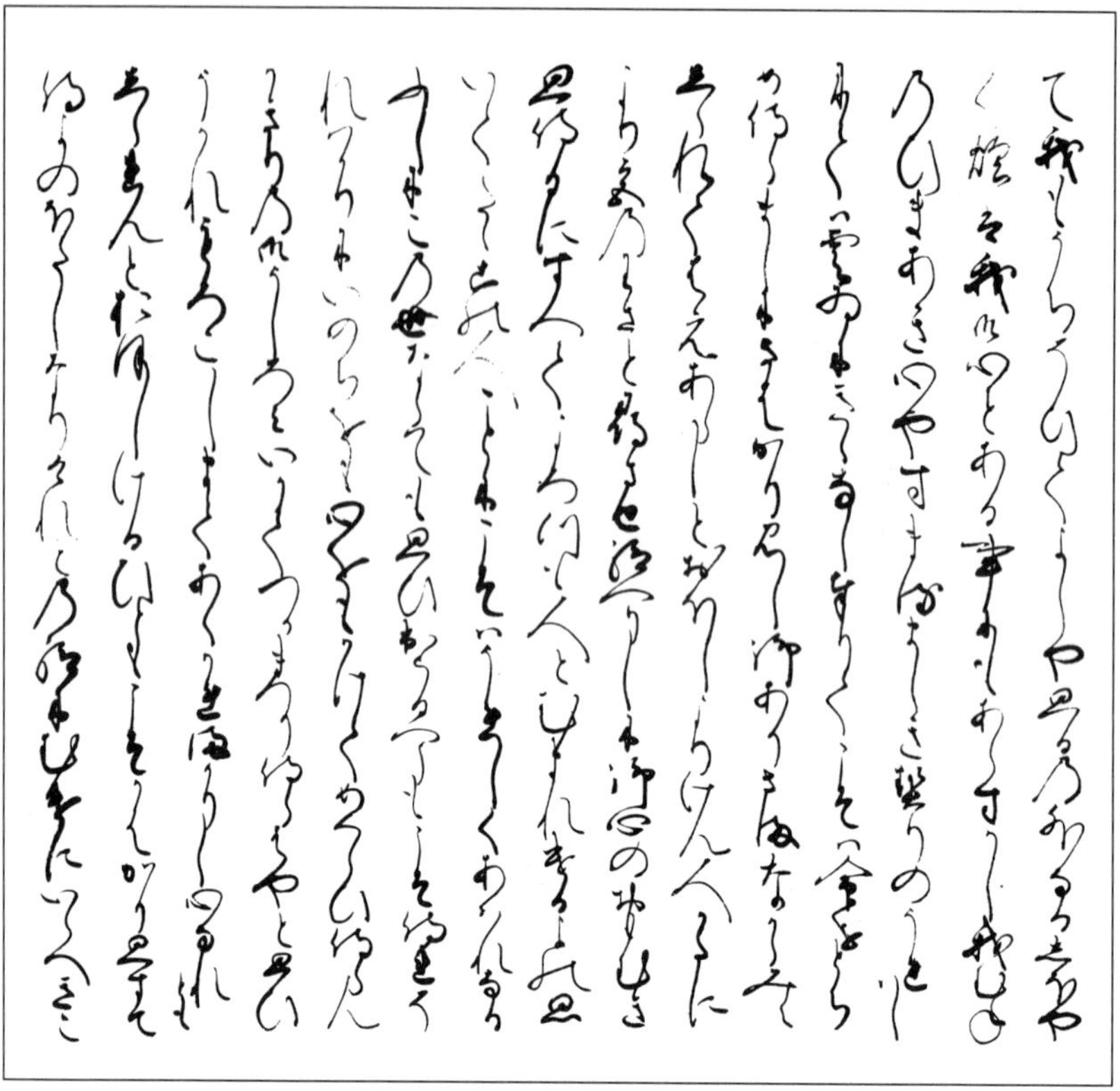

と述べ、『全集』の頭注でも、「中納言が、ここで「めぐらひはべらむかぎりの（姫君の）御後見」となる決意を表明する。」（四三一頁）と、注意を喚起している。

たしかに、式部卿宮のもとで人事不省に陥りながらも、宮からの問いかけに、「中納言に告げさせ給へ」（四一〇頁）と吉野姫君が答えたことで、中納言は宮から緊急の連絡を受け、ようやく姫君との再会がかなったのである。中納言は、そうした経緯を宮から知らされ、姫君が、「さばかり思ひ沈むらむ心にも、「われに知られむ」と思ひけるほどのかなしさ」（四一七頁）を思うと、深い感動を禁じ得なかった。ここでの中納言のことばに、「さばかり見し御ありさまながら、「みえしられでは、えあらじ」と、おぼしよりけん人かたにより、宮の、わざと尋（ね）させ給へりし」とあるのは、そのような事情を承けてのものである。ただし、なにを訴えたいのか、いわんとするところはほぼ理解できるのだが、「……と、おぼしよりけん人かたにより」とある「人かた」なる表現が、よくわからない。

二 「人かた」存疑

この「人かた」について、最終巻を含む最初の注釈書である『新註』では、本文を「一方《ひとかた》に」（三七八頁）と整定し、頭注に「吉野姫を指す。」と注記、「私に逢はないでは居られないとお思ひ下さつたあなたのお言葉により」と訳している。「一方」は、ひとりのお方、と解したのであろうか。「あなたのお言葉により」というのは、文脈に整合させようとした、かなり大胆な意訳である。

これに対して、『大系』の補注では、

「人かた」は尾上本も「人かた」である。「ひとかた→一方」の意とみて、「宮のものになった姫の心は大部分はそれにひかれているだろうが、一方（一方向）、つまり、一部分は自分（中納言）に見られ知られたいという心持がのこっている」というような意味での「一方」と解いたが、用例から考えても、なおすこぶる疑わしい。（五〇七頁）

として、本文・解釈に問題のあることを説いている。これについて、『桜楓』の頭注では、「「人かた」を「ひとかた」（一方）と解する説があるが、いかが。」（二二四頁）と疑義を呈しながらも、「人かた」についての解は示していない。『全集』では、「ひとかたに」（四三一頁）と本文を整定し、頭注で、

一方的に、の意。底本、尾上本とも「人かた」とあるのを、意によって改めた。姫君が、そう一途に思い寄られたからこそ、宮の心を動かせたとする。

と説き、『源氏物語』「総角」巻から「一方に」の用例を掲げたうえで、「私に見られ、知られないではいられないとお思いつきになったあなたお一人の力によって」と訳している。『全注釈』では、「人かた」の本文のまま、とくに先行諸注釈書への言及もなく、「私に会わないではようおれないとお思い寄りになったあなたお一人の思いによって」（一二五三頁）と口語訳する。

以上のように、「人かた」については、本文校訂も、訳出のしかたも、注釈書によってまちまちであり、いまだ解釈が定まっていないことが窺える。

三　「人こと」は「ひとこと（一言）」である

つづいて、中納言は、「すべて、よろづも、人とむまれけるよの思（ひ）いで、たゞ、この人ことにこそは」と語る。自分にとって、容易に得がたい人身を得たこの世を去るときの思い出とは、ほかならぬ「この人こと」なのであった、というのだが、ここの「人こと」がまた、わかりにくい（なお、浅野本・尾上本ともに「思いて」と表記しているのを、『新註』以下の諸注釈書、すべて「思ひで」と読むが、送り仮名「ひ」を補い、「思ひ出《いで》」と解した）。

「人こと」について、『新註』では、「一《ひと》こと」（三七八頁）と本文を整定し、「唯あなたとお目にかかることが出来たといふ此の一事によつて」と訳している。『大系』の頭注でも、「「人こと」は仮りに「一事」の意に解く。」（四二六頁）と説くいっぽう、補注では、

「人こと」は尾上本は「人」とだけあって、「こと」はその右傍下方に細書されている。「一事」の意としても「この世であなたとめぐりあったという一事」などの意とも解けようし、又、「一言」の意として「中納言につげさせ給へ」をさすものとも解けよう。（五〇七頁）

と、二様に解釈できることを述べている。

これを承けて、『桜楓』では、「「人こと」を「ひとこと」から「一事」ないし「一言」と解く。後者がよかろう。」（二二四頁）とする。『全集』では、

底本「人ことは」*とあり、尾上本は「こと」が補入傍記。尾上本の補入を除くなら「ただこの人にこそは」、

ひたすら姫君にこそ思い出が残る意となるが、底本の「人こと」を「一言」に改めた。「一事」とも解ける。（四三一頁）

＊「人ことにこそは」の誤り。

と頭注を施し、「あなたが私の名を呼ばれた、ただその一言にこそあるのです。」と現代語訳している。『全注釈』でも、

底本の「人こと」の箇所、尾上本は「(人ノ)下に補入の印を附し右傍下方に「こと」と細書せり。「人」は猶「一」の転々誤写か」（『尾上本浜松中納言物語』二七七頁）とあることから、「一言」と解する。いま「一言」として口語訳をしておいた。（一二五六頁）

と注釈があり、「ただこの一言でございます。」（一二五三頁）と訳している。

こうして見ると、「人こと」については、『大系』が別案として示した「一言」説が、その後は大勢を占めたことがわかる。

四　「人かた」も「ひとこと（一言）」である

ところで、「人こと」を「ひとこと（＝一言）」の当て字であると認めるならば、その「一言」とは、『大系』の補注にいうとおり、吉野姫君が息の下で式部卿宮に答えた、「中納言に告げさせ給へ」という「一言」を指していると見て過たないのであるが、ここで注意したいのが、「人とむまれけるよの思（ひ）いで、たゞ、この人こと（＝

一言）にこそは」と表現している点である。「この一言」というからには、これ以前に、当然、その「一言」についての言及があったはずである。そして、それは、疑いもなく、「さばかり見し御ありさまながら、「みえしられでは、えあらじ」と、おぼしよりけん人かたにより、宮の、わざと尋（ね）させ給へりし」とあるのが該当する。ところが、じっさいには、肝腎の「一言」の語が、そこには見当たらないのだ。そこで、よくよく観察すると、吉野姫君の「みえしられでは、えあらじ」との思いを承けて、式部卿宮が中納言をわざわざ探し当てた、とつづく文章の結び目にある「人かた」の文字が、あらためて注目されてくる。

「人かた」の解釈がいまだ定まらないこと、前述のとおりである。しかるに、吉野姫君の「みえしられでは、えあらじ」との思いが式部卿宮に伝わり、さらに中納言へと連絡が取られるためには、「中納言に告げさせ給へ」という「一言」が、なにより必要不可欠であった。だとすれば、この落ち着きの悪い文字「人かた」こそが、元来は、「ひとこと」だったのではあるまいか。さきに掲げた浅野本の影印でも、「人かた（可多）」と「人こと（己止）」の書体は、かなり近似しているように見える。

そうすると、ここは、「……と、おぼしよりけん（吉野姫君の）ひとこと（＝一言）により、宮の、わざと尋（ね）させ……」と読むことができ、そのように読みさえすれば、文意は、すこぶる明瞭となる。姫君の「ひとこと」について、中納言は、式部卿宮から、「からうじて息のしたに、「中納言に告げよ」と言ふやうに聞こえつる」（四一六頁）と聞かされただけで、直接耳にしたわけではない。「おぼしよりけん」と、過去の推量を表す助動詞が用いられているのは、そのせいである。そして、そのような姫君の「ひとこと」に対する深い思い入れの延長線上に、中納言は、「人とむまれけるよの思（ひ）いで」は、「たゞ、このひとこと」だ、とまで訴えるのである。このような確認を経て、諸注釈書を振り返ると、さきに、「文脈に整合させようとした、かなり大胆な意訳である」と述べた、『新註』の「私に逢はないでは居られないとお思ひ下さつたあなたのお言葉により」との解釈が、結果的には、もっとも正解に近かったことになる。

五　「このひとことにこそは。」で句点にはならない

次に、「人とむまれけるよの思（ひ）いで、たゞ、この人こと（＝一言）にこそは」について、検討してみたい。ここについては、『大系』が、「こそは。」と句点を打って以来、後続の『桜楓』『全集』『全注釈』、さらには『校訂』も、すべてそのように読むことで一致する。しかし、むしろここは、唯一の例外である『新註』のように、下文へつづく、と見るべきところではないだろうか。

繰り返しになるが、中納言にとって、瀕死の状態の吉野姫君が、最後にすがりたい人物として自分を名指ししたことへの感動が、その切々たる訴えの中核にある。そして、「こそは（あれ）。」で切ると、姫君のそのような「一言」が思い出そのものだ、という理解になる。しかし、この前後の文脈をよく見ると、「人とむまれけるよ」＝現世と、「この世なら」ぬ来世とが対比してあって、現世でのさまざまな（つらいこともあった）思い出が、ほかならぬあなたの「一言」によって（救われ）、来世においても、「うれしく、あはれなるふしに」思い出されるだろう、という展開なのである。それを、「こそは。」で止めてしまっては、ことばの自然なながれが分断され、中納言の痛切な訴えが台無しである。また、係り結びも、「この人ことにこそは」を、「思ひ出（で）らるべうもこそ侍れ。」が受けているのであって、「もこそ侍れ」の「こそ」のほうが、かえって不審・不要な文字である。語気を強めようとする意識が、よけいな重複を招いたものであろうか。

六　「思ひうかれ〜心なれども」は補足説明である

以上のような、「人とむまれけるよの思（ひ）いで」となる吉野姫君の存在の大きさを確認したうえで、中納言は、「めぐらひ侍らんかぎりの御うしろみ、いかでつかまつり（「つかまつり」は、尾上本「つかうまつり」――引用者注）侍らばや」と、姫君への終生変わらぬ後見を約束するのであるが、それ以下の解釈についても、『新註』の頭注に、「あくがれまかりし心なれど—或はこの下に若干の脱文あるか。」（三七八〜三七九頁）との疑義が出されているほか、『大系』の補注では、

「もろこしまで」以下「ほだしなりけれ」まで十分解しがたい。脱文があるのかも知れない。「もこそ」（中略）の意や、「かばかり」のさすもの、「思ひすて侍る」の目的語、さらには「もろこしまであくがれまかりし心なれども」とは何をいおうとしたのかなど、その他について、すこぶる疑わしいふしぶしが多い。（五〇七頁）

と述べ、『全注釈』にも、「このあたりのわかりにくさは中納言のあり余る思いに即して文言を展開するところから生じたのかも知れない。」（一二五六〜一二五七頁）との見解が示されている。しかし、「思ひうかれ、もろこしまであくがれまかりし心なれども」を、直前の決意表明についての補足説明と見れば、もろもろの不審も、すべて解消されるのである。

「思ひうかれ」は、『全集』の頭注に、「後見となる期待で心が「思ひ浮れ」」（四三一頁）というような、中納言の決意表明を承けることばではなく、下文につづく。『全注釈』では、「「思ひ浮かれ」の下に文を結ぶ語があれば、このあたりはわかりやすい。（中略）原文のままならば、「思ひ浮かれ」て渡唐したとしか解せない。」（一二五六頁）

とも述べているのだが、まさに、〈「思ひ浮かれ」て渡唐した〉といいたいのだ。中納言が、決意表明につづいて、わざわざ、「思ひうかれ、……」とことわり（補足説明）を入れるのは、みずからの過去の心の遍歴に照らしても、姫君の後見は当然のことだ、といった思いからなのであろう。ことさらに「もろこしまで」云々といっていることについて、『桜楓』の頭注では、

渡唐を「あくがれまかる」と表現すること、巻三、一四三頁にもあった。*転生した父宮に会うための渡唐が、唐后との縁を結び、さらにそのゆかりの人の世話をすることにあったが如く変容し、いまの中納言の生を支えている。（二二四頁）

*『全集』二八一頁。

と説くが、傾聴すべき意見であろう。『全集』の頭注でも、「故父宮の転生に始まった渡唐が、唐后との契りや若君の誕生、ゆかりの姫君へと連鎖する思いからか。」（四三二頁）と、同趣旨のことを述べている。

七　「それ」が指すのは「このひとこと」である

ところで、中納言の決意表明に先立つ、「そればかりに、いのちをも、心をもかけて」についても、検討しておきたい。さきの本文引用では、この部分の対訳が欠けているのであるが、それは、『大系』になにも注が施されていなかったせいである。では、なんの問題もないかといえば、そうともいえない。『大系』以外を見ると、『新註』の頭注では、「あなたとの真実のおつきあひの上にのみ私の身も心も懸けて」（三七八頁）と訳していて、「そればかりに」については、文脈を意識したかなり説明的な訳出となっている。『桜楓』には、特段の言及はない。『全集』

では、「私はそれくらい、命をも心をも投げ打って」（四三一頁）と現代語訳しているが、「それくらい」の意味するところが、曖昧である。『全注釈』では、「「それ」は吉野姫君を庇護すること。吉野姫君を守りお世話することだけに。」（一二五六頁）との注釈を加え、「それだけに命をも心をも捧げて」（一二五三頁）と口語訳している。

まず明らかにすべきは、「そればかり」の「それ」が指す内容であるが、唯一そのことにはっきり言及しているのが、『全注釈』である。ただし、「「それ」は吉野姫君を庇護すること。」という説明では、「それ」があとにくる内容を先取りしていることとなり、不審である。素直に読めば、「それ」は直前の内容を承けるはずであるから、「すべて、よろづも、人とむまれけるよの思（ひ）いで、たゞ、この人こと（＝一言）にこそは、うれしく、あはれなるふしに、この世ならでも、思ひ出（で）らるべうもこそ侍れ。」を承けて、そのなかでも、この世での特別な思い出となるはずだ、と訴えることばの中核にあるキーワード、「この一言」を指すと見るのが、順当である。そして、「ばかり」は、程度ではなく、限定の意。吉野姫君のあの「一言」があったという一事によって、わたしはこの世に命を繋ぎとめ、思いのすべてを姫君のために捧げて、「めぐらひ侍らんかぎりの御うしろみ、いかでつかまつり侍らばや」と決意した、というのである。

八　「ひともこそ」は「ひとこと（一言）こそ」である

そのあとにつづく「思ひうかれ、もろこしまであくがれまかりし心なれども」は、前述のように、決意表明についての補足説明なので、ことばのながれとしては、「「……いかでつかまつり侍らばや」と（思います）。」で、いったんは閉じられたのである。そして、あらためて、「「しられん」とおぼしけるひともこそ、かばかり思（ひ）すて侍（る）よの、ほだしなりけれ。」ということばでもって、中納言の訴えは結ばれる。そのうち、「かばかり思（ひ）

す て侍(る)よ」というのは、『全集』の頭注に、「中納言の気持としては棄てたはずの俗世」(四三二頁)とある説明が、妥当である。遡って巻四でも、中納言は、吉野姫君に向かって、

かたちをかへて(山奥に)入りなまほしけれど、ただひとところ(＝吉野姫君)をほだしに思ひ聞こえてなむ、さまでは、え思ひ立ちはべらず。(三六六頁)

と、みずからの思いを語り、姫君の手習の傍らに、

思ひわびあらじと思ふ世なれども　たれゆゑとまる心とか知る(三六七頁)

と書き添えるなど、姫君を、棄てても惜しくない俗世に繋ぎとめる唯一の「ほだし」であると、強く意識していた。

その前の、「「しられん」とおぼしけるひともこそ」については、「もこそ」の用法をめぐって、『大系』と『全集』とで意見が割れるが、内容そのものは、「「みえしられでは、えあらじ」と、おぼしよりけん人かた(→ひとこと)により」と述べていたことの、繰り返しである。すると、ここでにわかに気になってくるのが、『新註』以来、これまで一貫して、「「……とおぼしける人もこそ」と読まれてきたこの箇所も、「人かた」が「ひとこと」からの転訛であったように、同じく、「ひとこと」とあったものを誤写して「ひとも」となったのではないか、という疑いである。「こと(己止の合字)」と「も(毛)」が紛れやすい文字であること、いうまでもない。ここを、「「しられん」とおぼしけるひとこと(一言)こそ」と読むならば、「もこそ」は悪い事態を予測するのが通例だが、ここでは強調である、などという説明も不要となり、すんなり強調表現として、下につづけて読むことができる。ただし、右に掲げた巻四の例もそうであるのだが、「ほだし」は、多く、束縛する人について用いられることばなので、「ひとも(人も)」を「ひとこと(一言)」と改めることで、かえって違和感を覚える表現になった、との批判は、あり得

るかもしれない。『全注釈』では、「思(ひ)すて侍(る)よの、ほだし」について、『古今和歌集』の、

世の憂きめ見えぬ山路へ入らむには　おもふ人こそほだしなりけれ(巻十八・雑下・九五五番・物部良名)

による旨、注釈で指摘してもいる。この歌は、巻四に、「いかならむ見えぬ山路もがな」(三二〇頁)、最終巻でも、「いかならむ見えぬ山路にも行き隠れにしがな」(四四八頁)と引かれるほか、『源氏物語』などでも、しばしば引歌に用いられている。

しかしながら、ここまで縷々述べてきたように、中納言の吉野姫君への訴えかけの内実を見定めるとき、その思いの中核にあるのは、紛れもなく、「中納言に告げさせ給へ」と姫君が口にした「ひとこと」への、絶対的ともいうべき傾倒であった。さらには、「ほだし」の例として、同じく『古今和歌集』には、

あはれてふ言《こと》こそうたて　世の中をおもひはなれぬほだしなりけれ(巻十八・雑下・九三九番・小野小町)

という歌もあり、そこでは、「あはれてふ言」が「ほだし」とされているのだ。この歌の表現は、一首全体が中納言のことばとも重なりあっていて、あるいは、小町の歌を念頭に置いた物言いであったか、とさえ思われてくる。ならば、「「しられん」とおぼしける(あなたの)ひとことこそ【=あはれてふ言こそ】、かばかり思(ひ)すて侍(る)よの【=うたて世の中をおもひはなれぬ】、ほだしなりけれ【=ほだしなりけれ】。」と読み解くことは、なんら不自然な点がないばかりか、そのように読んではじめて、吉野姫君への終生変わらぬ後見を誓った中納言が、その思いの原点をあらためて確認することばとして、重くひびいてくるのである。

九　おわりに――吉野姫君の「ひとこと」への中納言の思い

最後に、ここまでの検討結果を踏まえた校訂本文を作成し、以下に掲げておく。改訂した箇所には圏点を施し、〔　〕内に簡単な説明を付すとともに、文脈を辿りやすくするため、同じく〔　〕に括って主語や説明を補った。

よしや、思ひの外なるしほやく煙〔＝姫君がほかの男と結ばれたこと〕は、我〔＝あなた〕（が）御心とある事にもあらずかし。我〔＝中納言〕（が）むねのひまあき〔＝「あくまじき」の意〕、心やすまるまじき〔あなたとの〕契りのうれはしさは、人〔＝あなた〕の御おこたりにのみ思（ふ）べきにあらずや。かばかりにては、〔あなたのことを〕雲ゐにきゝなし奉りてこそは、〔わたしは〕命をとぢめ侍らましに、〔あなたが〕さばかり見し御ありさまながら、「〔中納言に〕みえしられでは、えあらじ」と、おぼしよりけんひとこと〔「人かた」を改訂〕により、宮の、わざと〔わたしを〕尋（ね）させ給へりしに、〔あなたのわたしに対する〕御心のおもむき、思（ひ）侍るに、すべて、よろづも、〔わたしが〕人とむまれけるよの思（ひ）いで、たゞ、この〔あなたの〕ひとこと〔「人こと」を改訂〕にこそは、うれしく、あはれなるふしに、この世ならでも、〔わたしは〕思ひ出（で）らるべうも侍れ〔「もこそ侍れ」を改訂〕。それ〔＝あなたの「ひとこと」〕ばかりに、いのちをも、心をもかけて、「〔わたしが〕めぐらひ侍らんかぎりの〔あなたの〕御うしろみ、いかでつかまつり侍らばや」と〔思います〕。――思ひうかれ、もろこしまであくがれまかりし〔わたしの〕心なれども……。「〔中納言に〕しられん」とおぼしける〔あなたの〕ひとこと〔「ひとも」を改訂〕こそ、かばかり〔わたしが〕思（ひ）すて侍（る）よの、ほだしなりけれ。

その趣旨は、けっきょくのところ、「よしや」から「人の御おこたりにのみ思（ふ）べきにあらずや。」までが、中納言の歌の上句、「むすびける契りはことにありけるを」に対応し、以下の、ひたすら吉野姫君の「ひとこと」にこだわった訴えが、下句、「この世かの世とたのみけるかな」に相当するものであることに、気づかせられる。つまり、歌にこめた思いを、さらに詳しく説明して聞かせたのが、このことばだったのである。

以上、本章では、『御津の浜松』最終巻の、中納言が吉野姫君に苦しい胸のうちを訴え、終生変わらぬ後見の決意を表明するに到ることば全体を取り上げ、つぶさに検討を加えた。その結果、浅野本を翻字したかぎりでは、「人かた」「人こと」「ひとも」と、別々のことばにしか見えないものが、詳細に内容を吟味してみれば、すべては、姫君が式部卿宮に答えた「ひとこと」へと、収斂すべきものなのであった。そして、中納言にとってその「ひとこと」とは、姫君が、いわば命がけで、自分のもとへの帰還を願った証しだったのであり、そのことを思うと、かれの魂は激しくゆさぶられ、おのが全身全霊をかけて応えねばならぬ、「人とむまれけるよの思（ひ）いで」とも、意識されることとなったのである。

吉野姫君の「ひとこと」については、はやくに『無名草子』でも、

また、吉野山の姫君も、いといとほしき人なり。式部卿宮に盗まれて、思ひあまるにや、「中納言に告げさせたまへ」と言へるこそ、あさましくいとほしけれ。（二三八頁）

と評していて、『御津の浜松』を読み解くさいの、まさに勘所であることを、的確に押さえていたのであった。

中納言の訴えかけに、吉野姫君は、「むげにいらへ聞こえず、沈み入らむもいぶせき心地」がして、

死出の山越えわびつつぞ帰り来し　たづねぬ人を待つとせしまに（四三二頁）

と、かろうじて答えた（中納言の「むすびける」の歌への返歌。なお、『全注釈』では、中納言の歌を「独詠」［一一五〇頁］

と解しているが、いかが）のであったが、物語のなかで、これが、中納言に対しての、姫君の最後の歌となる。姫君は、さらにこのあと、式部卿宮の詠んだ歌に答えて、はじめて、

ことの葉やながき世までもとどまらむ　身は消えぬべき道芝の露（四三五頁）

と歌を返し、こちらが、物語内での、姫君の最後の歌である。いずれの歌にも、死の影が色濃く落ちているが、そのことは、物語の最終局面では描かれない、姫君の行く末（死）を、暗示するものではあろう。それとともに、これらが、姫君とかかわったふたりの男へ向けた、かの女からの永訣の歌でもあるように見えるのは、筆者の思いすごしであろうか。

本書を『御津の浜松一言抄』と題した理由については、序言に、「「一言」とは、最終巻を読み解くなかで、キーワードのひとつであると考えるようになったことば、「ひとこと」にちなんでいる。その事情については、本書第八章において、詳しく述べるとおりである。」（四頁）と述べたところであるが、本章での具体的な検討結果により、納得できるものとなったであろうか。

それにしても、中納言の吉野姫君の「ひとこと」への、身を投げんばかりの傾倒ぶりを見るとき、現存本の始発となる巻一以来、唐后を中心に据え、かの女への憧憬を力に展開してきたはずの、そしてまた、最終巻に到ってもなお、その絶対性が揺らぐことはないものの、中納言の心情に即して描かれるこの物語の興味は、もはや唐后を置き去りにするところにきてしまった、と評さざるを得まい。それほどに、最終巻における吉野姫君の存在とは、行方不明にしている間の、果てしない「むねいたきおもひ」を経て、式部卿宮の思い人となった事実を受け入れつつも、「妹背」と偽ることで姫君との絆を確保しようとするなど、中納言じしんは認めたくないのかもしれないが、姫君は唐后のゆかりの人であるから大切だ、とする自己欺瞞を裏切るようにして、ほとんど拝跪の対象（それ

は、肉への欲求の色濃いものであるが）となった感さえある。そして、これこそが、この物語の到達した、「心用ゐ、ありさまなどあらまほしく、この、薫大将のたぐひになりぬべく、めでた」（『無名草子』二三五頁）い、いわば〈理想の主人公〉たる中納言の、心の極北でもあった。となれば、必然のごとく、そのような物語は、ここで幕を下ろすほかあるまい。

あらためて思うことなのだが、この物語から浮かび上がってくるのは、徹頭徹尾、良くも悪くも、中納言の独擅《どくせん》場《じょう》と評するほかないものであった、ということである。散逸首巻から最終巻に到るまで、夢や転生、思いがけない契りと妊娠、裏切りと復讐など、混乱や動揺をともなうさまざまな事態も、すべてひとり、中納言へと回収されることで、物語は収束してゆく。とすれば、本書では退けた『浜松中納言』という通行の題号も、結果として見れば、この物語の本質に即した絶妙の呼称であったわけであり、そのことに、巡りめぐって想到したのでもあった。

第九章　「玉しゐのうちに心をまどはすべかりける契り」考

――最終巻本文の再検討（二）――

一　問題の所在

本書第八章では、最終巻の終盤に見える、中納言が吉野姫君へ訴えかけたことばを問題としたのであったが、本章では、その場面の直後、立坊を目前に控えた式部卿宮が、そうなっては禁中に縛りつけられ、自由に会うことができなくなるとの思いから、無理な算段をして夜ごとに姫君のもとを訪れ、思いのたけを訴えるのを、姫君がどのように受け止めたのかについて、検討してみたい。本文は、池田利夫編『浜松中納言物語〈五〉広島市立浅野図書館蔵』（一九七二年、笠間書院）により、翻字には私に句読点・濁点等を付し、補った文字は（　）で括った。

めでたくいみじき中納言の、たゞいとなつかしう、あはれに、かぎりなうもてなし給（ふ）を、またなくたのむかげに見なれにし心なれば、「ゆくりもなくあさましういみじ」と思ひししみ奉りぬる心なれば、「およびなうさへなり給（ひ）なば、我（が）身は、なにとかはたち出（で）見えたてまつるべき。我（が）身の玉しゐのうちに、心をまどはすべかりける契りばかりに、しばしかゝりけるにこそは」と思ひしらるゝに、あひなうはづかしうのみ思ひまさらるれど、人がらのなよ〳〵となつかしうらうたげなるに、いとありしやうに涙をながし、きえかへりなどは、いかでかは。（七八〜七九頁）

まず、問題点の確認のため、『大系』（四二八頁）の頭注に示された口語訳によって文脈を辿ると、――「（姫にとっては）立派で大変すばらしい中納言が」、「たゞいとなつかしうあはれにかぎりなう」「姫をお世話なさるのを」、「類なく頼みにする庇護者として」「見なれにし心なれば」、「「思いがけなくあきれるほどでひどくつらいことだ」と（宮のことを）身にしみてお思い申し上げてしまっている（姫の）心なので」、「（宮が東宮に立たれて、自分などの手のとどかない境遇にまでおなりになってしまうならば、自分の身は何だって（宮の前に）立ち出て見られ申し上げることができようか。」――となり、ここまでの理解については、とくに異を唱えるところもないように思われる。

ところが、一転して、理解に苦しむのが、つづく一文「我（が）身の玉しゐのうちに、心をまどはすべかりける契りばかりに、しばしかゝりけるにこそは」である。

ただし、それにつづく「と思ひ知らるゝに」以下も、とくに解釈に窮するようなところはない。「あひなう」以下も、『大系』の頭注の口語訳によって辿れば、――「恥ずかしがったところで無意味ながら、ただ恥ずかしくばかり思う心が自然一段とますけれど」、「（姫の）人がらがなよなよと馴れしたしみたい感じがして可憐な様子なのに、（今は姫は中納言を頼みにし切って）以前のように涙を流し、幾度も気を失いなどはどうしてしようか。」――となり、よく理解できる。

二 「我（が）身の玉しゐのうちに、……」存疑

その問題となる一文について、まずは、諸注釈書の説くところを確認しておこう。

『新註』では、「およびなうさへ」以下について、頭注で、

> 姫の心中。自分が宮の許にかうしていつまでも閉ぢ込められてでもゐて、中納言がどうにも手の出しやうがなくなられでもしたら、自分は何としてか宮の許を逃れ出て中納言に厄介になることが出来ようか。自分といふこの身は、魂の中にある心を惑はすべき運命のきづなにのみ暫し引つ懸つてゐて、それでどうすることも出来ないのであらう。（三八〇頁）

と説く。傍線部の口語訳が『大系』の解釈と大きく異なっていて、その影響が圏点部にも及んでいる。それにしても、「魂の中にある心を惑はすべき運命のきづな」とは不思議な言いまわしであり、どのような意味なのか、じゅうぶんには汲み取りがたい。

ついで、『大系』では、まず、頭注において、

> 「（気がついてみれば）自分の身の魂のなかでもとりわけて、心をまよわすはずであったのだった（前世の）約束程度のことのために、しばらくこんなふうに（宮と夫婦で）あったのであろう」の意か。「こそは」の下に「あらめ」など省略。→補注九三〇。（四二八頁）

と説き、さらに、補注でも、

「玉しゐのうちに」の「うちに」を仮りに「そのなかでも別して」の意（中古に用例がすくなくない）と解いて、「まどはすべかりける」にかけたが、魂と心との関係その他よくわからないふしが多い。再考すべきである。（五〇八頁）

と、問題点を指摘し、「再考すべき」としている。

つづく『桜楓』には、特段の言及はない。

『大系』の疑問に答えるかたちになったのが、『全集』であり、そこでは、本文を「たましひ」と整え、頭注において、

身に宿って心の働きをつかさどる霊魂。これが遊離すると心は「まどふ」が、「まどはすべき契り」があっても同じという。『源氏』夕霧「たましひをつれなき袖にとどめ置きてわが心からまどはるるかな」。（四三四頁）

と説明し、「わが身に巣食う魂の中に、心を乱させようとした因縁ほどのものがあるために、しばらくこんなことになったのだろうと自然悟られるので」と現代語訳している。

最新の『全注釈』では、語釈において、

○我が身の玉しひのうち　「我が身の玉しひ」は自身の心の奥底をさす語句か。「人を思ふ我が身の魂はなからなむむなしきからは嘆きしもせじ」（宇津保物語・藤原の君、風葉集・巻十四・一〇三七）

○かゝりけるにこそは　このようであったのであろう。「こそはありけれ」「こそはあれ」などの形で終わっていたのだろう。「かゝりける」とは式部卿の宮と夫婦の関係でいたことをいう。もちろん吉野姫君の望んだことではない。（一二六四頁）

と説き、「自分の心の奥底に、心を困惑させようとした因縁のようなものがあるために、しばらくはこのようなことになったのであろう」（二二六二頁）と口語訳している。

以上、いずれによるとしても、残念ながら、ことごとく明瞭を欠くと評さざるを得ないのであるが、問題点を絞り込むと、『大系』の補注が的確に指摘したように、なによりもまず、「魂と心との関係」がわかりにくい。そのため、『全集』では、「魂と心との関係」について、苦心の説明がなされているのだが、正直のところ、それでもなお、釈然としないものが残る。『全注釈』では、さらに、「我（が）身の玉しゐ」という表現にも着目するのだが、用例に掲げられた歌の「我が身の魂」は、「自身の心の奥底をさす」ような意味ではないし、「魂と心との関係」については、『全集』が、「(「魂」とは――引用者注) 身に宿って心の働きをつかさどる霊魂。これが遊離すると心は「まどふ」」とする説明以上に出るものはない。けっきょく、さまざまな説明をもってしても、いまだ納得のゆく解釈に到り着いていない、とするほかない注釈の現状なのである。

三　吉野姫君と「たましひ」

それにしても、「たましひ」とは、しごくありふれたことばのようにも思われるのだが、じっさいにはどのように使われる語であったか、吉野姫君にかかわる物語のながれに沿って、確認してみたい。すると、第八章で問題にした場面のすこし前、式部卿宮のもとから中納言によって連れ戻されて以降、しだいに姫君が恢復する様子を描くなかに、次のように見えている。

見し人ひとりも身に添はず、ゆくへも知らぬうはの空にただよひて、あさましくいみじきに、「中納言も、わが心とあくがれ出でたるとや心得給へらむ」と思ふかたの、いみじうわびしきに、月ごろいみじう思ひくづほれ弱りたる人の、はかなき湯をだに見も入れず、夜昼涙ばかりに浮き沈みたるに、たましひも身に添はずあくがれはて*、かぎりのさまになり給へりしを、ふるさとに立ち帰り、見馴れし人々の中にてなげきあつかはれ給ふに、やうやうたましひもしづまり、心もすこしなぐさみ給ふままに、かぎりある御命のほどは、さのみもえ沈みはてられず、生きかへりたるやうにおぼえて、あるかなきかに弱ういみじきなかにも、いとありしやうにはあらずなりゆき給ふ。（四二七～四二八頁）

＊「はて」は尾上本。底本「はて〻」。

ここでも、『大系』の頭注（四二三～四二四頁）・補注（五〇六頁）に示された口語訳を辿ることで、文脈を追ってみよう。――「（式部卿宮から誘拐されたときは）自分の見知った人が一人も身に添わないで、どこへ行くのか行方もわからない中空にただよっているきもちがして、意外でひどく悲しいのに、「中納言も（私が）自分の（自発的な）心でふらふら浮かれ出ているのだと心得ていらっしゃるのであろう」と思う点がひどく（気落ちがして）つらいために、この数か月来ひどくがっかりして衰弱している人（吉野姫）が、①ほんのちょっとした（飲食物である）湯をさえも見向きもしないで、夜昼（流す）涙に浮き沈んでばかりいるので、魂も身に添わずに離れてふらふらとすっかり抜け出して、命が絶えてしまうような様子になっていらっしゃったのに」、②「（今は）住みなれた里に帰って」、「見なれし人々の中にて」「心配のため息をつきつき看護されなさるうちに」、「だんだん（離れて出ていた）魂も落ちついて」、「心もすこしなぐさみ給ふままに」、「（いつまで生きるという）限定のある御寿命のあいだは、そうばかりも沈み果てることもできなくて」、「生きかへりたるやうにおぼえて、あるかなきかに弱う」「ひどく衰えている中でも」、「いと」「以前のようではなくなって行きなさる。」――このように理解して、とくに問題はないだろう。

整理すると、吉野姫君は、式部卿宮に匿われているあいだ、絶望のあまり、〈魂〉が身体から離れて、絶命寸前となっていた（傍線部①）。それが、中納言のもとに連れ戻されてからは、手厚い看護のもと、身体から離れていた〈魂〉も落ち着いて、絶望感も緩み、生気を取り戻してきた（傍線部②）、というのである。すなわち、〈心〉が激しく動揺すると、〈魂〉が身体から遊離し、その結果、身体に甚大な影響が出て、生死にかかわる事態となる、というのが、「魂と心との関係」の基本的なありようなのであった。

この物語のなかに「たましひ」の用例は、じつは五例しかない。残りの二例のうち、ひとつは、吉野姫君が式部卿宮によって清水から誘拐されたさいの様子を、

「こはいかなることぞ」と思ひまどひ給ひて、やがて、たましひもなく、ものもおぼえず、消え入るけしきなるを、（下略）（四〇一～四〇二頁）

と描いているものであり、右に整理した、「〈心〉が激しく動揺すると（＝思ひまどひ給ひて）、〈魂〉が身体から遊離し（＝たましひもなく）、その結果、身体に甚大な影響が出て、生死にかかわる事態（＝消え入るけしき）となる」という説明に、ぴたりと合致する。いまひとつは、いうまでもなく、物語掉尾のあの一文である。

（上略）とあるを見るに、「見し夢は、かうにこそ」とおぼし合はするにも、いとどかきくらし、たましひ消ゆる心地して、涙に浮き沈み給ひけり。（四五一頁）

中納言の動揺と閉塞した暗澹たる心情を表現するこの一例を除けば、四例すべてが、吉野姫君にかかわるものなのであった。

こうして見てくると、さきに『全集』が、「これ（＝魂）が遊離すると心は「まどふ」」と説明していたのは、関

係性の順序立てが、あべこべだったことになる。しかし、そのような無理を冒しでもしないかぎり、ここを解くことは困難だった、ということでもあろう。それゆえ、「魂と心との関係」についての尋常な理解に基づいて、あらためて、「我（が）身の玉しゐのうちに、心をまどはすべかりける契りばかりに、しばしかゝりけるにこそは」という一文を解釈しようとしても、説明がつかないことに、なんの変わりもなかったのである。よって、このままの状態では、論理的に破綻していて、まったくお手上げというほかないのだ。

では、どのようにすれば、この難文を読み解くことが可能になるか、視点を変えて考えてみたい。

四 「心をまどはす」吉野姫君

そこで、解釈の混迷をもたらす元凶ともいうべき「玉しゐのうちに」という表現についてはしばらく措いて、つづく、「心をまどはすべかりける契りばかりに、しばしかゝりけるにこそは」がいわんとするところについて、考えてみたい。すると、虚心に本文に向き合うとき、「契り」というのは、常識的に考えて、吉野姫君にとっての、式部卿宮との間に結ばれた奇しき宿縁を指す、と見るのが自然であろう。そして、同様の表現は、後文にも見えているのである。

さきの引用文において、吉野姫君は、式部卿宮が「およびなうさへなり給（ひ）なば、我（が）身は、なにとかはたち出（で）見えたてまつるべき」と思っていたのであったが、ほどなくそれは現実のものとなり、宮は、「およびな」き位である東宮となった。すると、さっそくに関白の姫君が裳着を終えて参内するなど、新東宮をめぐる人間関係には、大きな変化が現れる。そうした記述を承けるかたちで、吉野姫君の様子が、次のように描かれている。

おほかた、吉野のわたりには、かかることどもを雲居はるかにうち聞きつるわが身の、あとはかなきありさまを思ひ知るに、さばかりの夢を見て、しばし心をまどはすべくこそありけめ、また行き逢ひ見たてまつらむ思ひは離れはてたれば、いみじう書き尽くさせ給ふ御文なども、目とどめらるる折もなし。かげろふなどのあらむ心地する身なれば、「いかに」など、ものを思ひめぐらす心だになし。（四三九頁）

＊「つる」は尾上本の本文。底本は「つゝ」である。

ここでも、『大系』の頭注（四三一頁）・補注（五〇九頁）に示された口語訳によって、文脈を辿っておく。――「大体、吉野姫のところでは、こうした（関白の姫君が宮中に入られたというような）事の数々を、（自分とは隔絶して）雲居はるかな宮中のこととして聞いたわが身の、心細いありさまを思い知るのにつけて」、「（宮の寵愛をうける身となったと思ったのは現実のことではなくて）そういうような夢をみて、しばらく心を混乱させる筈のことだったのであろうが、二度と行き会ってお目にかかり申し上げよう気はすっかりなくなってしまっているから、（宮の）大変行きとどかぬ所のないまでにお書きあそばす御手紙なども自然目がとまるようになる折もない。」「（あるかなきかのはかない身の）かげろうなどが、（かろうじてこの世に）生きているような気持ちがする身なので」、「どのように（したらよかろう）」などと物事をあれこれと考える気持ちさえもない。」――以上、おおむね穏当な理解であると思うのだが、引用本文に注記したように、「雲居はるかにうち聞きつるわが身の、あとはかなきありさまを思ひ知るに」は、底本に従えば、「……うち聞きつつ、わが身のあとはかなきありさまを……」と読むべきであり、そのほうが、より自然な文脈になると思われる。『全集』には、尾上本によって改めた旨のこともないので、なぜ「つゝ」の本文でないのか、不審である。たんなる不注意であるにしては、『大系』の本文もまた「つる」となっているので、なにか事情があるのかもしれないが、よくわからない（同じく浅野本を底本とする『桜楓』『全注釈』『校訂』の本文では、正しく「つゝ」となっている)。

これを問題の一文と比較するとき、次に対照するように、きわめて密接な照応関係が認められる。

「[A]およびなうさへなり給（ひ）なば、[B]我（が）身は、なにとかはたち出（で）見えたてまつるべき。我（が）身の[C]玉しゐのうちに、心をまどはすべかりける契りばかりに、しばしかゝりけるにこそは」と、[D]思ひ知らるゝに、（下略）

[a]かかる事どもを雲居はるかにうち聞きつつ、わが身のあとはかなきありさまを[d]思ひ知るに、[c]さばかりの夢を見て、しばし心をまどはすべくこそありけめ、[b]また行き逢ひ見たてまつらむ思ひは離れはてたれば、いみじう書き尽くさせ給ふ御文なども、目とどめらるる折もなし。

A・Bにおいて、吉野姫君は、式部卿宮が立坊した場合を想定して、そのようになれば、自分のような者は、どうして宮中に出向き、宮に会うことができようか、と考えていた。それを承けて、a・bでは、立坊後の宮の動静を、宮中から遠く離れて伝聞しながらも、再び宮と会うような思いは、すっかり姫君の念頭から消え去った、とする。Dとdでは、姫君が、わが身の不運、はかなさを、痛感している旨が繰り返される。そして、問題のCとcであるが、cでは、あのように宮と夢のような（現実のものとは思えない）関係をもち、そのことで、「しばし心をまどはす」ほかない、わたしの運命であったのだろう、という。それに対して、Cのうち、「心をまどはすべかりける契りばかりに、しばしかゝりけるにこそは」でも、「心をまどはす」ほかない宮との宿縁があったというだけで、「しばし」このような（宮との関係をもつ）ことになったのだろう、といっている。すなわち、Cにおいても、cにおいても、宮と不本意な関係をもったことが、姫君にとって、「しばし」みずからの「心をまどはす」、逃れ得ぬ前世からの宿命だった、というのである。このように見てくると、「玉しゐのうちに」は、もはや必要のない表現であったかとさえ思われてくる。

五　「玉しゐ」は「玉しき」の誤りか

ところで、右のような対比をしていて気づかせられるのが、式部卿宮の存在は、吉野姫君にとって、〈遠いもの〉として認識されていることである。Aの「(宮が)およびなう(東宮に)さへなり給(ひ)なば」、Bの「我(が)身は、なにとかは(宮中に)たち出(で)見えたてまつるべき」、aの「かかる(立坊後の)ことどもを雲居はるかに(宮中から離れた場所で)うち聞きつつ」、bの「また(宮中で)行き逢ひ見たてまつらむ思ひは離れはてたれば」、すべてにおいて、そのような意識を汲み取ることができる。〈遠いもの〉というのは、ひとつには身分の懸隔であり、いまひとつには宮中という特別な場所との距離である。そして、姫君の「心をまどはす」運命は、〈遠いもの〉と思っていた人と場所とによって、その身に降りかかってきたものなのであった。

吉野姫君が、みずからの運命をそのように意識していることを念頭に置き、あらためて、「我(が)身の玉しゐのうちに、心をまどはすべかりける契りばかりに、しばしかゝりけるにこそは」を読んでみると、従来、『大系』以下、すべての注釈書が、「我(が)身の玉しゐのうちに」と、ひとつづきに読んできたことに、そもそもの躓きがあったように思われる。ここを、「我(が)身の、玉しゐのうちに心をまどはすべかりける契りばかりに、しばしかゝりけるにこそは」と、読点の位置を変えて読めば、「我(が)身の」は「契り」につづくこととなる。[1]そして、「玉しゐのうちに心をまどはすべかりける契り」というのは、「〈遠いもの〉であったはずの人と場所とによって、この身に降りかかってきた」運命についての、姫君じしんによる捉え直しであろうと考えられる。すると、「玉しゐ」は、ことさら「心」と関連づけるような性質の語ではなく、「心をまどはす」べく定められた、「〈遠いもの〉

であったはずの人と場所」を指すことばだったのではあるまいか。そこで浮かんでくるのが、「玉しゐ」は、あるいは「玉しき」の誤写ではなかったかという疑いであり、「玉しきのうちに」と改めれば、都のなかにおいて、あるいは、宮中において（そこに住まう高貴なかたのせいで）、の意と見ることができそうなのである。

「玉しき」の語は、「玉しきの庭」のかたちで、禁中の庭を表す例が、中世の和歌等に散見する。『方丈記』の冒頭に、「たましきの都のうちに棟を並べ、甍を争へる高き賤しき人の住ひは」（一五頁）とあったのも、おのずと想起されるが、中古の用例には乏しい。それでも、同時代のものとして、『相模集』に、次のような例が見られる。

いみじう思ひける人（＝女）を筑紫にやりたる人（＝男）の、「かたらたはむ」といひければ、「さりとも、「けしきのもりにはえやあらざらむ」と思ふこそつつましけれ」といひやりたれば、「おしけつばかりも、などや」といへる人（＝男）に、これより、

あづまぢのささのわたりは　たましきのかたはしにだにあらじとぞ思ふ（一三九番）

＊大隅国の歌枕「けしきの杜」に、「気色の漏り」を掛ける。

「あづまぢの」の歌を、武内はる恵・林マリヤ・吉田ミスズ共著『相模集全釈（私家集全釈叢書12）』（一九九一年、風間書房）では、「東国の方のささのあたりに住んでいたような身分の私など、都の美しい住まいにいられるあなたの恋人として、片隅にだっていられまいと思います。」（二〇〇頁）と通釈し、「たましきの」について、「玉を敷いたように美しい場所の。「東路のささのあたり」と対比させて、男の居る都の立派な屋敷、あるいは宮中をいう。」（二〇一頁）と語釈をつけている。また、『定頼集』（『新編国歌大観 第七巻』所収本）にも、

ある人に、式部卿の宮（＝敦康親王）あひ給ふとききて、いひやる

かよひすむ人にとはばや　玉しきの宮とわらやといづれねよしと（一三一番）

と見え、森本元子著『定頼集全釈（私家集全釈叢書6）』（一九八九年、風間書房）では、「玉しきの」に語釈して、「「宮」の枕詞。」（一二四頁）とする。そのほか、『能因歌枕』（広本）に、「たましきとは、みやこなり。」（『日本歌学大系　第壱巻』［一九四〇年、文明社］一三〇頁）とし、『俊頼髄脳』にも、「京　たましきの　といふ」（九二頁）とあるのも、ここを「玉しき」からの誤りと判断する蓋然性を高めるものといえよう。

以上から、「玉しゐ」を「玉しき」と改め、改訂した本文により解釈を試みれば、「我（が）身の」以下は、「わたしじしんの、宮中に身をおいて心を惑わす定めであった宿縁ひとつによって、一時的に式部卿宮と関係をもつこととなったのであろう」と解することができ、そのように読むことが許されるならば、前後の文脈にも、違和感なく溶け込むのである。

注

（1）唯一、『新註』の本文が、「吾が身の、魂のうちに、心をまどはすべかりける契ばかりに」と読点を付しているのだが、前掲した頭注の口語訳からは、「吾が身の」は「かかりけるにこそは」にかかるものと見ているようである。

補説　最終巻校訂・解釈雑記

　最後に、本書各章で個別に検討したことも含めて、最終巻の本文校訂や解釈、文脈理解にかかわる問題箇所を、物語のながれに沿って順次取り上げ、簡明に私見を添えておくことにする。本書の意図するところからすれば、最終巻すべての校訂本文と、それについての注釈（さらには対訳）を完成し、江湖に提供するのが理想であろうが、ひとえに筆者の菲力ゆえ、断念した。いまだ手控えの域を出ないものであり、取り上げかたも、繁簡入り混じり、雑然の感をまぬかれないが、多少なりとも、諸注釈書において読み深められた蓄積のうえに、あらたな問題を提起し、さらには問題解決のいとぐちを示し得ているならば、望外の喜びである。ちなみに、用例や参考として、『源氏物語』などではなく（『全集』では、「凡例」［一四頁］にもことわっているとおり、類似表現の指摘や語義説明のために、『源氏物語』の用例が駆使されている）、しきりに『今とりかへばや』を引用していることが目につくであろうが、これは、本書第五章（一一二頁）でふれたような問題意識ともかかわり、意図してのしわざである。さらなる検討を要する点については、後考に俟ちたい。

　見出しに掲げた本文は、底本の姿に復元できることと、解釈上の問題点にもっとも留意した注釈書であることから、『大系』によることとしたが、まま見られる翻字の誤りは訂正し、ページ数と行数を、（三九一②）のように表示した。最終巻の本文を引用するさいも、『大系』によることとしたが、『全集』のページ数も併記しておいた。最終巻以外からの本文の引用は、ことわりのないかぎり、『全集』による。また、見出し項目には通し番号（1～152）を付しておいたが、この数からも、筆者が本書第一章において、「新しい注釈書の参入をもってしても、解釈上の問題点は、なお少なからず積み残されている」（一一頁）と記した所以が、おのずと感得されるであろう。なお、章段番号と小見出しは、便宜、『全集』のものをそのまま用いたが、段落の区切りかたには、検討の余地が少なくない。

〔二〕 **姫君が清水寺より失踪。周囲みな泣き惑う**

1**いつとても**（三九一②）＝『全集』に、「「いつとても」に始まる歌は多い。」（三八一頁）と指摘し、「いつとても恋しからずはあらねども秋の夕べはあやしかりけり」（『古今和歌集』巻十一・恋一・五四六番）を例示する。巻四が、「ことならば、松風の音をも、世のつねにたづね寄りて、「心のなぐさむかたもや」と、思ひ寄らましものを」（二八七頁）と、「和歌で用いられた語」（『全集』頭注）によって始まるのと似た筆法。

2**なのめに目《め》とゞめられぬ折はなきなかにも**（三九一②）＝『大系』に、「あるいは「とゞめられぬ」は「とゞめらるる」の誤記か。」と疑うが、『全集』に、「「いつとても」に始まる文は、ここのように、往往二重否定表現につながる。」（三八一頁）と指摘することからも、誤記とは考えにくい。「なのめに」は、連用中止で、「なのめに（思われ）」の意と見る。

3**思ひ出《いで》られ給へば**（三九一③）＝「られ」は受身で、「給へ」は受身の主体である吉野姫君に対する敬語。思い出されなさるので、の意。『全集』では、「自然お思い出しになるので」（三八一頁）と現代語訳し、「給へ」を中納言への敬語と解する（『全注釈』の口語訳〔一一〇四頁〕も同様）。「おぼえ（思われ、の意）給ふ」という、ことも似た表現については、拙稿「『成尋阿闍梨母日記』私注」（「文学研究」111輯、二〇一四年三月）において、「「おぼえたまふ」考」の節をもうけて検討を加え、補説では、『源氏物語』に見える用例についても、概観しておいた。

4**しなの**（三九一⑤）＝巻四で、式部卿宮からの文が届いたあと、「御あたりを離るな」（三五九頁）と、中納言から吉野姫君近侍を命じられた女房。そこでは、唐突な登場であることから、「あるいは欠けている首巻に見えていたか。」（『大系』三七八頁）とも推測されている。なお、「信濃」→「更級」と連想され、作者の問題ともかかわるか。

5**筆のたちど**（三九一⑧）＝用例を補足する。「霞にたちこめられて、筆のたちども知られねば、あやし」（『蜻蛉日記』下巻・二八三頁）、「思ひ出づることども書きつづくれば、筆のたちども見えず霧りふたがりて」（『讃岐典侍日記』上巻・三九二頁）、「ことさらに書きたる筆のたちど、書きざま、目もおよばずぞ、今朝はいとど見なさるるや。」（『今とりかへばや』

巻二・二七八頁）。

6我心《わが》と（三九二②）＝以下、中納言の心中。これ以降、地の文を挟んで、七行あとの「御行衛《ゆくへ》しる人あらん」まで、事件に女房の関与を疑う中納言の心中描写がつづく。従来は、本文九行目の「さりとも」以下を、中納言のことばと解する。

7ともかくも（三九二⑪）＝以下、中納言のことば。従来は、次行の「を《お》とぎゝも」以下を会話文と認定する。「ともかくもこゝにては言《い》ひさだむべき事ならねば」は、「暁にいで給《たまふ》やうにて」以下につづいてゆき、その間にある、「を《お》とぎゝもきゝにくし。……ともかくもな言《い》ひそ。」は、挿入句。

〔二〕誰の仕業かと中納言は姫君の安否を気遣う

8わか君（三九三①）＝中納言と唐后との間に生まれた男児。四歳。吉野姫君を京に迎えたさい、中納言が「これぞ母よ」（巻四・三三九頁）と言い聞かせて対面させて以降、「母」と呼んで懐いている。

9音なしの里と思ひなして（三九三③）＝同様の引歌表現が、『今とりかへばや』巻二にも、「十月ばかりより音無しの里に居籠ること止まりて」（二九一頁）と見える。

10さるべき人ゞのもとにこそさそはれおはしけめ（三九三④）＝中納言は、さきにも、「我心《わが》と逃《に》げかくれ給へるにはよもあらじ。ほのかにこの人の有《あり》さま見《み》きゝたらん人のとりかくしたらんかし」（三九二②・『全集』三八二頁）と考えていた。

11関白殿の君達（三九三⑤）＝『大系』に、「巻四までには見えない人物であるが、端役的に初登場したのであろう。」といい、『桜楓』では、「後に関白の姫君が登場するがその布石も兼ねて、姫君誘拐の該当者を複数挙げて、探索を惑わす。」（一九八頁）と指摘、『全集』でも、「宮の上になる関白殿の姫君の兄弟として連想されたか。」（三八四頁）とする。「関白殿」については、後文に、石山から帰るのを衛門督が迎えに行ったこと（三九六⑬・『全集』三八九頁）と、娘の裳着と東宮参りが予定され（四〇八⑪・『全集』四〇七頁）、それが執り行われたこと（四二九⑯・『全集』四三六〜四三七頁）が見える。

12まことの契りに心よりはてゝ（三九三⑪）＝「まことの契り」という表現は、『今とりかへばや』巻一でも、「（四君は宮宰相との）まことの契りこそ心に入るらめ」（二二五頁）のように用いられている。後文には、「まことのけぢかき契りのかたに心よりはてゝ」（四一三④・『全集』四一三頁）ともある。なお、星山健「まことの契り・まことならぬ契り――『今とりかへばや』における『浜松中納言物語』引用――」（「国語と国文学」86巻5号、二〇〇九年五月）が、ふたつの物語の表現について考察を加えている。

13今きこえ出給《いでたまひ》なん（三九三⑭）＝「きこえ」は受身の意味をもち、「給ひ」は受身の主体である吉野姫君への敬語。（どこにいるのか）聞き出されなさるだろう、の意。3で説明したのと、同様の用法。『大系』では、「すぐに、消息が自然こちらの耳に入ってきっと出ていらっしゃるでしょう。」と口語訳し、『全集』の現代語訳（三八五頁）と『全注釈』の語釈（一一一四頁）では、「聞こえ出づ」を、噂が外に漏れ出る意と解する。

14いのちも絶《た》えぬきはまで（三九四③）＝「きは」は底本「き」。諸注釈書に倣い、尾上本に従う。「絶《た》えぬ」を、『全集』は「堪へぬ」（三八五頁）と校訂する。

〔三〕姫君を夢と幻影に見る。三位の中将に嫌疑

15心しりたる一二人《ひとりふたり》は、かならずあらんかし（三九四④）＝中納言は、さきにも、「一二人《ひとりふたり》は知《し》らぬやうにはあらじ」（三九二⑦・『全集』三八三頁）と考えていた。

16われをや思ひいづらん（三九四⑩）＝中納言の夢に吉野姫君が現れるこのくだりは、巻一の、尼姫君が中納言の夢に現れるくだり（五二〜五三頁）と、中納言の歌に「われを恋ふらし」とあるほか、措辞のうえでもひびき合うものがある。ただし、尼姫君は一度夢に現れたきりであったが、吉野姫君は、「せめていさゝかまどろめば、（中略）かたはらにものし給《たまふ》とのみ見《み》えおぼゆる」とあり、頻繁に夢に現れ、中納言に救出を求めている。

17此《この》人にみなづさひてこそ、泣《な》きもわらひもせしこそこよなき心なぐさめなりけれ（三九四⑪）＝同様の表現が、さきにも、「この人をみなれなづさひつるにこそ命をかけて、（中略）こよなうなぐさみて、世《よ》をすぐしつれ。」（三九三⑧・『全集』三八四頁）とあった。『大系』補注八一に、「「こそ」が二つ重なっているが、上の「こそ」は前にも用例のあった「結び」にあたるあたりが言い切らずにつづいてゆくために「結び」が流れたもの。言い切って結べば、「みなづさひてこそ泣

きもわらひもせしか、そのことこそこよなき心なぐさめなりけれ」となるべきであろう。」（圏点・傍線ママ）と説く。

18中将の乳母《めのと》（三九四⑬）＝中納言に仕える乳母。『全注釈』の補説に、「中将の乳母は中納言の幼少期からの乳母で、中納言の人生での危機的状況に際して登場している。たとえば、中納言が唐から若君を連れて帰国するとき、ひそかに若君を人目につかぬように京に連れ帰って養育したり、吉野姫君の世話をするように依頼され妹とその娘を派遣したりする。中将の乳母の具体的な行動は新しい状況を大きく展開していく端緒たりえているのである。主人公の傍らに用意されている重要な人物とでもいえよう。」（一一二二頁）と、行き届いた解説がなされている。

19小《こ》中将の君（三九四⑮）＝男を吉野姫君へ手引きした嫌疑をかけられた女房として、後文にもう一度出てくる（三九九⑮・『全集』三九四頁）。

20おほゐ《い》どのゝ三位中将（三九四⑮）＝『桜楓』に、「大殿は中納言の母の父だから、三位中将は中納言のおじに当たる。初出の人物。」（二〇〇頁）とし、石川徹「浜松中納言物語精考」（同氏著『王朝小説論』〔一九九二年、新典社〕所収）も同様に考えている（二四二頁）。しかし、同じく叔父である衛門督の愛人（大弐女）とひそかに通じる中納言が、その兄か弟に当たる伯父（叔父）に吉野姫君誘拐の嫌疑をかけるというのも、かなり不自然な感じがする。後考に俟ちたい。

21こてねり（三九四⑯）＝底本・尾上本異同なし。諸注釈書に説くように、「ことねり（小舎人）」の誤写と見られる。なお、巻三にも、吉野尼君の乳母子三人のうち、「三にあたるは、この大和の国に住むこてねりそといふものぞ、ときどき通ひける。」（二二四頁）と、人名らしいものの、よくわからない「こてねりそ」という語が見える。『全集』では、「乙類本の多くは「ことねりそ」とあり、小舎人《こどねり》（貴人の雑務に従事した童形の男、小舎人童の略）を連想させる。」と注記する。

22このみ過《すぎ》たる人ぞかし（三九五⑤）＝『全集』は、「このみ過《そ》したる人ぞかし」（三八七頁）と校訂するが、「過」の文字を「そし」と読めるかどうかに、不安が残る。あるいは、「すぐし」（…しすぎる、の意の補助動詞）とも読み得ようか。ならば、「このみ過《すぐし》たる人ぞかし」となる。

23いみじからんしやうの岩やの聖《ひじり》なりとも（三九五⑥）＝笙の岩屋の聖については、つとに、歌人としても知られる行尊

（一〇五五～一一三五年）のことか、とする臼田甚五郎氏の説（「浅野図書館本『浜松中納言物語』末巻の紹介に併せて其の作者に対する疑ひなどを述ぶ」〔『国文学論究』4輯、一九三七年二月〕）があったが、『全集』では、三善清行の弟である日蔵上人（道賢）であろうとして、詳しい考証がなされている（三八六～三八七頁）。

24 **侘しき事かぎりなう**（三九五⑧）＝「侘しき」は底本「侘し」。諸注釈書に倣い、尾上本に従う。

25 **なにごとを我歎《なげく》らんかげろふのほのめくよりもつねならぬよに**（三九五⑭）＝この中納言の独詠歌は、第十一代の勅撰集『続古今和歌集』巻十六・哀傷・一三九〇番に、「題知らず／菅原孝標朝臣女」として入集。『続古今和歌集』哀傷の部の巻頭三首（崇徳院御歌→源順→菅原孝標朝臣女）は、世の無常を詠んだものであり、つづく斉明天皇の歌以降が、具体的な哀傷の歌となる。よって、島内景二「『浜松中納言物語』を読む」（同氏著『源氏・後期物語話型論』〔一九九三年、新典社〕所収）が、「中納言は吉野姫の死を確信しているわけではないが、『続古今和歌集』の撰者は、吉野姫君への挽歌だと理解しているのである。」（四六四～四六五頁）と述べるのは、いささか早計ではなかったか。『続古今和歌集』には、巻十五・恋五・一三一四番にも、同じく「題知らず／菅原孝標朝臣女」として、巻二の中納言の歌「あはれいかにいづれの世にかめぐり逢ひてありし有明の月をながめむ」（一五六頁。初句「あはれまた」、五句「月を見るべき」と異同がある）が入集する。これらのことにより、『御津の浜松』を『更級日記』の作者が書いたものとする諒解が、『続古今和歌集』編纂当時（文永二年〔一二六五〕撰進）にあったものと推測されるが、それにしても、「物語所収歌を、登場人物である詠み手を無視し、物語作者の歌として採歌するのは、勅撰集として極めて異例である」（『全集』解説・四六三頁）。

〔四〕大弐の女が中納言の子懐妊。夫の留守に逢う

26 **思《おぼ》し知らず**（三九六④）＝『大系』補注八二に、「大弐の娘の行動に「思し」という敬語を用いるのは、ここだけであり疑わしい。「思しらず」の誤写か。」と説き、『全集』『全注釈』も賛同するが、中納言が大弐女のことを「思し知らず」と解し得るか。

27 **今一たびの見《み》まくほしさに思ひあまりて**（三九六④）＝「あらざらむこの世のほかの思ひ出でにいまひとたびの逢ふことも

がな」（『後拾遺和歌集』巻十三・恋三・七六三番・和泉式部）と、「いたづらに行きては来ぬるものゆゑに見まくほしさにいざなはれつつ」（『伊勢物語』六五段・一七〇頁、『古今和歌集』巻十三・恋三・六二〇番）とを取り合わせたような表現となっている。つづく中納言と大弐女の贈答歌が、『伊勢物語』九段の歌とことばによるものであることもあって、注意される。

28 住《すむ》べき世にも（三九六⑦）＝引歌が想定されるところであるが、いまだ見出されていない。あるいは、『伊勢物語』九段に、「京にはあらじ、あづまの方に住むべき国求めにとて、行きけり。」（一二〇頁）とあるのと、かかわりのある表現であろうか。

29 大上の大将殿にとまり給《たまひ》（三九六⑬）＝「大上」は、太政大臣の北方。中納言の母上と衛門督の母。「大将殿」は、中納言の母上の夫である左大将の邸。以上、石川徹「浜松中納言物語精考」（20に既出）の考察（二四一頁）による。

〔五〕中納言は、大弐の女を言葉巧みに慰める

30 此世《この》には久しうあるまじき夢を見しに（三九七③）＝巻四に、中納言が、「世の中になほあるまじきさまに、たびたび夢に見え、心細ければ、かかる精進はじめて、経読みたてまつらむと思ふなり」（三六四頁）と尼姫君に語るくだりがある。

31 いくよあるまじきよに（三九七⑥）＝参考歌「幾世しもあらじわが身をなぞもかく海人の刈る藻に思ひ乱るる」（『古今和歌集』巻十八・雑下・九三四番）。『大系』をはじめ、「あるまじきよ」の「よ」について、「み」の誤写である可能性に言及する。参考歌からも、そのほうが理解しやすい。

32 心をかれ《お》たてまつらじ（三九七⑦）＝底本・尾上本異同なし。「たてまつらじ」では解しがたいため、脱文を想定したり（『大系』）、「たてまつらむ」と改訂する説（『全集』三九〇頁）があるが、上の「けしきも見えなば」に呼応する反実仮想の構文であると考えれば、もとは「心をかれ《お》たてまつらまし」であったか。「ま」一字を落としたものとして補う。

33 今此《この》御けしき思出《おもひいで》られ給はんも（三九七⑪）＝わかりにくい表現であるが、『大系』補注八二八に、「「思ひ出で」るのは大弐の娘が、であるが、「られ給はん」の「られ」は受身、「給はん」は受身の主体である中納言に対する敬語とみる。」と

解するのに従う。大弐女にとって、中納言のご様子が思い出されなさるであろうにつけても、の意。3・13で説明したのと、同様の用法になる。

34男哀《あはれ》めづらしく見給《たまひ》て（三九七⑭）＝中納言を「男」と呼ぶことの不審については、本書第六章注（3）においてふれた。

35かゝらでもあらばあらなん世中《よのなか》になど暁の別《わかれ》なりけん（三九七⑯）＝「あらなん」は、底本・尾上本異同なし。「あらなん」のままではここで言い切りになる（「なん」は終助詞）ので、「ありなん」の誤りと判断し、連体修飾で「世中《よのなか》」にかかるものと見るべきであろうこと、本書第六章（一二七～一二八頁）においてふれた。

36憂《う》き事と思ひ知《し》る〳〵暁の別《わかる》る毎《ごと》になを《ほ》まどふかな（三九八③）＝従来、「かゝらでも」の歌にひきつづき中納言の歌とされてきたが、大弐女の詠んだ返歌と見るべきこと、本書第六章に詳述した。

〔六〕帰途、衛門督先妻宅を垣間見て感慨深し

37常よりもあさからず思ひとゞめて帰り給《たまふ》道に（三九八④）＝この前後の物語の展開について、『全集』では、「結婚しても大弐の娘が中納言をひそかに迎え入れていることは巻四にも見えたが、再登場したのは、吉野の姫君の騒ぎが、一つの形に収斂して、一段落したからであろう。それにしても、逢瀬のあと衛門督の元の北の方邸に立ち寄るのも、娘の婚儀の夜と同じ行動。」（三九一頁）と解説している。

38面長《おもなが》にいと白《しろ》うなどあるべかめり（三九八⑮）＝「面長《おもなが》」について、『日本国語大辞典〈第二版〉』（二〇〇一年、小学館）では、『名語記』を初出に掲げ、ここの用例が漏れている。

39我ならざらましかばと（三九九④）＝底本・尾上本異同なし。『新註』に、「「我ならましかば」の誤写か。」、さらに、「「と」の一字誤入か。」（三五〇頁）と指摘するのに従い、三文字を衍字と見て、「我ならましかば」と改訂するのが妥当な処理であろう。「ましかば…まし」の構文で、結びの「荒しはてざらましを。」に引かれて、「我ならざらましかば」と誤ったか。

40うち見《み》る目《め》のみどころこよなきに（三九九⑤）＝尾上本は「うちみるめのみ所」とあり、「所」の文字について、『大系』補注八三五では、「漢字なのか仮名なのか判別がつきにくい」とし、「もし仮名とみるなら、「みそ」となり、ここは「うち

見る目のみぞこよなきに」とよめて、「うち見る目の見所」という、やや重複した、あまり見かけないことばよりは穏当のようである。」と説く。『全集』も「うち見る目の見所」では意味は通じるものの奇異」（三九三頁）だとして、尾上本の「「所」を仮名「そ」と読んで採択」する。しかし、『源氏物語』「絵合」巻に、「うち見る目のいまめかしき華やかさは、いとこよなくまされり。」（②三七九頁）という類似した言いまわしも見えるので、底本のままで、とくに問題はないと考えられる。

〔七〕姫君は依然行方知れず、中納言の慕情切々

41かの世《よ》はさる事にて（三九九⑭）＝「かの世《よ》」は、底本「かの」。諸注釈書に倣い、尾上本により「よ」を補う。

42へだてなきものに思《おもひ》給へしか（三九九⑯）＝「思給へしか」は、底本・尾上本異同なし。諸注釈書が説くように、「給へ」では謙譲の用法になるので、「へ」を衍字と見て、「思ひ給《たまひ》しか」と校訂するのが、穏当であろう。

43あはれと見給ふに（四〇〇⑤）＝「見給ふに」は、底本「見給ふるに」。諸注釈書に倣い、尾上本により「る」を衍字と見る。

44けしきばみたる物もみえず、この春花のちりけるを詠給《よみたまひ》けるなるべし。（四〇〇⑦）＝従来、「みえず、」と読点にするが、「みえず。」で言い切ったものである。「この春」以下は、残された手習についての、歌の内容からする、語り手の推測であり、「なるべし。」も句点ではなく、読点にして、歌につづけて読みたいところ。また、「詠給」という漢字二文字を、従来は「詠《よ》み給ひ」と読んできたのであるが、むしろ「ながめ給ひ」と読むべきであろう。同様の例は、すでに、「ひまなくうちなきつゝ詠出《ながめいで》たる」（三九七⑬・『全集』三九〇頁）、「琴をなつかしく引《ひき》ならして詠出《ながめいで》給へる」（三九八⑬・『全集』三九二頁）とあり、いずれも「詠《よ》み出で」とは読めないものである。以下、吉野姫君の手習を中納言が見る場面について、竹原崇雄「『浜松中納言物語』と『更級日記』――物語の成立と日記――」（「国語と国文学」71巻9号、一九九四年九月）では、『更級日記』において、乳母が死去して悲しんでいるところに、侍従大納言の姫君の死去を知り、姫君から手本にと贈られたなかの歌を見て、ますます涙を流し添えた、とするくだりと、類似する表現が多く見られることから、「構想の中に大納言殿の姫君の影像を吉野姫の上に重ねつつ、すでに書いて手許にあった『更級』の表現をよりどころに、この

『浜松』の一節を執筆したのではないか」(二三頁)と推測している。

45 **身は露ばかり**(四〇一⑤)＝引歌が想定されるところであるが、いまだ見出されていない。

〔八〕**唐后が姫君腹に転生と夢告げ。御修法開始**

46 **思《おもひ》いづる人しもあらじ古郷《ふるさと》に心をやりてすめる月かな**(四〇二⑥)＝『今とりかへばや』巻四に見える麗景殿の女の歌「思ひ出づる人しもあらじものゆゑに見し夜の月の忘られぬかな」(四七六頁)が、この歌の表現と類似するものであること、西本寮子「『浜松中納言物語』から『とりかへばや』へ——菅原孝標女の表現世界の継承——」(和田律子・久下裕利編『更級日記の新研究——孝標女の世界を考える』[二〇〇四年、新典社]所収)に指摘がある。

47 **あ《い》ひなき思ひにひかれて**(四〇二⑫)＝巻一に、三の皇子が、みずからの転生した事情について、「九品の望みも、この思ひ(＝中納言への情愛)に引かされて、かく(唐土に)生まれまうで来たる」(四九頁)と語るくだりがある。

48 **我こそ身をかへて御あたりにあらんと思ひねがはれつれ**(四〇三①)＝中納言の同様の思いは、巻四に、「身をかへても、かの御ゆかりの草木と、いまひとたびならむ」と念じても」(三一九頁)と見えていた。

49 **または此世《このよ》にいつかは**(四〇三④)＝通説では、「再びこの世においていつ唐后に会えようか、会えないのだ。」(『大系』)と解するが、野口元大「浜松中納言論——女性遍歴と憧憬の間——」(同氏著『王朝仮名文学論攷』[二〇〇二年、風間書房]所収)では、「これは、この日本でもう一度逢えるのか、いつの日に、待ち遠しいことだ、の意であると解さなければなるまい。」(三五三頁)と、別解を示す。本書第一章注(2)でもふれた。

50 **この心我《わが》こゝろみだし給《たまふ》人も**(四〇三⑤)＝以下、六行あとの「明し暮すよりほかの事なきに」までの本文校訂や解釈については、本書第一章に詳述した。「この心」は「このころ」からの誤りと見られるが、「ころ」を「こゝろ」と誤記した例は、例えば、桂宮本『蜻蛉日記』中巻(上村悦子編『桂宮本蜻蛉日記〈中〉宮内庁書陵部蔵』[一九八二年、笠間書院])に、「こゝらの月こゝろ」(五三頁一行目)、「つれ〴〵なるこゝろなれは」(七六頁二行目)のように見える。

〔九〕大弐の女が男児出産。中納言は産衣を贈る

51いみじう心にいるときけば（四〇三⑭）＝『大系』に、「「いみじう」の「う」は底本にない。」とするが、不審。底本も尾上本同様、「いみしう」とある。

52七日などいふほどになるほどに（四〇四頁①）＝尾上本「七日なといふほとなるほとに」。いずれも「ほと」が重複して冗漫である。もとは「七日などいふほどに」であったか。

53人にとゆづり書《かか》すべきならねば（四〇四③）＝「人にと」は、底本・尾上本異同なし。「と」は衍字か。

54夢うつゝとも知《し》られぬ心のみだれにも（四〇四⑥）＝従来、大弐女の「心のみだれ」と解するが、中納言の「心のみだれ」と解すべきこと、本書第六章において論じた。また、この前後の解釈についても、第六章に詳述した。最終巻冒頭より、「これも哀《あはれ》すくなからず。」と結ばれるここまで、ひたすら行方不明の吉野姫君の身を案じる中納言の姿を追ってきた筆が、つづく、「さて式部卿の宮は」を合図に、一転、巻四巻末を承けるかたちで、姫君が宮によって拉致され、宮中に囚われの身となった事情を明らかにする。

〔一〇〕東宮となる式部卿宮が、姫君を梅壺に隠す

55七月ばかりよりはうちの御とのゐ所におはしまさせ給へば（四〇四⑪）＝『大系』に、「七月二十二日暁に姫を清水から盗み出したのだから、その直後か。」とするが、『全注釈』に、「少なくともそれ以前のこと」（一一六四頁）とするのが正しい。『全注釈』では、あわせて、「(父帝の）ご注意を受け七月になって宮中の宿直所にいらっしゃったものの、我慢ができなくなり、ついに誘拐という行動に出たものであろう。」と推測している。

56中納言は常にいひきかせ給ひて、あらましごとにも、「かならずさそはれなびきたてまつらんものぞ」とたえずの給《たまひ》うらみ給《たまひ》し人にこそおはすなれ（四〇五⑦）＝式部卿宮の「名のり」を承けての、吉野姫君の心中。「かならずさそはれなびきたてまつらんものぞ」との「あらましごと」については、巻四に、宮への警戒を姫君に促す中納言のことばとして、「「この宮はしも、このわたりに、かならずたづね寄り給はむものぞ。一目も見たてまつり、わりなき御文も一度通ひぬ

る人、かならず過ぐい給はず、人の心、あやしきまでなびかい給へる癖おはする人なれば、聞きだにつけ給ひなば、（あなたが宮になびいてしまうことは）すべて疑ひあるべきことにもあらずかし」など、言多く、あらましごとを言ひつづけ給へど」（三五六頁）と見え、「常にいひきかせ給ひて」についても、「君（＝吉野姫君）にも折々ごとに、この宮の御ありさま、くまなくあやにくにおはするよしをのみ言ひうとめ給へど」（三五九頁）と見えていた。

57 **千重《ちへ》まさりたる近《ちか》まさりなど、かぎりなき。ひかりを放《はな》ち給《(たまひ)》し**（四〇五⑬）＝従来、「かぎりなき。」で句点にしているが、係助詞もなく連体形で終止させるのは不審。『全集』では、「「近まさりなどかぎりなし。かぎりなき光を…」などの誤写とするべきか。」（四〇二頁）と疑い、『大系』補注八六一でも、「「近まさりなど」の下文とのつながりがみつからない」と不審を表明するが、私見では、「近まさりなど」は、挿入句で隔てられた、次頁二行目の「これは」にかかってゆき、「これは」はさらに、「なにのつくろひようひしたるけしきもなし、……まだ見しらぬさまにて」という挿入句（これが挿入句であることは、『大系』補注八六二に指摘がある）の次の、「めでたき事かぎりなし。」へとつづく。「近まさりなど」のあとの挿入句は、地の文であり、「宮の心を通して言及する」（『全集』）ものではない。「かぎりなきひかりを放《はな》つ唐后に魅惑されていた中納言は、この吉野姫君を見出して、ともに過ごすことで慰められてきた、それほどの美人である。まして、式部卿宮は、評判を頼りにどれほど女漁りをしても、じっさいに逢ってみれば、「こゝこそをくれたるところなけれと（従来、「なけれど」と読まれてきたところであるが、「と」は引用の格助詞である――引用者注）」思うような理想的な女はひとりもいなかったので、「これ（＝目の前にいる吉野姫君）は」とつづく。ここ以外にも、挿入句によって、文脈を辿りにくくなることが少なくないので、読解にあたって注意が必要である。なお、「近《ちか》まさり」とあることについて、『桜楓』では、「宮はかつて中納言との談笑の中で、探し当てた女が「近をとり」だと嘆いていた（『全集』巻四・三五三～三五四頁――引用者注）のに対し、吉野の姫君は「近まさり」なのである。」（二〇八頁）と注する。

58 **さこそ残《のこ》るくまなう尋《(たづね)》つどへ給へれど**（四〇五⑮）＝巻四の式部卿宮のことば（本書第三章［六二頁］にも引用）に、「人のそしり、もどかれも憚らず、うち（＝父帝）にもさいなまれたてまつりつつ、見わたさるるに、わろきはなしとよ（「わろきはなしとよ」は挿入句。よって、諸注釈書が「とよ。」と句点にするのには、従えない――引用者注）、みなさまざまにめでたながら、わが心につくは、またありがたき世なれば、また（『全集』は「まだ」――引用者注）、人々はつどふる（『全集』は「つたふる」と改訂。「集ふる」と解すべきこと、本書第二章注（1）に述べた――引用者注）やうなれど、片敷く袖ながらなむ、ひとり寝がちにて夜を過ごすに」（三五三頁）とあったのと対応する。

〔一一〕宮は姫君の純潔を知り、別人かと戸惑う

59**天女の天《あま》くだりたらんを見《み》つけたらんよりもなを《ほ》めづらしく**（四〇六⑥）＝巻四に、中納言が吉野姫君の美しさについて、「竹のなかより見つけたりけむかぐや姫よりも、これはなほめづらしう、ありがたき心地して」（三四八～三四九頁）、女漁りに余念のない式部卿宮とではなく、自分と出会う宿縁であったことを嬉しく思うくだりと、表現も酷似していて、皮肉なかたちでひびき合う。

60**色《いろ》めかしきにならひに**（四〇六⑬）＝尾上本「いろめかしきに（「ならひに」と傍記）」。『大系』が指摘するように、「いろめかしきに」の「に」は衍字で、「色《いろ》めかしきならひに」とあるべきところであろう。

〔一二〕姫君は中納言を想い憔悴し、宮は扱いに苦慮

61**いまや出《いで》こん**（四〇七⑤）＝『大系』に、「「（姫は消え入っているが）そのうち息が出てくるであろうかしら」の意か。」とするいっぽう、補注八六八では、「あるいは「今、姫をさがしに中納言が出てくるであろうかしら」の意とか、「今や率て来ん」で、「すぐに京へつれて行こう」（「来ん」は京都の宮邸をもととしてのことば）の意とも考えられようか。」とし、『全集』でも、「「今や出で来む」の意が定かでない。（中略）「出で来む」は面倒なことが起りそうな折に用いられる」（四〇四～四〇五頁）として、「間もなく厄介なことが出てこよう」と現代語訳している。「率て来ん」とするのは、宮中の梅壺から出られない式部卿宮が、自邸に吉野姫君を連れ出せるよしもないので無理としても、それ以上は、判然としない。

62**「いひしにたがはず、心かよはしてさそひかくされたてまつりにける」と思《おもひたまふ》給らん。あらましごとにだにの給《たまひ》しかば、「憂《う》**

し。心憂《う》し」とおぼすらん（四〇七⑦）＝吉野姫君は、さきにも、「中納言は常にいひきかせ給ひて、あらましごとにも、「かならずさそはれなびきたてまつらんものぞ」とたえずの給《たまひ》うらみ給《たまひ》し人にこそおはすなれ」（四〇五⑦・『全集』四〇二頁）と思っていた。

63かばねのしたになりなまし（四〇七⑪）＝『大系』補注八六九に、「「かばねのした」は故事出典などがあろうが、不詳。」とするが、いまだ典拠は解明されていない。『新註』は、「「かばねにだに」の誤写にてもあるか。」（三五九頁）とする。『江帥集』に、「こけしだにかばねは朽ちて消えぬとも心は君にそひぬとをしれ」（二七四番）とあることから、「した」を「羊歯」と解することもできそうだが、「屍が（苔や）羊歯になる」という表現そのものに、無理があるようにも思われる。なお、『更級日記』に、姉が生前に読みたがっていた物語だとして、親族から、「かばねたづぬる宮といふ物語」を届けられた返事に、「うづもれぬかばねを何にたづねけむ苔の下には身こそなりけれ」（三〇六頁）と詠んでいて、「かばねのした」が「こけのした」とでもあれば、理解しやすい。

64「人には知《し》らせじ」とおぼしめす我《わが》御心には、この人をすべき方《かた》もおはしまさず（四〇八⑧）＝『大系』が、「おぼしめす我《わが》御心には」と校訂して以来、後続の諸注釈書、すべてそれに倣うが、唯一の例外である『新註』が、「思召《おぼしめ》す。吾《わ》が御心《みこころ》には」（三六〇頁）と句点を打つのを、是としたい。「我御心には、……」は、四行あとの「我御心にはつゆ何《なに》事もおぼされず」と並列されている。「あまりなるわが心をにくしとおぼす仏神のかゝる目《め》を見《み》せ給ふにやあらん」のあとに、『大系』は、「この次にかなりの長さの脱文があろうか。」と推測し、『全注釈』でも、「「にやあらん」で心内語が完全に終わっているのか、明確でなく、次の「このごろは」との間のつながりが悪いことから、あるいはこれを受ける地の文があるとも考えられ、脱文などを想定せざるを得ない。」（一一八〇頁）とするが、誤解である。つづく、「このごろは春宮《とうぐう》にゐさせ給《たまふ》べきことを……天下《てんか》はひゞきいとなみたるに」は挿入句であり、「……仏神のかゝる目《め》を見《み》せ給ふにやあらん」という式部卿宮の心中表現は、挿入句のあとの「この人いたづらになりなば、やがて我《わが》身もあと絶《た》えて野山にゆきまじるべきぞかし。国王の位もなにゝかはせん」という心中表現と相並んで、「とおぼいたるさま」にかかってゆく。

〔一三〕入内予定の関白の姫君裳着。宮の苦慮は続く

65国王の位もなにゝかはせん（四〇八⑭）＝諸注釈書の指摘を俟つまでもなく、『更級日記』に、「后の位も何にかはせむ。」（二九八頁）とあるのが想起されるところ。また、巻三に、中納言の手厚いもてなしを受ける尼姫君について、「いみじからむ后の位も何にかはせむ。」（二五八頁）ともある。『今とりかへばや』巻一にも、女中納言を四君の婿にしたことを、右大臣が、「女は后になりても何にかはせん。この人に用ゐられたらんのみこそめでたかるべきことなれ。」（二一九頁）と、自画自賛するくだりがある。

66かくてありと中納言のきゝつけ給はぬほどに亡《な》くなり果《は》てばや（四一〇⑤）＝さきにも、「中納言かくてありとやきゝつけ給《たまひ》つらん」（四〇七⑦・『全集』四〇五頁）とあり、吉野姫君は、中納言が心痛のあまり、亡くなったのでないか、と想像していたが、ここでは、みずからの死が願われている。

67くさの原《はら》を尋ね給はんほどのあはれ（四一〇⑥）＝歌語「草の原」の先蹤としては、『新註』以来、『源氏物語』「花宴」巻の、「うき身世にやがて消えなば尋ねても草の原をばとはじとや思ふ」（［1］三五七頁）の歌が指摘されているが、『桜楓』では、「うき身世に」の歌による表現であることを指摘したうえで、「なおこれを本歌としたものに『狭衣物語』（巻二）の「尋ぬべき草の原さへ霜枯れて誰に問はまし道芝の露」があり、飛鳥井君と吉野の姫君の失踪事件は、構成上類似する。また、同時期の物語で散佚した『玉藻に遊ぶ』『袖ぬらす』にも『風葉集』所載歌によって、死のイメージをもつ「草の原」が使われていることが知られる。」（二一二頁）と指摘する。さらに、後藤康文「『浜松』は『狭衣』のあとか」（同氏著『狭衣物語論考　本文・和歌・物語』〔二〇一一年、笠間書院〕所収）では、『御津の浜松』への『狭衣物語』の影響ということを、積極的に想定している。「草の原」の語が、『源氏物語』以降、どのように継承されたかについては、久下裕利「イメージ言語「草の原」について」（同氏著『物語の廻廊—『源氏物語』からの挑発』〔二〇〇〇年、新典社〕所収）に詳しい。

68中納言に告《つ》げさせ給へ（四一〇⑮）＝『全集』では、「『無名草子』はこの応答について、「また吉野山の姫君もいといとほしき人なり。式部卿宮に盗まれて、思ひあまるにや、『中納言に告げさせ給へ』と言へるこそ、あさましくいとほしけれ」と非難している。」（四〇九頁）と説き、別のところでも、「『無名草子』の非難をまつまでもなく、『源氏』において浮舟

が、失踪ののち、自分の身の上について固く口を閉ざしていたのと比較される。」（四一六頁）というのだが、『無名草子』が「あさましくいとほしけれ」というのは、感動的なくだりとして言及しているのであって、あきれた行為だとして「非難」するものではない。この吉野姫君の「ひとこと」のもつ意義については、本書第八章において検討した。

〔一四〕中納言に告げよと言い姫君失神。使者派遣

69**雪などを水にいれたらんやうになるに**（四一一⑧）＝『全注釈』の語釈（一一九五頁）に指摘するように、吉野姫君が瀕死の状態であることについては、さきにも、「水の泡《あわ》などのやうに消《きえ》いりぬべきを」（四〇七⑭・『全集』四〇五頁）とあった。

〔一五〕姫君の安否を気遣う中納言に宮の使者来る

70**たづぬべき方しなければ**（四一二⑨）＝さきの吉野姫君の心中に、「くさの原《はら》を尋ねゝ給はんほどのあはれ」（四一〇⑥・『全集』四〇九頁）とあったのとひびき合う。このような表現の背後に、後藤康文「『浜松』は『狭衣』のあとか」（67に既出）では、『狭衣物語』巻二の歌、「たづぬべき草の原さへ霜枯れてたれに問はまし道芝の露」（①一五七頁）があるとする。

71**あるべき物かは**（四一二⑭）＝『新註』では、「母は清水などに居はしないものを。」（三六五頁）と訳し、『大系』では、「（姫君失踪などということが）あってよいはずのことか、そうではあるまい」の意か。」と説く。『全集』は、「姫君が清水寺にいるはずがあるか、いはしない、の意としたが、「おはすべきものかは」とありたい。」（四一三頁）と説くが、なお判然としない。

72**よにおはせぬやうあらじ。聞《きき》つけては、またいかなる人のもとにおはすとも**（四一二⑮）＝「おはすとも」は、次頁二行目の「なをむ《ほ》かへとりて」にかかってゆく。「もとより……たれかはあらむ。」は、挿入句。以下、短い地の文を挟み、一〇行にわたって中納言の長い心中思惟であるが、その大意については、本書第一章において、「吉野姫君はどこかに無事でいるはずだから、誰が盗み出したにしろ、なんとかその居場所を突き止めて、迎え取りたい。姫君には、自分しか頼る人はいないのだから。姫君がどのような状態にあろうと、迎え取ることができれば、毎日その世話を焼きながら、

姫君のことで気を揉むこともなくなるだろう。もっとも、姫君が、盗み出した男との契りに満ち足りて、自分のことなど歯牙にもかけなくなっているようだと情けないが、姫君の素直で可憐な人柄からして、相手の男も、いまだ契りも交わせずにいるかもしれない」（二一二〜二一三頁）と述べたところである。ただし、細かな点では、わかりにくい表現が少なくない。

73**うたがひを《(お)》きて思《(おもふ)》人たれかはあらむ**（四一三①）＝『新註』では、「暫らく疑惑のままに放任して、姫は自分以外に恋ひ思ふ人のあるべき筈はない。」（三六五頁）と訳し、『大系』は、「（姫をつれ出した人のもとから、自分（中納言）が、姫の後見あるいは配偶者のような顔をして姫を引きとっても、）疑念をおく人が誰があろう、誰もありはしまい」の意か。」とする。『全集』では、「中納言が疑わしいと思うのは姫君を知っている人で、それが聖以外にいないとなれば、あとは誰がいよう、との発想。」（四一三頁）と説き、『全注釈』では、「姫君が据え置かれているのは吉野聖の所だと中納言は信じ込んでいる。」（一二〇一頁）と注釈をつける。いずれも釈然としないので、いま、かりに、「疑ひ、掟て、思ふ人、誰かはあらむ」と読んで、（吉野聖以外に素姓を知る人はいないから）吉野姫君のことを、どのような人なのだろうと思って、誘拐を指示する男は、誰がいようか、まったく思いつかない、の意と見ておく。

74**われはかく思ふとも、さすがなる心の鬼《おに》そひ**（四一三④）＝『新註』に、「姫に邪心が起つて」（三六五頁）と口語訳し、『大系』でも、「移り気めいた邪心が加わって」と訳しているが、『全集』では、中納言の「疑心暗鬼」と解し、「猜疑心が頭をもたげて」（四一三頁）と現代語訳している。なお、釈然としないものがあり、後考に俟ちたい。

75**まことのけぢかき契りのかたに心よりはてゝ、「あらぬそゞろなる人ぞ」など教《をし》へ立《た》てられんこそ**（四一三④）＝吉野姫君失踪直後に、中納言が、「女は、いみじけれど、まことの契りに心よりはてゝ思《(おもふ)》事なれば、われそゞろなりし人と思ひすてゝ、人知《し》れぬ思ひにくだけど、人は見きゝかよふことだに世にあらじ」（三九三⑩・『全集』三八四頁）と考えていたことを、そのまま繰り返した趣きである。

76**かくさそひかへしたらん人も**（四一三⑦）＝本書第一章（二一二頁）でも簡単にふれたが、詳しく述べておく。従来、「さそひかへし」と読まれてきたところであるが、底本は「さそひかくし」と判読でき、「誘ひ隠したらん人」と解すべきところである。「さそひかくす」の語は、さきに吉野姫君の心中として、「（中納言は）我を「さればよ」と、「いひしにたがはず、（式部卿宮と）心かよはしてさそひかくされたてまつりにける」と思給《おもひたまふ》らむ。」（四〇七⑦・『全集』四〇五頁）と見えていたほか、巻三に、中納言の大弐女に対することばとして、「さらざらましかば（＝遠慮する必要がなければ）、やがてただ今、いとよくさそひ隠してまし」（二四二頁）ともあった。「さそひかへし」という表現について、『大系』『全集』では不審とされてきたのであるが、誤読であったことがわかれば、もとより不審など、どこにもなかったのである。なお、尾上本は、底本の「さも思はすやあらんかくさそひかくしたらん人もいとえうちとけすやあらんなと」とある傍線部を、連続して「すやあらん」とある目移りによるものであろう、脱落させている。

77 **おきふし思《おもふ》より外のことならて**（四一三⑧）＝「ならて」は底本・尾上本異同なし。『大系』では、「なくて」と改訂することに慎重であるが、『全集』の本文校訂（四一四頁）に従い、「ら」は「く」の誤写と見ておく。

78 **おほす事**（四一三⑯）＝底本「思す事」。『大系』の本文は、尾上本「おほす事」に従ったものだが、次頁三行目に「わざとのおほせ事」とあるので、ここも「おほせ事」の誤りと見るのが適当か。

〔一六〕宮は中納言に、姫君誘拐の一部始終を語る

79 **誰《たれ》も我《わが》心ならぬことなれど**（四一四⑭）＝『新註』が、「「事なれど」は「事なれば」の誤写か。」（三六六頁）と指摘して以来、『大系』でも誤写を考え、『全集』では、「ことなれば」（四一五頁）と本文を改訂する。『全集』では、さらに、「活用語の已然形につながる「ど」「ば」は、接続が逆なのにもかかわらず、「止」「登」の草体の「と」と、「者」「盤」の草体の「は」との字形がそれぞれ似ていることもあって、写本一般では往々に異文を発生させる。前後の文の内容を確認せずに書写される場合が多かったからであろう。」と解説する。

80 **見《み》なれぬれば、言《い》ふかひなげに見《み》きゝならひたるを**（四一四⑮）＝このあたりの表現は、『夜の寝覚』巻二に、「女は、見馴れぬかぎりこそあれ、言ふかひなくなりぬれば、いかがはせむに思ひなり、あるまじく便なきことにても、忍びて心をかはす、みな世のつねのことなり。」（一八五頁）とあるのを想起させる。

81いよ〳〵ふかくなりて（四一五③）＝底本・尾上本ともに「ふかくなりて」であり、『新註』の「女の悩みはいよいよ深くなつて」（三六七頁）、『大系』の「（衰弱の様子が）深まって。」との解が踏襲されているが、不審である。ここは、「に」の脱落で、元来「ふかく（不覚）になりて」とあったものではなかろうか。『今とりかへばや』巻三に、「殿はむげに不覚になりたまへりしを」（三七五頁）と見える。

82たのもしげなく（四一五③）＝底本「たのもしけ」。諸注釈書に倣い、尾上本に従う。

［一七］中納言は宮に、姫君が異母妹だと取り繕う

83くるしき御心なを《（ほ）》りて、うちずみにおはします（四一六④）＝『大系』では、「憂悶の御心が回復して」と訳していて、諸注釈書でもほぼ同様であるが、「くるしき」は、ここでは、周囲の者にとって迷惑なさまをいうのであろう。本書第二章では、「はた迷惑な漁色家ぶりも鎮静して」（二八頁）と解しておいた。

84我に知《し》られん（四一六⑥）＝式部卿宮から、「中納言につげよ」（四一五⑩・『全集』四一六頁）との吉野姫君のことばを聞かされた中納言が、同じことを、自分の立場から表現し直したもの。

85我思ひよりしまゝにおぼしよりぬすみ給へるにこそはあらめ（四一六⑧）＝『大系』に、「ちょうど自分（中納言）が（嘗つて吉野で姫を迎え出そうと）思いついたとおりに、（宮も姫を迎え出そうと）お思いつきになってお盗みになっているのであろう。」と解するが、失考であろう。『全集』が、「自分が懸念した通り、宮は姫君に思いをかけてお近寄りになり、機を見て盗み出されたのであろう。」（四一七頁）と現代語訳するような事情である。

86この人をいさゝかもうとく見え知《し》られたてまつるべきならず（四一六⑪）＝中納言は、さきにも、「たゞ、見ん人も、もてはなれず、うとかるまじきさまにいひなしてこそは、むつびよりて」（四〇三⑧・『全集』三九九頁）と考えていた。

87昔《むかし》の御かたみとあはれに見給《たまへ》つゝ（四一七⑦）＝「見給つゝ」について、『新註』は、「見給《みたま》へつつ」（三六九頁）と校訂し、『大系』でも、「尾上本も「み給つゝ」。仮りに「見給へつゝ」とよんで、謙譲の意に解く。」とする。なお、以下の六行、中納言のことばの最後「思ひ給へれ」まで、「給ふ」の用法について、不審を覚えさせる例が集中する。

88思給《おもひ》へりしほどに（四一七⑧）＝底本・尾上本異同なし。『新註』に、「給へしの誤写か。」（三六九頁）と注し、『大系』も、「「思給へりし」は仮りに「思ひ給へし」と同じ意に解く。」とするが、補注八九八において、「この「思給へりし」を「思（ひ）給へし」の衍、又は「思（ひ）はべりし」の誤写と見れば、中古の語法にかなうのであるが、ひきつづく「わづらひ給へりしかば」「はづかしと思（ひ）給へるほどに」の「給へり」「給へる」もそれぞれ「はべり」「はべる」、又「思ひ給へれ」の「給へれ」も「給ふれ」又は「はべれ」の誤写と断ずるのは、強引に過ぎるであろう。（もちろん「盤」の仮名「は」、「波」の仮名「は」が「給」の草体と字形が酷似することはあり得るから、「はへ→給へ」の誤写の可能性は皆無ではないが。）」と、慎重に検討すべきことを説く。

89わづらひ給へりしかば（四一七⑨）＝88の『大系』の説明を頭に置いて、このあたりの敬語の使用状況を確認すると、「いとひさしうわづらひ給へりしかば、清水《きよ》にこめて侍りしかど、なを《ほ》さはやかならずくづを《ほ》れよは《わ》りて侍りしを、やがて思《おも》ひかけず御覧ぜられてはづかしと思給《おもひ》へるほどに、やがてかくよは《わ》りて侍るにこそ。」となっている。「わづらひ給へりしかば」と「思給《おもひ》へるほどに」は、このままのかたちで、吉野姫君に対する尊敬の用法と見ることもできるが、これについても『大系』が、「この中納言の会話の中では、この姫に対してはここにだけ敬語を添えていることになるから、従えまい。」と説き、妥当であると思われる。あらためて確認すると、圏点部は、「給へり」「給へる」以外、すべて「侍り」「侍る」が使われていることに気がつく。だとすれば、『大系』が「強引に過ぎる」として躊躇した、「はべり」「はべる」の誤写と見るのが、当たっているように思われる。よって、88についても、「思《おもひ》はべりし」と改訂するのがよい、ということになる。

90思ひ給へれ（四一七⑬）＝『大系』は、「仮りに「思ひ給ふれ」又は「思ひはべれ」と同じ意に解く。」としている。89において、「思給《おもひ》へりしほどに」「わづらひ給へりしかば」「思給《おもひ》へるほどに」を、すべて「は」→「給」の誤写と判断したことからすると、ここも「思ひはべれ」と改訂したくなるが、上からの文勢は、このようになるのでなければ、…したいと思っておりました、といった内容であるように理解されるので、ここについては、「へ」を「つ」の誤写と見て、むしろ、「思ひ給《たまへ》つれ」と校訂すべきところではあるまいか。七行目に「見給《たまへ》つゝ」とあったのと同様、「給」は下二段に活用する謙譲の用法である。

91だには（四一七⑭）＝底本・尾上本異同なし。「ゝ」の脱落を想定し、「たゞには」の誤りと見る『大系』以下の説に従う。

92かゝる人を見つけ給《たまひ》て、かけても思《おぼ》しよらざりけるはづかしさもうらめしさも、よしやたゞ今《いま》よろづおぼえず（四一七⑯）＝このあたりの解釈に関しては、本書第二章（二八～三〇頁）に詳述した。

93出入給《いでいりたまふ》（四一八②）＝底本・尾上本とも異同なし。本書第二章（三〇頁）でもふれたように、従来、「出で入り」と読んで疑われることなく、『大系』でも、「宮は（あわただしげに姫のもとに）出たり入ったりしていらっしゃる。」と解するが、切迫した場面に不似合いな、あまりにも緊張感に欠ける表現であり、不審である。「ゐて」→「いて」→「出」の誤りと見られ、「率て入り」と解すべきであろう。

〔一八〕中納言が姫君と対面。戻る姫君を宮が追う

94思《おもひ》給はず（四一八⑯）＝底本・尾上本異同なし。『新註』に、「「給へず」とあるべきところ。誤写か。」（三七〇～三七一頁）と説くように、謙譲の「給ふ」なので、「給は」を「給へ」と改訂する『全集』の説に従う。

95いまゝでこれに候《さぶらひ》ける、不便《ふびん》にこそ（四一九①）＝この一文の理解にさいして留意すべき点については、本書第二章（三一～三二頁）に詳述した。

96の給《たまひ》て（四一九⑥）＝『新註』に、「「のたまふを」「のたまふに」などありたいところ。」（三七一頁）と指摘し、『大系』も、「「の給て」の次に脱字があるか。あるいは「て」は「に」又は「を」などの誤写か。」とする。『全集』では、本文を「のたまふに」と改訂するが、「あるいは脱文あるか。」（四二一頁）と注する。『全注釈』では、「「て」を順接の原因理由を示す助詞、もしくは、逆接に解すれば必ずしも誤写や脱字を想定しなくともいいように思われる。」（一二二一頁）という。いま、『全注釈』に従う。

97又あひ見《み》せ奉るまじきならねば（四一九⑫）＝『大系』補注九〇六に、「「あひ見せ奉るまじきならねば」のかかることばがはっきりしない。」と指摘し、「ならねば」について、『全集』は、「底本、尾上本とも「ならねは」とあるが、それに従うと、宮にも今後お逢わせ申し上げないわけにはいかないので、の意となって、たとえ隠れ家でなく自邸に引き取るにしても、理由が成立しない。活用語の已然形に接する「ど」「ば」は誤写されやすい（四一五ページ注八〔79に引用済み――引用者注〕）ので、「ど」に改める。」（四二二頁）として、「ならねど」と改訂する。『全注釈』では、「あひ見せ奉るまじきならねば」は、下文の「このうちにては、我ひとり知《し》りあつかふべきかたなければ」と並んで、「「いのりなども心やすき所にて」とさだめて」にかかると見る（一二二四頁）。いま、『全注釈』に従う。

98
ひじりのすくゑ《(え)》うを思出給《(おもひいでたまふ)》も、ゆゝしくおそろしく（四二〇④）＝『全集』に、「巻四〔一六〕で、「(姫君が）二十《はたち》がうちに妊じ給はば、過ぐしとほしがたう」（三三一頁――引用者注）と占った聖の予言。その後「聖の言ひしことも恐ろしう」「聖の相をもたがへじと」「聖の言ひし相恐ろしう」「聖の御相を思ひおぢて」（順に、三四一頁、三四二頁、三四九頁、三五五頁――引用者注）と繰り返し見える。それが宮によることであっても、姫君が二十歳以前に処女を失ったのを「ゆゆしく恐ろしく」思う。」（四二二頁）と注する。物語の最終盤にも、「吉野《よしの》山のひじりの相《さう》を思ひ出《(いづ)》るもいみじうおそろしきまゝに」（四三八⑯・『全集』四四九頁）と見える。

99
思ふもかなし（四二〇⑥）＝「思ふも」は、底本「思ひも」。尾上本は「思も」とあり、『新註』では「思《おも》ふも悲《かな》し。」（三七一～三七二頁）と本文を定める。『大系』以下、底本は異なるが、校訂本文はそれに従う。

100
泣《な》くくとかゝへて（四二〇⑪）＝底本・尾上本異同なし。「とかゝへて」は、『新註』が、「「とかくへて」の誤写か。とやかくして日を過ごして。」（三七二頁）と説いて以来、諸注釈書それに従うが、この場面の緊張感をいちじるしく殺ぐものであり、そのような改訂が妥当であるとは思えない。ここは、「と」の前に「つ」一文字を脱落させたものと見て、「泣く泣くつと抱へて」と解する。『今とりかへばや』巻三に、「(右大臣は重体の四君を）つと抱へて惑ひたまふに」（三九六頁）と見える。

〔一九〕衰弱する姫君のため、吉野の聖を招き祈禱

101
いみじくたう《(ふ)》とく法花経を誦《ずん》じたてまつり給《(たまふ)》声を聞給《(ききたまふ)》にや、消《(きえ)》いるやうながら、このひじりの声ときゝ知《し》るにや（四二一⑩）＝「にや」が連続し、『大系』は、いずれも、「下に「あらむ」など省略。」と注し、『全集』も同様に解する（四二四頁）が、はじめの「にや」は「に」とあるべきで、下の「にや」に引かれての誤りではあるまいか。「消《きえ》いるやうながら」は、「夢のやうにめづらしくて」にかかり、「このひじりの声ときゝ知《し》るにや」は挿入句。「このひじり」について、『全注釈』では、「吉野姫君にとって吉野聖はつねに物心両面にわたる支えであったことが、「この」という語から窺えよう。」（一二三二頁）と注する。

〔二〇〕宮の忍び通いに周囲は困惑。姫君次第に回復

102 **明《あく》れば帰り〳〵**（四二二⑥）＝『大系』は読みかたを示さず、『新註』は、「明《あ》くれば帰《かへ》り帰《かへ》り」と校訂するが、『全集』『全注釈』のいうように、「〳〵」は「明《あく》れば帰り」全体を繰り返したもの。なお、『全集』に、「「明くれば」という言い方は『源氏』『狭衣』『寝覚』にはなく、改まった意識のあらわれか。」（四二五頁）とするが、同様の表現は、『今とりかへばや』巻三に、「（今大将は四君のもとに）ありし昔のやうに昼などうちとけてはものしたまはず、夕暮れのまぎれなどにたち寄りたまひて、明くればたち帰りたまふ。」（四三九～四四〇頁）と見える。

103 **ひるは日ぐらし**（四二二⑦）＝「ひるは」は、底本「ひる」。諸注釈書に倣い、尾上本に従う。

104 **女君にも**（四二三③）＝従来、「女君」を、式部卿宮の北方である左大将の中君のこととするが、すこぶる疑問である。私見では、尼姫君のことと考えるが、そうなると、この前後の解釈も、大幅に変わってくる。詳しくは、本書第二章（三四～三六頁）において検討を加えた。

105 **心得《え》給へらん**（四二三⑩）＝底本・尾上本「心え給へらん」。諸注釈書、とくに問題としないが、「給へらん」とあるのが、落ち着かない。『大系』補注九一四では、「心得ていらっしゃるのであろう」と口語訳するので、「ら」を完了の助動詞「り」の未然形、「ん（む）」を推量の助動詞、と解しているようだが、むしろ、「らん」が推量の助動詞であるように思われる。すると、「給へ」では謙譲の用法になるので、「へ」を衍字と見て、「心え給《たまふ》らん」と読むか、「へ」を「つ」の誤写と見て、「心え給《たまひ》つらん」と読むか、「へ」のあとの「る」が落ちたと見て、「心え給へるらん」と読むかであろう。さきに、

吉野姫君の心中を、「中納言かくてありとやきゝつけ給《たまひ》つらん」（四〇七⑦・『全集』四〇五頁）と表現していたのを参考にすれば、第二案が穏当か。

106 あくがれはて（四二三⑬）＝本書第九章（一六八頁）でもふれたが、底本「あくかれはてゝ」とあり、「あくかれはて」は尾上本の本文。『全集』の本文も「あくがれ果て」（四二七頁）となっていて、いずれも訂正を要する。『桜楓』『全注釈』『校訂』の本文は、正しい。

107 中〳〵物覚えぬやうなりしほどは、中納言の添《そ》ひゐ給へりしけはひに命をかくる心ちして（四二四⑥）＝吉野姫君の様子について、さきに、「はつかにまどろむともなく、消《き》えいる時には、かたはらに中納言のおはする心ちのするを」（四〇八②・『全集』四〇六頁）とあったのを承ける。

108 あらましごとにさへ、さばかりの給《たまひ》しに（四二四⑧）＝『全集』に、「姫君は、〔一〇〕で宮が名のりをした時にも「中納言は、つねに言ひ聞かせ給ひて、あらましごとにも」（四〇五⑦・『全集』四〇二頁――引用者注）と思い、〔一二〕でも「あらましごとにだにのたまひしかば」（四〇七⑧・『全集』四〇五頁――引用者注）と思い出している。」（四二八頁）と注する。

〔一二〕中納言は姫君に苦衷を訴え、唐后の夢を語る

109 仏の御しるべとぞの給《たまひ》しに、げにたがはざりけるよ（四二四⑬）＝『全注釈』が指摘する（一二四七頁）ように、巻三で、吉野尼君が中納言に語ったことばに、「思ひかけぬに、かう立ち寄り、たづねさせ給へば、（中略）これこそは、心清うひとへに念じたてまつる仏の、御しるべし給ふなんめりと、心得思ひ給ふる」（二七九頁）とあるのを承ける。

110 小少将ばかり御まへちかきに（四二四⑮）＝『全集』に、「「小中将」（中略）とは別人の姫君付き女房か、あるいは「小中将」の誤写か。」（四二九頁）とするが、小中将は、吉野姫君の誘拐に加担したのではないかとの嫌疑をかけられた新参女房であり、ここで近侍するのにふさわしい人物とは思えない。『全注釈』に、「吉野姫君付きの女房。ここにのみ登場する。具体的にどんな役割であったかは不詳。」（一二四七頁）とするのが、無難な理解であるようにも思うが、あるいは、巻四に、「吉野山に迎へ給ひし御後見のむすめは、少将とつけ給ひて、こ（＝若君）の乳母のやうにて身に添ひて」（三三九頁）

と見える、中納言の乳母（中将の乳母）の妹母子の、娘のほうを指すのではあるまいか。「小少将」とあるのは、最終巻にのみ登場する「小中将」と混線したものであろうか。

111 世《よ》を思ひすごし心のほど（四二五⑩）＝「思ひすこし」は、底本・尾上本異同なし。諸注釈書に従い、「し」のあとに「ゝ」一字脱落と見て、改訂。

〔二二〕中納言の愁訴はゆるみ、宮の立太子近づく

112 よしや（四二六③）＝以下、「世《よ》のほだしなりけれ」まで、一一行にわたる中納言のことばには、本文校訂・解釈に関して多くの問題がある。そのいちいちについては、本書第八章でつぶさに検討を加えた。

113 死出《しで》の山こえ侘《わび》つゝぞ帰りこし尋《たづね》ぬ人を待《まつ》とせしまに（四二六⑮）＝吉野姫君の、中納言の「むすびける」の歌（四二五⑭・『全集』四三〇頁）への返歌。この歌は、『無名草子』での批評にも取り上げられているが、本文に異同がある。『無名草子』の当該箇所では、「また、吉野山の姫君も、いといとほしき人なり。式部卿宮に盗まれて、思ひあまるにや、「中納言に告げさせたまへ」と言へるこそ、あさましくいとほしけれ。さて、「死出の山恋ひ侘びつつぞ帰り来し訪ねむ人を待つとせし間に」など詠めるも、またいとほし」（二三八頁）となっている。「尋《たづね》ぬ人を」と「訪ねむ人を」とでは、意味が正反対になるが、二行あとに、「「侘しきにたづねざりけり」とうらめしくおぼしけるほどのあはれ」とあることからすれば、「尋《たづね》ぬ人を」でなければ、表現に矛盾をきたす。「こえ侘《わび》つゝぞ」と「恋ひ侘びつつぞ」とでは、「死出の山」との繋がりからいえば、前者のほうが自然である。『無名草子』の評言では、吉野姫君の「いとほし」さを強調するので、姫君が息の下に、「中納言に告げさせたまへ」と式部卿宮に告げる感動的な一節にひかれて、中納言に会いたい一心で生き返ったことを詠んだ歌を、「恋ひ侘びつつぞ」と、より中納言への思慕の情のこめられた表現に、改変したのではあるまいか。なお、『全集』が参考歌として引くところであるが、『古今和歌集』巻十五・恋五・七八九番に、「心地そこなへりけるころ、あひしりて侍りける人のとはで、心地おこたりてのちとぶらへりければ、よみてつかはしける」と詞書して、「死出の山ふもとを見てぞ帰りにしつらき人よりまづこえじとて」（兵衛）とあり、詠歌事情や歌の措辞からも、

あるいは参考にするところがあったか、と思われる。

114 **さばかり思ひよらぬくまなく言《い》ひ**（四二六⑯）＝「思ひよらぬくまなし」は、『全集』が指摘するように、「宮が女を漏れなくあさる意に用いられてきた」（四三二頁）表現である。同様の表現は、巻四に集中的に現れ、「式部卿の宮の、さばかりかからぬくまなく、「わが思ひにかなひたらむ人を」とたづね給ふに」（三一八頁）、「まろ（＝式部卿宮）を、（中納言が）かからぬくまなきものにおぼし、そしらるるこそをかしけれ。」（三五二頁）、「（式部卿宮が）思ひ寄らぬくまなく、かまへ見給ひては」（三五五頁）、「この宮の御ありさま、くまなくあやにくにおはするよしをのみ」（三五九頁）、「いみじうわが心にかなひて、かからぬくまなうたづね出づと思ふ人は、わろくこそありけれ。」（三七〇頁）などと見えていた。よって、そのような用法とは別に、『大系』が示す、「あれほど、考え及ばない隠れた所もないように、はっきりと（私の名を宮に）言い」のように解釈することには、かなり無理があるといわざるを得ない。かりに、「（自分がかつて、吉野姫君に）あれほど式部卿宮のことを、好色で油断ならぬものとして、いって聞かせていたのに、（そのような宮に囚われてしまい、姫君が）「困り果てているときに、中納言は探し出してくれなかったよ」と……」ほどの意と見ておくが、なお後考に俟ちたい。『今とりかへばや』巻一に、宮中将の性格を、「かからぬ隈なく好ましく（中略）思ひ至らぬかたなき心にて」（一八〇～一八一頁）と表現するのも、同趣である。

115 **ひきゆるべ見きこえ給《たまふ》に**（四二七⑤）＝『大系』補注九二四は、『新註』が、「姫の着物をゆるめ（楽にする）看護をしておあげになると。」（三七九頁）と解していることについて、「従うべきかも知れないが、男が直接にそうした立ち入った動作をするかどうか疑わしい。女房のすべきことであろう。」と疑問を呈していたが、『全集』では、「底本「ひきゆるへ見きこえ」、尾上本は同文ながら「る」の右に「は」を傍記。「引き結《ゆ》はえ見聞こえ」の異文注記か考勘か。解釈に諸説あるが、ここは「引きみゆるべみ聞こえ」の誤写と判断されるので、本文を改めた。弓を引いたりゆるめたりするように、姫君の気を引いたりなだめたりして気をもませ申し上げ、の意。「み」は、動作の繰り返しを意味する接尾語。『万葉集』巻一一「梓《あづさ》弓《ゆみ》引きみゆるへみ来《こ》ずは来ず来ば来そをなぞ来ずは来ばそを」。『古今六帖』第五、弓、紀女郎《きのいらつめ》「梓弓引きみゆるべみ来ずは来ず来ば来そをなどよそにこそみめ」。」（四三三頁）と、大胆な改訂案を示す。賛意を表したい。

116かぜ待《ま》つほどの露のけしきにのみ見え給へるを、いかならんにか、心くるしう、式部卿の宮は（四二七⑧）＝「心くるしう」について、従来、中納言の思いであるか、式部卿宮の思いであるか、意見が分かれる。私見では、「いかならんにか、心くるしう」は草子地であり、吉野姫君の容体を危ぶむ、中納言の心情に寄り添った語り手の感慨を、「心くるしう。」と、言いさしたかたち、と考える。四二四⑮に「人ずくなゝるひるつかた、中納言入《いり》を《お》はして」とあって、そこからここまでの二頁半ほどは、中納言が吉野姫君と対面したひとつづきの場面であり、「式部卿の宮は」として、ここで視点が切り替わる。

117思《おぼ》しめされず（四二七⑬）＝底本「思しめされ」。諸注釈書に倣い、尾上本により「す」を補う。

〔一三〕中納言は宮の来訪頻りな姫君の後見となる

118我《わが》身の玉しゐ《ひ》のうちに、心をまどはすべかりける契りばかりに（四二八⑥）＝「玉しゐ」は、底本・尾上本異同なし。「玉しき」の誤写と考えられること、また、この前後の解釈については、本書第九章に詳述した。

119けぶりの性《さが》のうれはしさかぎりなけれど（四二八⑭）＝「けぶりの性《さが》」の意味するところについては、本書第七章に詳述した。

120なく〳〵唐《もろこし》などにおもむかせ給《たまふ》心ちせさせ給《たまふ》て（四二九①）＝漢字表記された「唐」は、この一例のみ。尾上本も同じ。「もろこし」と仮名表記した例は多数あるが、ここは、そのまま「たう」と訓んでもよいのではなかろうか。「たう」と仮名表記した例は、「唐《たう》の太宗《たいそう》と申《まうし》ける御子孫《しそん》」（一六一⑥）、「五歳《さい》にてなん、唐《たう》にい《ゐ》て渡《わた》り給《たまひ》ける」（二六七③）、「唐《たう》の親王《しんわう》の」（四一六⑬）がある。

121ことの葉やながき世までもとゞまらん身は消《き》えぬべき道芝《みちしば》の露（四二九⑦）＝「道芝《みちしば》の露」は、67の「くさの原」（四一〇⑥・『全集』四〇九頁）とともに、『狭衣物語』巻二の歌、「たづぬべき草の原さへ霜枯れてたれに問はまし道芝の露」（67・70に既出）のことばと重なる。

122袖のうちにとゞめをき《お》て（四二九⑧）＝ここが、「あかざりし袖のなかにや入りにけむわが魂のなき心地する」（『古今和歌集』巻十八・雑下・九九二番・陸奥《みちのく》）によるものであることは、三角洋一「『御津の浜松』私注」（『平安文学研究』60輯、一九七八年一一月）が指摘したところである（二四一頁）。『今とりかへばや』にも、巻一に、「また魂ひとつはこの人（＝四君）の袖のうちに入りぬる心地して、見過ぎてたち帰るべき心地もせず、現し心もなくなりにければ」（二〇五～二〇六頁）、巻二に、「あやにくならんもわりなくて、魂のかぎりとどめ置きて、骸《から》のかぎりながら出でぬ。」（二六八～二六九頁）と、この歌を踏まえた表現が見える。

123 **「なきにはえこそ」とぞおぼえける**（四二九⑩）＝「なきにはえこそ」の一句をもつ歌として、従来、「契りしにあらぬつらさも逢ふことのなきにはえこそ恨みざりけれ」（『後拾遺和歌集』巻十三・恋三・七六五番・周防内侍）が指摘され、引歌としてもふさわしいとして、詠歌年代と物語の成立時期とをめぐる議論もなされてきたところである。ただし、周防内侍の歌は、詞書に、「心かはりたる人のもとにつかはしける」ともあって、心変わりした相手の薄情さを恨もうにも、まったく逢えないのでは、恨むこともできない、との歌意である。そのような歌を、「袖のうちにとゞめを《お》きて出《いで》させ給《たまひ》ても、すこしかゝり所あり、あはれを知《し》りげなりつるけしきありさまの、身にしみて思《おぼ》し出《いで》らるゝに、ほかの事は忘れはてゝ、「なきにはえこそ」とぞおぼえける。」とあるように、はじめて式部卿宮に返歌をするなど、ようやく宮に心を開きはじめたかに見える吉野姫君のもとを離れ、思うように逢えない苦しさをいう文脈に置いて、「逢ふことのなきにはえこそ恨みざりけれ」と、姫君を「恨む」宮の感情を読み取るようなことがはたして適当であるか、疑問なしとしない。『大系』補注九三七では、「下句だけの意を用いて、「うらみ言を姫に述べようにも、今後しばらく会えないことには述べるわけにはいかないのだ」（と宮にとっては感じられたのだった）の意をあらわす。」と説明するが、魂を「袖のうちにとゞめをきて」、「ほかの事は忘れはてゝ」いる宮の心情表現としては、悠長にすぎはしまいか。引歌を想定せずとも、「（姫君の）なきにはえこそ（あるまじけれ）」＝姫君なしでは生きてゆけるはずもない、と解することもできよう。この歌を典拠と認めることには、なお慎重でありたい。

〔二一四〕立太子の宮に関白姫君入内。吉野姫君苦境に

124 **宮はじめは、さりともとおぼしたるに**（四二九⑬）＝従来、「宮」は式部卿宮であるとして、「宮もはじめは、いくら何でも中納言はどうかとお思いだったのに」（『全集』四三六頁）のように解するが、釈然としない。この前後は、式部卿宮が、立坊するや、みずからの独断で、中納言をただちに東宮大夫に任命したことについて、宮に親しい人々が、意外な抜擢だとして、不満に思っている、といった内容かと思われる。宮に親しい人々は、立坊によって、東宮坊の要職に就くことを期待したであろうから、それが裏切られた、というのである。すると、「宮はじめは、さりとも」というのは、宮が東宮に立ったことで、これまでお仕えしてきたことが報われて、いくらなんでも厚遇されるであろう、といった意味なのではなかろうか。「宮はじめ」なる表現が容易に見出せないため、不安はあるが、かりにそのように解しておく。

125 **女房五十人、童《わらは》、下仕《しもづか》へ八人づゝ**（四三〇①）＝『今とりかへばや』巻一に、男尚侍の参内について、「女房四十人、童、下仕へ八人、めでたくかしづきたてて参らせたまふに」（一九四頁）と見える。

126 **中納言をよるひるめしまとはしつゝ**（四三〇⑩）＝中納言を東宮大夫に任命した理由が、ここで諒解される。

127 **たゞいまかたはらにそひたるやうにておはする大将どのゝ御方《かた》、いで給《たまふ》べき思《おも》ひはるかなるに**（四三〇⑭）＝「大将どのゝ御方《かた》」を誰と見るかについて、左大将の中君（宮の上）を指すとする通説には、疑問がある。本書第二章注（1）において検討を加えたが、なお解決したとはいいがたい。

128 **雲居はるかにうちきゝつるわが身の**（四三一⑤）＝「うちきゝつる」は尾上本の本文であり、底本は「うちきゝつゝ」。『全集』の本文も「うち聞きつるわが身の」（四三九頁）となっているが、ともに不審である。文脈からは、「うちきゝつゝ」で読点を打ったほうが、自然であろう。この前後の解釈については、本書第九章で検討した。

129 **かげろふなどのあらん心ちする身なれば**（四三一⑧）＝最終巻のはじめに、行方不明の吉野姫君の身を案じつつ、嘆きの絶えぬわが身の宿縁を恨めしく思う中納言の独詠歌に、「なにごとを我歎《なげく》らんかげろふのほのめくよりもつねならぬよに」（三九五⑭・『全集』三八七頁）とあったのと、ひびき合う。

〔二五〕懐妊した姫君を異母妹として母に会わせる

130 **まことの契りとを《ほ》かりけるくちお《を》しさは**（四三一⑫）＝同様の表現が、「まことの契りに心よりはてゝ」（三九三⑪・『全集』

三八四頁)、「まことのけぢかき契りのかたに心よりはて〻」(四一三④・『全集』四一三頁)と、繰り返されている。

131 **清《きよ》げなれど、立《た》ちくだりたるほどのいへい《(ゐ)》はことならぬを**(四三一⑭)＝吉野姫君を住まわせた家については、巻四に、「中将の乳母子の御里、いと広く清げなる家なれば」(三二五頁)と見えていた。

132 **さやうに思ひ聞え給はんと**(四三二⑮)＝「給はんと」は、底本・尾上本異同なし。『新註』に、「「と」は「も」又は「は」の誤写か。」(三八五頁)、『大系』にも、「「給はんと」の「と」は「も」「は」などの誤写か。」と指摘し、『全集』『校訂』では、「給はんも」(四四一頁・三五一頁)と改訂する。『桜楓』『全注釈』は、底本のままで、とくに注記はない。

〔一二六〕 姫君が母と尼姫君に親しむのを中納言喜ぶ

133 **おぼしいらるらんも**(四三四①)＝『全集』の本文は、「おぼし入《い》るらむも」(四四二頁)となっている。底本・尾上本とも異同なく、「校訂付記」にも、「いらる」を「いる」と改訂した旨のことわりはない。不審。

134 **おの〻柄《え》も朽《く》ちぬべき心ちして**(四三四⑤)＝用例としては、『今とりかへばや』巻一にも、「まことに斧の柄も朽ちぬべく、ふるさと忘れぬべし。」(一七四頁)と見える。

135 **中納言殿へうへの御対面《たいめん》ありて**(四三四⑧)＝『新註』に、「下の「めでたういみじの人の云々」は尼姫の心中と思はれるから、ここは尼姫君が吉野姫に対面したと見たいところである。」(三八七頁)として、「中納言殿へうへの」は「中納言殿のうへの」の誤写で、「中納言殿のうへ」は、尼姫君を指すと見ている。ただし、「尼姫は中納言とは正式に結婚してゐないから、「上」とは云ひがたい。」ともことわっている。『大系』補注九五六では、「「中納言殿へうへの」(他に「うへ」と呼ばれるべき人はいないから、「うへ」は「大将殿の上」にちがいない)の次に脱文があったのであろう。」と推測する。『全集』では、「仮に「中納言にて上の御対面」と改訂したが、姫君はすでに母上と対面しているので、「上」は母上ではなく、尼姫君の呼称と読むほかない。他に尼姫君を「上」と呼ぶ例はないが、尼姿とはいえ他より見れば中納言の北の方の地位にあり、吉野の姫君が同じ邸内に移住したので、ここではあえて「上」としたのであろう。」(四四三頁)と説く。なお考えたい。

136めでたういみじの人の御ありさまや（四三四⑧）＝『新註』のいうように、以下は、尼姫君の心中であろう。『全集』のみ、吉野姫君の心中と解するが、いかが。

〔一七〕異母妹とした姫君と契れず、中納言は苦しむ

137つれ〴〵とかくし据《す（ゑ）》へきこえ給へりしほど（四三五⑪）＝『全集』の本文に、「つれづれと隠し据ゑ聞こえ給へりしほどは」（四四五頁）とするが、底本・尾上本に「は」の文字なし。不審。

138たねなき思ひはかなう《（ふ）》わざにこそありけれ（四三六③）＝『新註』に、「「たねなき思ひはかなう」の意よく通ぜず。或は「成心なき思ひはかなふ」などの当時の諺があつたものか。」（三八九頁）と説き、『大系』も、「意味不明。あるいは当時のことわざで、「下心のない思いは成就する」というような意か。」と注する。『桜楓』は、「種しあれば岩にも松はおひにけり恋ひをし恋ひば逢はざらめやも」（『古今和歌集』巻十一・恋一・五一二番・よみ人しらず）を引き、「恋の思いのないのは自然叶うものだぐらいの意か。」（一三二頁）と説くが、これは、大槻修編『平安後期物語選』（一九八三年、和泉書院）所収の、三角洋一校注「浜松中納言物語」に、「恋の思いを貫けば叶うと言うが、恋をはなれた願いこそ叶うものだ、の意か。」（三四頁）と説き、「種しあれば」の歌にまつわる説話か物語が背後にあることを想定する説（二〇頁）によったものである。『校訂』でも、同じ歌を掲げる（三五五頁）。『全集』は、「仏教にいう因果の理（基因と縁とにより結果を生じるとする）に反して、基因がないのにいい結果を得る思い。いわゆる「棚からぼた餅」。ここは故父宮の落し胤と言っているが、実はそうではないのに妹を手に入れた果報。」（四四五頁）と説き、『全注釈』では、『大系』『桜楓』『全集』の説を並べて、「いま『大系』の意に従う。」（一三〇二頁）との立場を表明している。私見では、「種しあれば」の歌をひとひねりした引歌表現で、中納言が、吉野姫君を遠慮なく世話できるようになった現状を、自嘲気味に捉えた心中表現であろうと考える。

139かなう《（ふ）》わざにこそありけれ」と（四三六③）＝「と」以下について、『新註』が、「この下続きわろし。脱文あるか。」（三八九頁）と指摘して以来、『大系』『全集』も同様に考えているが、ここは、138に引いた三角校注が、下の「「この人を」以下に

続く。」（三四頁）と説くところに従いたい。「大将殿の女君は、……心やすき御ありさまに」は、挿入句。

140 あらざんめれば（四三六⑨）＝「あらさんめれは」は、底本・尾上本異同なし。『全集』では、文脈から判断して、「あらざんめれど」（四四六頁）と改訂する。

141 我《わが》身をかへて極楽《ごくらく》などにまうでたらん人の心ちする身（四三七⑭）＝『全注釈』に、「吉野姫君の現在の境遇の幸いぶりを比喩する。」（一三〇七頁）と説明するが、あるいは、典拠となる説話などがあるか。

142 思ひたえず（四三八⑩）＝底本「思ひたえす」であるが、尾上本「思ひたらす」により、「思ひたらず」と校訂すべきところ。『全集』『校訂』では、そのように本文を改める。

143 かばかりあはれにいみじき御さまの、かたみに心のうちのくるしげなるさまことなり（四三八⑫）＝中納言と吉野姫君との、たがいに苦しい思いをかかえる間柄を、語り手が、「ことなり」と評する。巻四巻末に、「いとかうさまことに、あはれにたぐひなき御中の思ひを、いとほしう。」（三七七頁）と見えていた草子地とも、ひびき合う。本書第二章（四二〜四三頁）では、『夜の寝覚』の冒頭表現との近さについても、言及しておいた。

〔二八〕姫君の出産が近く、東宮も中納言も御修法

144 さばかりかたはらに人立《た》ちいづべくもあらずして、まい《ゐ》り給へるに（四三九⑥）＝「さばかり……あらずして」について、『大系』に、「解きがたい一句である。」とするなど、従来、解釈に難渋している一節であるが、私見では、「さばかり」以下、二行あとの「おぼろけならぬ御心ざしにこそは」まで、中納言の心中。「さばかり……まい《ゐ》り給へるに」は、さきに、「世《よ》に知《し》らぬさまにこちたうもてなされ給《たまふ》さま、かたはらに又人たちならぶべきやうもなし。」（四三〇②・『全集』四三七頁）として、関白の姫君が、盛大に東宮参りを果たしたことを指すのであり、以下は、新しい女性にすぐに心を移しそうな東宮の性癖であるのに、関白の姫君を迎えてもそうならないのは、よほどの吉野姫君への執心なのだ、ほどの意。

145 行《ゆ》く手《て》におぼし捨《す》てゝあらば（四三九⑨）＝「行《ゆ》く手《て》」の語は、『今とりかへばや』にも四例見えること、『全注釈』に指摘がある（一三一四頁）。本作中には、巻二に二例がある（一五一頁・一六八頁）。

146かたぐに思ひつゞけられて、打《う》つ墨縄《すみなは》にあらぬぞ苦《くる》しかりけるに（四三九⑪）＝同様の引歌表現が、『今とりかへばや』巻二にも、「宰相は、うちあかれぬれば、いみじき文書きをしつつ、打つ墨縄にはあらず」（二九六頁）と見える。『桜楓』には、「天喜三年の六条斎院禖子内親家《（ママ）》の物語合に提出された物語の一つに「打つ墨縄」というのがある。」（二三五頁）とも指摘する。

〔二九〕唐人来朝し、唐后崩御、第三皇子立太子の報

147送《おく》りにきたりしさい将（四三九⑬）＝巻二に、「かの国の宰相なる人、かたち、心ばへすぐれて、何ごともなだらかにたどたどしからず、この三年がほど、夜昼中納言の御あたり離れず、この御さまをめでたしと身にしみて、せちに別れを思ひわびて、御送りにこれまで渡り来たる」（一五七頁）と見えていた人物。

148去《さ》りぬる年《とし》の三月十六日に（四三九⑮）＝巻四に、「三月十六日の月、いみじうかすみおもしろきに」（三六〇頁）、唐后の昇天を告げる天の声があったのと、符合する。

149てんけんにかなしみて（四三九⑯）＝「てんけん」は、底本・尾上本異同なし。『新註』は、「「てんけんに」の意通ぜず。誤写あるべし。」（三九三頁）とする。『大系』補注九八三では、誤写を疑いつつも、「てんけん」は漢語であろうとするいっぽう、「あるいは又、「てんけんに」は「てんけに」の訛で、「てんけ」は「天下」（てんげ）か。」と一案を示す。『桜楓』には、「不詳。」（二三五頁）とあるのみ。いま、『全集』が、「『源氏』では「天下《てんか》に」が四例あるので、準じて「天下《てんげ》に」に改めた。」（四五一頁）とするのに従い、「ん」を衍と見て、「天下《てんげ》」と解することにしたい。『校訂』でも、「天下《てんげ》に」（三六〇頁）と意改し、さらに、「前に近接する『河陽県』に引かれたか。」とする。なお、最終巻には、「まいらせ給《（たまふ）》べき事など天下《（てんか）》はひゞきいとなみたるに」（四〇八⑫・『全集』四〇七頁）と、漢字表記の「天下」の例がある。『新註』では、「天下は《あめのした》」（三六〇頁）と読み、『全集』がそれに従うが、「「てんげ」「てんか」と音読する場合、『源氏』では「天下に」とあるので、仮に訓読した」とことわっている。『桜楓』と『全注釈』では、底本の表記のまま読みかたは示さず、『全注釈』では、「「天下」は漢字表記であるから、「テンカ」か「テンゲ」、あるいは「あめのした」か決められない。」（一一八四頁）と注釈

を加える。ほかに、「あめのした」と仮名表記された例は、『大系』巻四に、「この天《あめ》の下《した》にも」（三四〇⑤・『全集』三〇六頁）、「さばかり天《あめ》の下《した》は、（中略）かゝらぬ隈《くま》なかめるに」（三七一①・『全集』三四九頁）の二例がある。

150 **この世にもあらぬ人こそこひしけれ玉のかんざしなにゝかはせん**（四四〇④）＝この五君の歌は、『無名草子』に、「中納言、筑紫より、「あはれいかにいづれの世にかめぐり逢ひてありし有明の月を見るべき」と言へりけむ、待ち見けむ（五君の）心地推し量らるるも、いとあはれなるを、まことにも、「この世にも（中略）」とて、髪を剃り、衣を染めて、山深く絶え籠りにけむほど、心深くめでたし。」（二三六〜二三七頁）と評するように、遠く隔たった巻二の中納言の歌「あはれいかにいづれの世にかめぐりあひてありし有明の月をながめむ」（一五六頁）と、遙かに呼応するものとなっている。「玉のかんざしなにゝかはせん」からは、『更級日記』に、「后の位も何にかはせむ。」（65に既出）とあるのが、まっさきに想起されはしようが、同じ最終巻には、式部卿宮の心中を、「この人いたづらになりなば、やがて我身《（わが）》もあと絶《た》えて野山にゆきまじるべきぞかし。国王の位もなにゝかはせん」（65に既出）とも表現していて、いずれも、迷いのない、潔いまでの決意が、果てしなく逡巡・躊躇を繰り返し、「むねいたきおもひ」の絶えない中納言の姿と、きわやかな対照をもって印象づけられる。

151 **「見し夢は、かうにこそ」とおぼし合《あ》はするにも、いとどかきくらし**（四四〇頁⑥）＝さきに、吉野姫君の妊娠を知らされた中納言の反応について、「まことの契りとを《（ほ）》かりけるくちお《（を）》しさは、胸《むね》ふたがれど、見し夢を思ひ合はするに、うれしくもかなしくも、まづ涙《なみだ》ぞとまらざりける。」（四三一⑫・『全集』四三九頁）とあったのと照応するが、ここでは、「うれしくも」との感情が消えており、その違いが注意される。本書第二章（四五頁）でもふれておいた。

152 **涙にうきしづみ給《（たまひ）》けり**（四四〇⑦）＝『御津の浜松』の最後は、意外にも、素直な表現で閉じられている。中納言が涙に浮き沈むことは、さきにも、「我こそ契りなきことに思ひ佗《（わび）》、涙の淵《ふち》にうきしづみつゝも」（三九三⑧・『全集』三八四頁）と見えた。ほかには、巻四に、「（吉野尼君の）四十九日などいふことも、この殿（＝中納言）、よろづにおきて給ふを、われ（＝吉野姫君）はただ涙ばかりに浮き沈むをことにて、過ぎ果てぬ。」（三一四頁）、最終巻に、「はかなき湯《ゆ》をだに見《み》もいれず、よるひる涙ばかりにうきしづみたるに」（四二三⑪・『全集』四二七頁）と、吉野姫君について、同様に表現する例がある。

『今とりかへばや』巻四にも、「夜もすがら涙の川に浮き沈み、おぼし明かして」（四七四頁）、「明け暮れ涙の川に浮き沈み」（五一四頁）とある。

〔付記〕本書の出版準備と並行して執筆した別稿『御津の浜松』最終巻本文整定考」（鹿児島大学法文学部国語国文学研究室「国語国文薩摩路」59号、二〇一五年三月）において、わずか六箇所ながら、私見に基づく校訂本文を提示してみた。見出し番号でいえば、6～7、57～59、64～65、71～77、115～116、144～146での検討を踏まえている。参照されたい。

付録　大摑み『御津の浜松』

『御津の浜松』は、〈夢と転生の物語〉として知られるが、物語の舞台が日本と唐土とにまたがり、主人公である中納言が、京以外の場所を訪れることも多い。また、人物関係も錯綜し、あらすじを説明されただけでは、なかなか物語の展開や全体像が摑みにくい。そこで、筆者がこの物語を読むにさいして苦労した経験も踏まえながら、物語世界を把握するための要点を、年立《としだて》ふうに整理してみたい。本書を読むうえで、多少なりとも参考になるところがあれば、幸いである。本文の引用は『全集』により、所出ページを示した。

散逸首巻…一巻だったのか、二巻以上あったのかは、不明。現存本巻一と同時進行の話題を含む。

○式部卿宮は、太政大臣の姫君と結婚、ふたりの間には、**一粒種の男子**（のちの中納言）が誕生。当時の物語は、主人公の出自を明らかにするところから始まるのが約束事であるが、『狭衣物語』や『夜の寝覚』では独自の工夫も見られるので、じっさいの書き出しがどのようなものであったかは、不明。

○**式部卿宮、死去**。死因は不明。主人公、一〇歳の頃か。まだ成人前の出来事であったろう。

○**母上、左大将と再婚**。亡き父宮を慕う主人公は、強く反撥。

○左大将には亡き北方（一説に、中納言の母上の姉）との間にふたりの姫君がいた。母上の再婚によりきょうだいとなった主人公は、とくに**大君**と「**妹背**」の**交誼を結ぶ**。大君とは、どこかの時点で、ともに石山を訪れ、相並んで「にほの海（琵琶湖）」をながめたこともあった。〔本書第四章〕

○元服した主人公は源氏の姓を賜り、二位の中納言の地位を得る。その後は、この官職のまま物語はすすみ、そして、閉じられる。すなわち、現存する五巻をとおして、主人公の昇進はいっさい描かれないのであり、多くの長編物語が、主人公の栄達にも筆を割くことがふつうであるなか、きわめて異彩を放っている。

○中納言は、かねて伝え聞くところであったが、夢枕に父宮が立ち、唐国に転生したことを告げる。衝撃を受け、気持を鎮めるため読経していると、暁がたに宰相中将が訪れ、歌を詠みかけられた。

ひとりしも明かさじと思ふとこの浦に　思ひもかけぬ波の音かな〔本書第四章〕

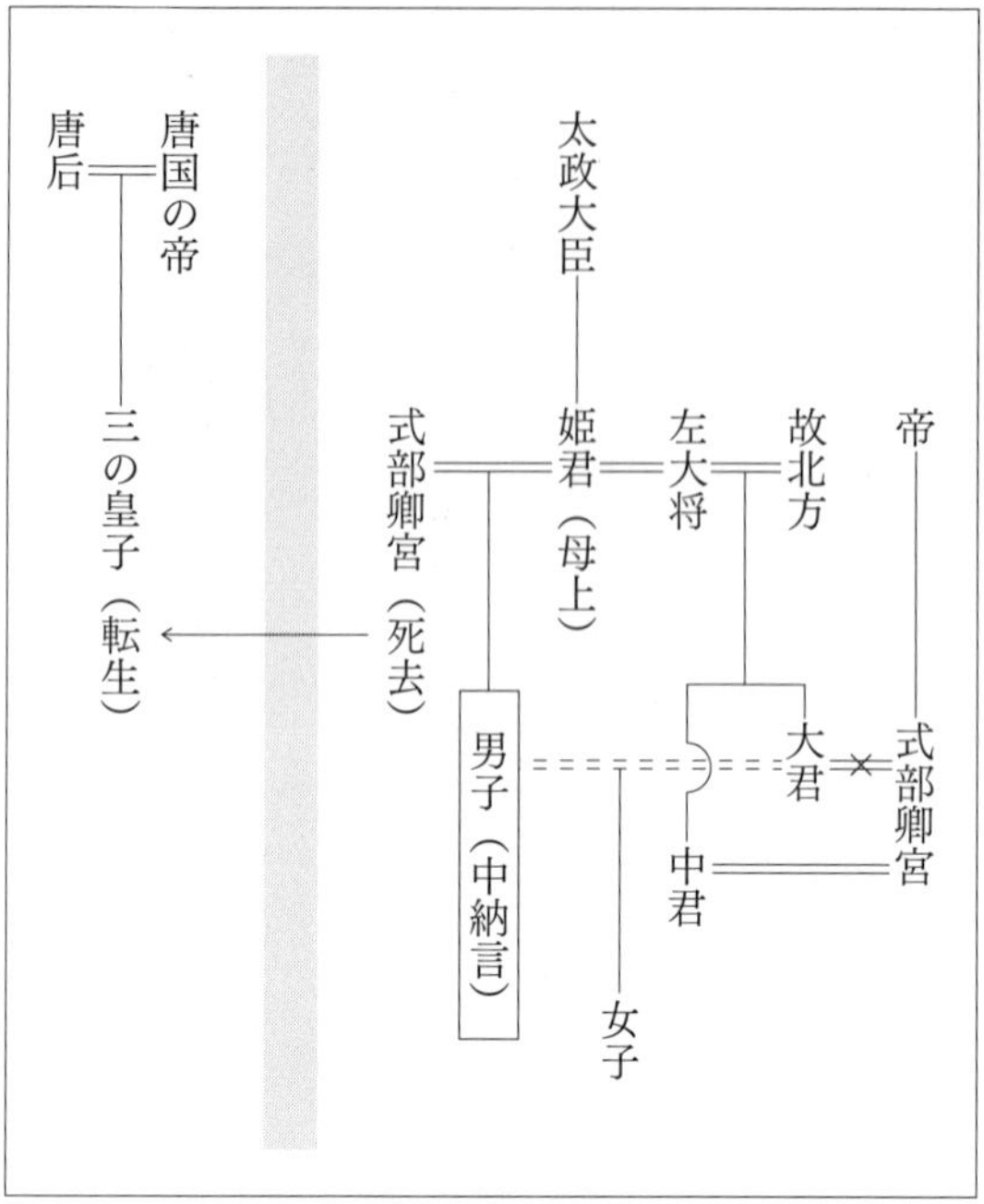

○渡唐のため、三年間の休暇を朝廷に申請し、認められる。
◎物語第一年（中納言、一八歳ほど）、春、帝のただひとりの男皇子である**式部卿宮と惜別**。故父宮が、帝といかなる血縁関係にあったかは、不明。もし兄弟であれば、中納言と式部卿宮は従兄弟という近しい間柄である。ほかには東宮もいるが、最終巻で逝去。物語内での存在感も薄く、帝と親しい様子も窺えない。
○渡唐を目前に、中納言は激情に駆られ、**式部卿宮との婚約**も整っていた**大君と契りをもつ**。〔本書第四章〕
○心配する母上らを残し、難波の御津より、船出。瀬戸内海、博多などを経て、遙か唐土へと向かう。
◇中納言渡唐後、大君の妊娠が発覚。**式部卿宮との結婚は破談**に。代わりに、妹の中君が式部卿宮と結婚。〔本書第四章〕
◇大君は尼となり、年末に女子を出産。こうした事情を、中納言は帰国後に知る。

巻一…中納言、海を越えて唐国に到着。巻全体が、唐土を舞台に展開する。
○深い「**孝養のこころざし**」のせいか、恐れていた風波にも遭わず、順調な航海。
○七月上の十日、唐土の温嶺《うんれい》に到着。
○杭州に泊まり、大君と石山に詣でたおりに見た琵琶湖を思い出し、独詠。

別れにしわがふるさとのにほの海に　かげをならべし人ぞ恋しき（三一頁）〔本書第四章〕

○唐国の帝（三〇歳余り）に謁見を許される。帝をはじめ、人々、中納言の美貌と学才に驚愕。
○父宮の生まれ変わりである三の皇子と対面。三の皇子は七、八歳で、鬢《びん》づらを結った少年。唐后一六歳のときの誕生。中納言の**渡唐の宿願**は、あっさり実現した恰好であるが、じつは、これからが、物語の見せ場である。
○十月、色白で二〇歳くらいと思われる河陽県《こうようけん》の后（唐后）の姿をはじめて見て、魅了される。唐后は、使節として日本に渡った秦《しん》の親王《しんのう》が、落魄して筑紫の地で亡くなった上野宮《かんずけのみや》の娘（吉野尼君）と結ばれ、もうけた子。五歳の年、「この娘は唐国の后となる人だから、すみやかに海を渡れ」との**夢告**があり、**母は日本に残し**、父娘のみ帰国。
○左大将の**大君が夢に現れ**、歌を詠みかけるも、その真意に気づかず。〔本書第三章・第四章・第五章〕

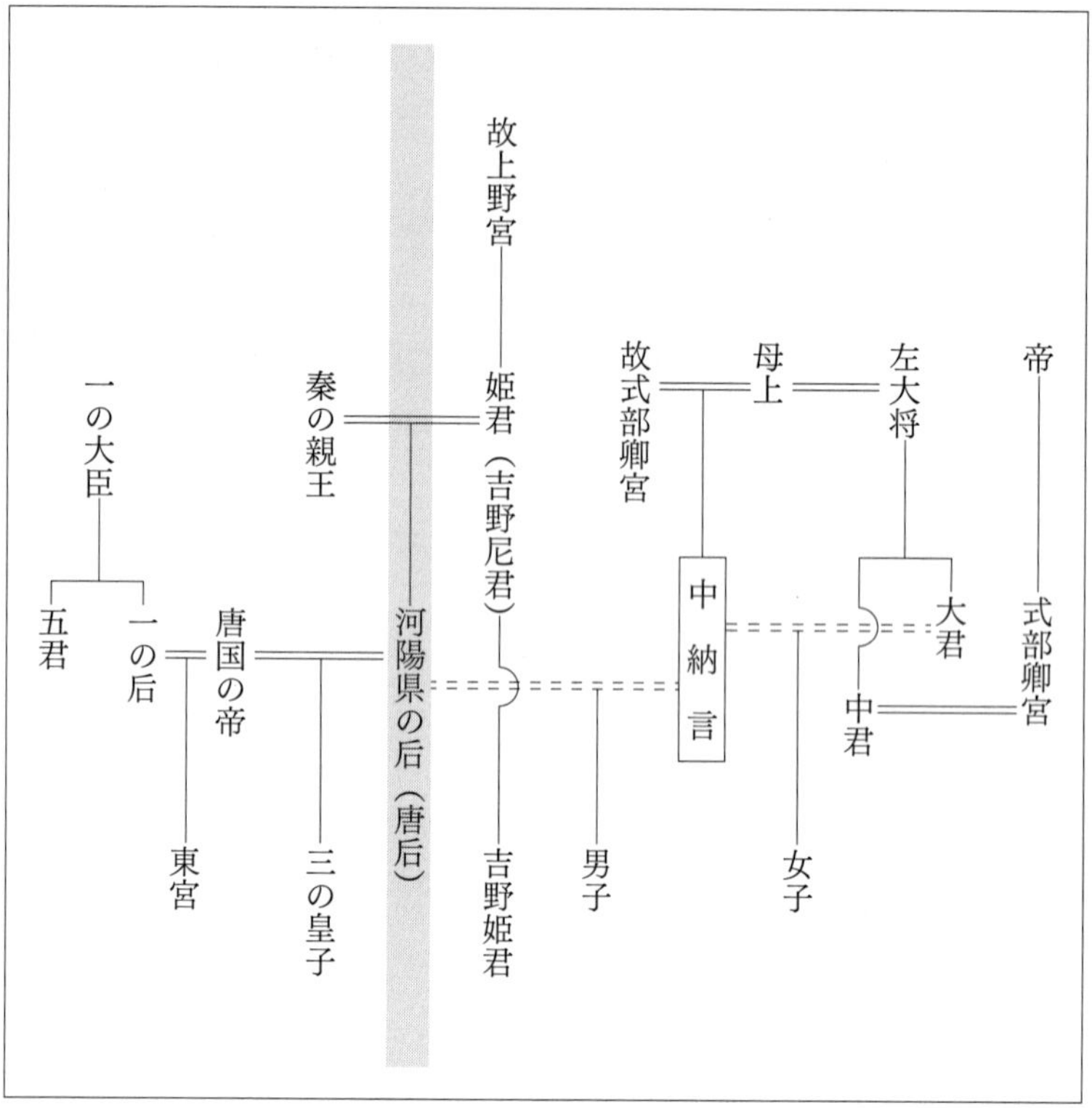

帝
式部卿宮
左大将
大君
中君
母上
故式部卿宮
中納言
女子
男子
故上野宮
姫君（吉野尼君）
吉野姫君
秦の親王
河陽県の后（唐后）
唐国の帝
三の皇子
一の后
東宮
一の大臣
五君

たれにより涙の海に身を沈め　しほるるあまとなりぬとか知る（五二頁）
日の本の御津の浜松　こよひこそ我を恋ふらし　夢に見えつれ（五三頁。**物語の題号**は、この歌に由来）

◎物語第二年（中納言、一九歳ほど）、唐后との再会を願い参籠した菩提寺において、**夢告**を得る。
いまひと目よそにやは見む　この世にはさすがに深き中の契りぞ（六四頁）

○山陰《さんゆう》にて、**唐后と似た女と契る**（夢告の実現）。唐后が物忌のため、都を離れ、山陰に来ていたのだが、中納言は、それと知らず。

○冬、唐后、蜀山《そくさん》にて、ひそかに男子を出産。この間、中納言は謎の女を探し求めるも、杳として行方知れず。

◎物語第三年（中納言、二〇歳ほど）、唐后に帰京の宣旨下り、蜀山から河陽県に戻る。

○中納言の帰国の時期が近づき、餞別の宴が催される。正体を隠して奏でる唐后の琴《きん》に、中納言は琵琶で合奏。

○唐后所生の男子を託される。この男子については、「唐国にいるべき人ではない。日本の重鎮となる人だから、すぐに日本へ渡せ」との**夢告**が、唐后にあった。男女の違いがあり、移動する方向も逆ではあるが、かつての唐后の運命をなぞる趣き。

○九月、帰朝の日が迫る。唐后から、母（吉野尼君）宛の文の入った文箱を預かる。

○出発前、一の大臣の五君と惜別。巻末「（中納言は）これさへ飽かぬもの思ひ添ひ給ひぬる、とぞ。」（一一二頁）

巻二…中納言、唐国から日本に帰国。筑紫から京へ。

○唐后腹の若君をともない、筑紫に到着。航海中、若君は、愚図ることもなく、唐后より、乳の代わりに飲ませるよう指示された**薬**（唐物の秘薬。小道具としての薬は、『今とりかへばや』巻三にも見える）により、痩せ損なうこともなかった。中納言は、到着前に連絡を取って下向を命じ、待ち受けていた中将の乳母に、若君を預ける。大宰大弐ら、中納言を出迎え、歓待。

○大弐女《だいにのむすめ》と出会い、再会を約す。〔本書第六章〕父大弐は、娘の将来を中納言に託すつもりであった。

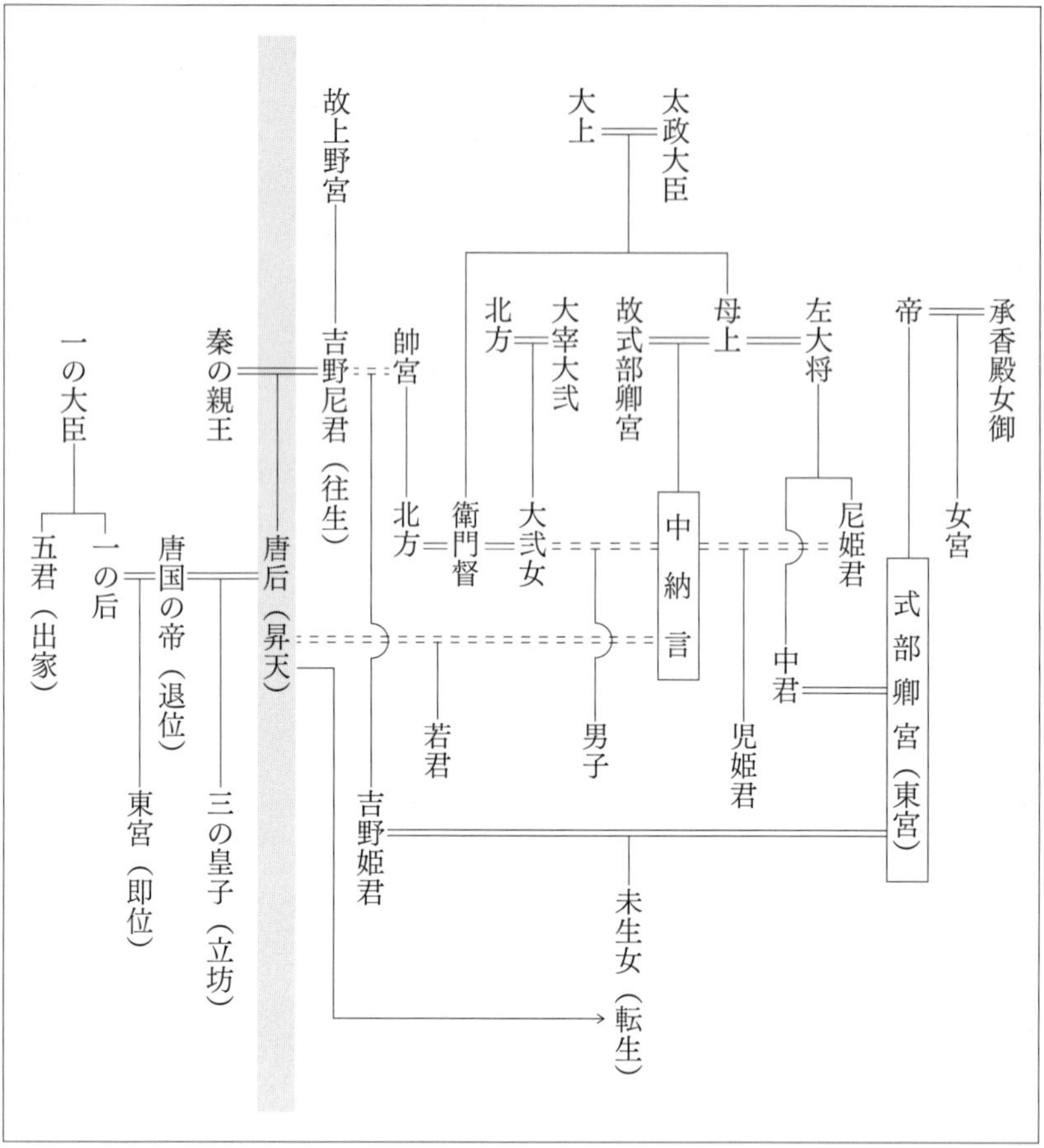
太政大臣
大上
承香殿女御
帝
左大将
母上
故式部卿宮
大宰大弐
北方
帥宮
故上野宮
吉野尼君（往生）
秦の親王
一の大臣
女宮
尼姫君
中納言
大弐女
衛門督
北方
唐后（昇天）
唐国の帝（退位）
一の后
五君（出家）
式部卿宮（東宮）
中君
児姫君
男子
若君
吉野姫君
三の皇子（立坊）
東宮（即位）
未生女（転生）

○帰京。母上や尼姫君（出家した大君）と久しぶりの再会。三歳になった児姫君とも、はじめて対面。
○帝に帰朝の報告。中宮のもとにも、立ち寄る。中宮は、式部卿宮の母かと目されるが、その確証がない。あるいは、亡き父宮の妹皇女で（中納言の叔母に当たる）、幼少の中納言を可愛がることでもあったか。だとすると、帝と父宮との関係は疎遠になるが、それでも、式部卿宮とは従兄弟ということになる。
○尼姫君とのうるわしい仲は、傍目にも「**妙荘厳の御契り**」と見え、娘の悲運を嘆いていた父左大将も、安堵。中納言としては、尼姫君への罪滅ぼしの気持も含まれていようが、その睦まじさは、中君との結婚に満足できない式部卿宮の、「**むねいたきおもひ**」を刺激することにもなる。〔本書第三章〕
○唐后から預かった文箱を開け、母（吉野尼君）宛の文を見る。文には、自分だと思って、中納言を頼みにするように、と書かれていた。また、異父妹（吉野姫君）宛の文も添えられていた。このあたり、父宮への「孝養」のため渡唐した中納言が、今度は、唐后を深く思うがゆえに、その母への「孝養」をすすんで代行しようとしている感がある。巻末「(中納言は、自分を心配する母上を）いとほしと、ことわりに思ひ聞こえ給ふ。」（一九五頁）

巻三…中納言は、京と吉野とを往復。
◎物語第四年（中納言、二二歳ほど）、唐后の文を携え、はるばる吉野に唐后の母（吉野尼君）を訪う。
○大弐女が上京。母北方の独断により、中納言の母方の叔父である衛門督《えもんのかみ》と結婚させられるも、人目を忍んで中納言と密会。〔本書第六章〕衛門督の年嵩の北方は、帥宮の娘。すなわち、吉野姫君の異母姉にあたる。
○七月七日、帝、**式部卿宮と歓談**。〔本書第三章〕
○帝から、皇女降嫁の意向を伝えられる。帝の皇子は、式部卿宮がひとりいるだけであるが、女宮は大勢いるとする。そのうち、後ろ盾のない承香殿女御腹の皇女を、中納言に後見してほしい、との意向。〔本書第三章〕
○八月十日余日、再び吉野を訪れる。
○八月十五夜の明け方、はじめて吉野姫君と歌を詠み交わす。吉野姫君は、筑紫から京に戻った吉野尼君が、帥宮との望まない契りによってもうけた、唐后とは血の繋がる**異父妹**。尼君にとっては、仏道修行の妨げであるが、中納言にとっては、唐后を偲ぶよすがとなる。巻末「こ（＝中納言）の御声に、御堂よりも、（吉野尼君は）念仏とどめて出で給ひぬ、とぞ。」（二八四頁）

巻四…吉野姫君は、吉野から京へ。さらに清水《きよみず》へ。

○中納言、皇女降嫁を辞退。ただし、皇女降嫁は、亡き父宮の願いであったらしい。中納言は、中将内侍を介して、帝の耳に辞退の理由が届くよう仕向けているが、そのなかに、「唐国においてすぐれた観相人たちから、二四～二六歳の時期は、無事に過ごすことの困難な大厄にあたるといわれたので、向こう三～五年は、仏道専一に過ごして、どうなるか結果を見届けたい。そこを乗り切ることができれば、その後の人生も考えられようが、現時点では責任のともなう結婚は憚られる」といったことを述べている。ここから、**中納言の年齢**は、当年二一歳ほどと考えられる。散逸首巻も含めて、中納言が一七歳の頃から物語は本格的に動き出し、最終巻巻末では、二三歳ほどを迎えたことになる（このことについては、『全注釈』八二三頁にも指摘がある）。『源氏物語』の光源氏でいえば、「帚木」巻から「葵」巻あたりの、まさに華麗なる恋愛遍歴のさなかの年齢に相当するわけだが、天皇ないし親王の子で、源姓を賜った貴公子、という共通点のほかは、類似点に乏しい。薫の場合、「橋姫」巻に二〇歳で登場、「夢浮橋」巻では二八歳なので、『無名草子』には「薫大将のたぐひ」と評するものの、意外に若い年齢設定だ、との印象がある。

○十月ついたちごろ、吉野尼君がしきりに**夢に現れ**て気がかりなので、急遽吉野を訪れる。

○九月十余日から体調を崩していた吉野尼君は、中納言の配慮に感謝しつつ、十月十五日、芳香が漂い、紫雲たなびくなか、西方極楽浄土への**往生の素懐**を遂げる。

○母の死に、吉野姫君、失神。中納言の懸命の看護を受け、息を吹き返す。

○中納言は吉野尼君の喪に服すため、吉野に留まる。

○四十九日の法要も終え、帰京。尼姫君に、吉野尼君の往生を目撃したことを語る。〔本書第六章〕

○吉野姫君を京に迎えるため、吉野へ赴く。そのおり、吉野聖から、「今年一七歳の姫君は、二〇歳になる前に男を知り、妊娠するようなことがあれば、無事に生きとおすことが困難だから、向こう三年は姫君への思いを抑制するように」との**警告**を受ける。

○吉野姫君、京に到着。中将の乳母の家で暮らす。唐后腹の若君（三歳）は、姫君を「母」と呼んで慕う。

◎物語第五年（中納言、二二歳ほど）、年末に家族が中納言邸に集い、賑やかな新年。

○正月三日、**式部卿宮が来訪**、歓談する。〔本書第三章〕

○式部卿宮、中納言を尾行させて、歌を詠みかける。

うべこそはいそぎ立ちけれ　とこの浦の波のよるべはなかりけりやは（三五七頁）〔本書第三章・第四章〕

○中納言、**式部卿宮を警戒**するよう、吉野姫君に注意を促す。〔本書第三章〕宮に、返歌。

にほの海のあまもかづきはせぬものを　みるめ寄せける風の吹くらむ（三五八頁）〔本書第四章〕

○**唐后の昇天**を告げる**天の声**あり。衝撃を受けた中納言は、千日の精進を始める。〔本書第三章〕

○吉野姫君、瘧病《わらわやみ》を患い、療養のため清水に参籠。〔本書第三章〕

○七月二十一日、式部卿宮、吉野姫君の拉致を決行しようとする。巻末「いかならむ、とぞ。」（三七七頁）〔本書第三章〕

最終巻…吉野姫君、清水から宮中へと拉致・監禁。命も危ういところで、もとの家へと帰還。

○ひと夜明け、**吉野姫君失踪**の報。中納言は、犯人のわからぬまま、男のもとにいるであろう姫君の身を案じては、「**むねいたきおもひ**」絶えず。〔本書第一章・第二章〕

○吉野姫君、中納言の夢にしきりに現れる。

○**唐后が夢枕に立ち**、「中納言のわたしを慕う気持にひかれて、また、わたしじしんも中納言を思う心が切なので、再びこの世で会うために、行方不明となって嘆いている人（吉野姫君）の腹に宿った。女身で生まれてくるであろう」と、**転生を予告する**。〔本書第一章・第二章〕散逸首巻において、父宮が夢枕に立ったことに匹敵する重大事件である。ただし、転生の結果を知らせるのではなく、予告であるところに、両者の違いがある。また、唐后から吉野姫君に宛てた文（巻三）に、「日本に転生しないかぎり、あなたに会えないのが、たまらなくつらい」とあったのだが、吉野聖の警告どおり、出産は姫君の死に直結するであろうから、姉妹の初対面が即死別へという、皮肉かつ残酷な結果となることが予想される。

○大弐女、中納言を父とする男子を出産。吉野姫君のことで頭がいっぱいの中納言にも、感慨を禁じ得ないものがあった。〔本書第六章〕

○東宮、死去。式部卿宮は、立坊を控え、行動を慎むように、との帝の指示により、宮中の梅壺に居所を移される。誘拐した吉野姫君も、梅壺に隠し置く。

○吉野姫君、男が、警戒すべき式部卿宮であるとわかり、絶望。衰弱の一途を辿る。宮は、中納言の隠し妻だと思っていた姫君が処女であったことに、不審を覚える。

○九月、中納言のもとに、式部卿宮からの使者到来。ただちに参内するようにとの要請。〔本書第二章〕

○参内し、式部卿宮から事情を聞かされる。ようやく、瀕死の状態の**吉野姫君と対面**。すぐさま御所を退出させ、もとの家で看護。姫君を引き取るさい、中納言は、ふたりの関係について宮から疑念を抱かれないよう、**異母兄妹**（父宮の隠し子）だと説明した。この嘘が、このあとかれを、さらなる自縄自縛に追い込むこととなる。物語の始発時において、父宮への「孝養」のため、命がけの渡唐さえ厭わなかった中納言が、最後の最後になって、ひとりの女を失いたくないとの一心から、敬愛する父宮への侮辱ともなりかねない言動に及ぶのは、総じて、誠実な人柄をもって自他ともに許される主人公であっただけに、その変節ぶりには、驚倒のほかない。〔本書第二章〕

○**式部卿宮**、**立坊**。中納言は、東宮大夫《とうぐうのだいぶ》を兼務させられる。十一月なかば、関白の姫君、参内。〔本書第二章〕

○吉野姫君、**妊娠が発覚**。東宮の寵愛を受けるのにふさわしい住まいということで、乳母の家から中納言邸に移す。「**妹背**」**の仲**ゆえ、姫君に親しく接し、行き届いた配慮を怠らないものの、中納言の心中は複雑。

◎物語第六年（中納言、二三歳ほど）、唐后死去後の人々の動静を記した文が到着。唐国の帝は退位し、山深くに遁世。一の后腹の東宮が即位し、父宮の生まれ変わりである**三の皇子が**、**立坊**。一の大臣の五君は、入内を拒み、出家、入山。〔本書第二章・第四章〕父宮は、日本ではかなわなかった王位に、唐国では近づけたということになるのだろうか。ただし、後ろ盾のない東宮の即位は困難であろうから、この立坊も、楽観は許されないように思われる。

○大尾「(中納言は)いとどかきくらし、たましひ消ゆる心地して、涙に浮き沈み給ひけり。」(四五一頁)この一文のあとには、間近に迫った唐后の再誕、それと引き換えの吉野姫君の死、大厄を迎える中納言の運命と、次々に難問が発生するはずであるが、すべては語られぬまま、際限なく読後の妄想を刺激する、空前の幕切れ。

礎稿一覧

本書の礎稿となったのは、発表順に、以下のとおりであるが、一書としてのまとまりを意識して、重複する記述は削除し、初出時の過誤や不備を訂正すべく、全体にわたって、慎重に見直しを図った。

A「「それより後の物語は、思へばいとやすかりぬべきものなり」――『源氏物語』と物語史――」（森一郎・岩佐美代子・坂本共展編『源氏物語の展望 第六輯』〔二〇〇九年一〇月、三弥井書店〕所収）から、第六節「「おほよと」考――『御津の浜松』と『今とりかへばや』」のみを独立させた。→第五章

B「「むねいたきおもひ」考――『御津の浜松』最終巻読解のための覚書――」（九州大学国語国文学会「語文研究」111号、二〇一一年六月）→第一章

C「「けぶりのさがのうれはしさ」――『御津の浜松』最終巻読解考――」（紫式部学会「むらさき」48輯、二〇一一年一二月）→第七章

D「「むねいたきおもひ」の果て――『御津の浜松』最終巻読解のための覚書――」（久下裕利編『源氏以後の物語を考える――継承の構図』〔二〇一二年五月、武蔵野書院〕所収）→第二章

E「交錯する「むねいたきおもひ」――『御津の浜松』読解のための覚書――」（東京大学国語国文学会「国語と国文学」89巻7号、二〇一二年七月）→第三章

F「『御津の浜松』における首尾照応をめぐる覚書――「とこの浦」と「にほの海」と――」（九州大学国語国文学会「語文研究」114号、

二〇一二年一二月）↓第四章
G「「人かた」「人こと」「ひとも」考――『御津の浜松』最終巻読解ノート――」（九州大学国語国文学会「語文研究」117号、二〇一四年六月）↓第八章
H「『御津の浜松』読解考――中納言の人物像理解のために――」（西日本国語国文学会「西日本国語国文学」1号、二〇一四年七月）↓第六章
I「「玉しゐのうちに心をまどはすべかりける契り」考――『御津の浜松』最終巻読解ノート――」（九州大学国語国文学会「語文研究」118号、二〇一四年一二月）↓第九章

なお、序言と補説、付録は、本書のために書き下ろしたものである。

あとがき

本書は、九州大学大学院人文科学研究院の出版助成制度により、平成二十三（二〇一一）年度より始まった「九州大学人文学叢書」の、平成二十六年度教員枠分として刊行されるものであり、通算八冊目となる。まずは、申請を審議・承認していただいた教授会構成員の同僚諸氏に、あつくお礼申し上げる次第である。ついで、申請から出版に到るさまざまな段階では、九州大学出版会の尾石理恵さんより、種々こまやかな配慮を賜った。尾石さんは、九州大学文学部・同大学院人文科学府修士課程に在学中、国語学・国文学を専攻し、筆者の教え子だったというご縁もあるが、今や、編集者としての経験もしっかり積まれ、本書の出版にあたっては、その適切なご指示のもと、安んじて事を全うすることができた。感慨ひとしおである。また、申請時に、論文全般にわたって査読を受けることができ、おふたりの査読者からいただいたご指摘やご意見により、礎稿に斧鉞を加えることができたのも、幸いだった。

本書は、第五章を除けば、二〇一一年六月に発表した第一章を皮切りに、実質三年強という比較的短い期間に、かなり集中して書き上げたものである。そして、そのための下地となったのが、二〇〇八年一月から始めた、朝日カルチャーセンター福岡教室における「くずし字で読む『浜松中納言物語』」と題した講座の担当であった。『源氏物語』などと違い、ほとんど知名度のないマイナーな物語を、しかも影印本で読みすすめるという、いつ閉講になってもおかしくない無謀な企画だったにもかかわらず、奇跡というべきか、熱心かつ根気強い受講者に恵まれたお蔭で、足掛け四年、月二回のペースで読みすすめ、二〇一一年三月に、四十二回目をもって、なんとか五巻読破に漕ぎつけたのである。そして、最終巻に入ってから、それ以前の巻々とは段違いのおもしろさに目を見張らされ、名残尽きぬ思いで読み終えた余韻に浸りながら、第一章以下の諸論を書き継ぐこととなった、という次第である。

本書が目指したのは、終始一貫、表現に即して作品を読み解くことであり、これまで『御津の浜松』に対して抱かれてきた先入観に囚われず、表現の指し示すところからおのずと浮きあがってくる作品世界を、素直に捉え直してみることであった。その結果、問題点を明確にするためとはいえ、各章においては、しばしば、現行の活字化された本文のありように異を唱え、諸注釈書での解釈に不審があるとして、執拗なまでの批判を展開することとなったのだが、従前の注釈を克服するものとなり得たかどうかは、読者の判断に委ねるほかない。とはいえ、ことは、『御津の浜松』に特有の問題といって済まされるものではなく、多くの作品が潜在的に抱える問題でもあろう。よって、本書をひとつの実践例として、同様の試みが、ほかの作品に対してもなされることを、期待したい。

二年ほど前、九州大学文学部の二年生向けの授業「人文学Ⅳ」の教科書として、岡崎敦・岡野潔編『テクストの誘惑 フィロロジーの射程（九州大学文学部人文学入門4）』（二〇一二年九月、九州大学出版会）が刊行され、そのなかに、「活字離れのすゝめ――日本古典文学の愉しみかた――」なる小文を執筆した。そこでは、原文で古典文学を読むさいも、活字本を無批判に受容するのではなく、その限界についても知っておくべきであり、活字化以前の底本に立ち返り、さらには異本をも参照することで、読みの愉しみは無限に広がる旨を説いたのであったが、本書を纏めた今、その思いは、さらに強い。同じような読解の愉悦を、より多くの人々と共有することができればと、願うこと切である。

二〇一四年十一月

辛島正雄

索　引

書　名

著 者 名

和歌初句

ま行

や行

わ行

著者紹介

辛島正雄（からしま・まさお）

1955年生まれ。山口県下関市出身。九州大学大学院文学研究科博士後期課程中退。九州大学文学部助手，徳島大学教養部講師，九州大学教養部助教授などを経て，現在，九州大学大学院人文科学研究院教授。博士（文学）。著書に『中世王朝物語史論』（2冊，2001年，笠間書院），『中世王朝物語全集9 小夜衣』（1997年，笠間書院），共著に『新日本古典文学大系26 堤中納言物語・とりかへばや物語』（1992年，岩波書店）ほかがある。

九州大学人文学叢書 8

御津《みつ》の浜松一言抄《はままついちごんしょう》

――『浜松中納言物語』を最終巻から読み解く

2015年3月20日　初版発行

著　者　辛　島　正　雄

発行者　五十川　直　行

発行所　一般財団法人 九州大学出版会

〒812-0053 福岡市東区箱崎7-1-146

九州大学構内

電話 092-641-0515（直通）

URL http://kup.or.jp

印刷／城島印刷㈱　製本／篠原製本㈱

 ISBN 978-4-7985-0150-5

「九州大学人文学叢書」刊行にあたって

九州大学大学院人文科学研究院は、人文学の研究教育拠点としての役割を踏まえ、一層の研究促進と研究成果の社会還元を図るため、出版助成制度を設け、「九州大学人文学叢書」として研究成果の公刊に努めていく。

6　始めから考える——ハイデッガーとニーチェ——
菊地惠善（九州大学大学院人文科学研究院・教授）
7　日本の出版物流通システム——取次と書店の関係から読み解く——
秦　洋二（流通科学大学商学部・准教授）
8　御津の浜松一言抄——『浜松中納言物語』を最終巻から読み解く——
辛島正雄（九州大学大学院人文科学研究院・教授）

著者の所属等は刊行時のもの、以下続刊
九州大学大学院人文科学研究院